孕期

细节
全接触

主　编

刘　青

编写人员

邓代业　刘　青　刘文书

刘运建　李占静　赵　红

孙慕芳　张　利　秦永诚

高　青　魏平兰

福建科学技术出版社

FUJIAN SCIENCE & TECHNOLOGY PUBLISHING HOUSE

图书在版编目（CIP）数据

孕期细节全接触/刘青主编 . —福州：福建科学技术
出版社，2009.6
ISBN 978-7-5335-3280-2

Ⅰ . 孕… Ⅱ . 刘… Ⅲ . 妊娠期－妇幼保健－基本知识
Ⅳ. R715.3

中国版本图书馆 CIP 数据核字（2009）第 038898 号

书　　名	孕期细节全接触
主　　编	刘青
出版发行	福建科学技术出版社（福州市东水路 76 号，邮编 350001）
网　　址	www. fjstp. com
经　　销	各地新华书店
排版设计	邓代玉
印　　刷	福州华悦印务有限公司
开　　本	700 毫米×1000 毫米　1/16
印　　张	17
字　　数	314 千字
版　　次	2009 年 6 月第 1 版
印　　次	2009 年 6 月第 1 次印刷
书　　号	ISBN 978-7-5335-3280-2
定　　价	19.80 元

书中如有印装质量问题，可直接向本社调换

目　录

第一章 受孕——事关怀孕的前前后后

> 怀孕，对所有家庭而言都是一件大事。而大多数夫妻都是在毫不知情的情况下怀孕的，于是，关于怀孕之事准备得不够充分，甚至没有任何的准备，直到知道自己怀孕了，这才手忙脚乱！因此，我们希望给新时代夫妻带来一个全新的怀孕理念，比如受孕前前后后的知识，每对夫妻都应了解，因为了解了才能在此基础上做得更好！

孕前准备不可忽视

天下的夫妻都希望得到一个健康聪明的小宝贝。然而，事实却并不如人所愿。世界卫生组织（WHO）的调查显示：中国是出生缺陷和残疾高发的国家，每年有20万～30万先天畸形儿出生。而在我国，多数女性只生一个宝宝，生育数量的降低意味着对人口质量提出了更高的要求。那么，为了孕育一个健康的宝宝，准备怀孕的夫妻需要提前多久做好准备呢？对此专家认为，怀孕的准备应该越早越好。

对于准备生育的女性来说，做好怀孕前的准备的确是很值得重视的问题。根据最新医学观念，优生已延伸到孕前3个月到1年。在这一段时间里，夫妻双方应该做好心理、生理等各种准备，为迎接一个健康的优秀宝宝而努力。

☆营养准备

营养准备并不是说准备怀孕的女性应该大吃大喝，不加限制地摄入大量食物，这样反而会使体重增加，不利怀孕。优生学的研究显示，孩子出生后的体质和智力的好与坏，很大程度上取决于胎儿时期所得到的营养是否充足、均衡。因此，在怀孕前就开始营养储备是很重要的，这可以保证孕期营养充足。据专家介绍，要保证孕期营养充足，至少要从准备怀孕的3个月前开始积极储备营养。

☆心理准备

女性在怀孕前后心理会发生一定的变化，无论是何种变化，如果处理不好，不能得到有效缓解，往往会使女性在孕期或产后易患上抑郁症。所以，在心理上对孕期的变化必须做好充分的准备。

女性在怀孕后会有三个方面的心理变化：首先，由于怀孕后体形上发生变化，不可避免的就会"大腹便便"，心理上就会产生波动。其次，有些女性在孕期饮食毫无节制，体重增长严重超标，继而发生妊娠期的糖尿病、高血压，分娩时难产率和并发症上升。产后体形若难以恢复正常，则会担心丈夫嫌弃。最后，从两人世界进入三人世界，如果没有充分的心理准备，可能会产生厌恶、烦躁、埋怨的心理。这些情绪对胚胎的发育都是不利的，孕前应该注意避免。

☆生理准备

孕前的生理准备包括多方面：首先，孕前夫妻双方都要慎用药物，包括不使用含雌激素的护肤品，一般从孕前3个月开始。其次，孕前女性应注意调整不正常的体重，女性体重如果低于标准体重15%，则为身体过瘦；如果高于标准体重20%以上，则为身体过胖。两者对怀孕都不利，也会对孕育的胎儿造成不良影响。再次，做好孕前医学保健，包括孕前医学检查、孕前生理咨询和孕前心理咨询，在准备怀孕之前，夫妻最好去医院进行一次全面体检，避免在身体健康不允许的情况下受孕，引发很多不必要的麻烦。最后，孕前加强体育锻炼，可使精子和卵子的活力增强，可增强身体的免疫力，防止孕期被病菌感染，甚至有助于日后顺利分娩，避免孕期发生并发症。

专家提醒

要保证孕期充足的营养储备，必须从以下几个方面着手：首先，要注意饮食调整，多吃瘦肉、蛋类、鱼虾、动物肝脏、豆类及豆制品、海产品、新鲜蔬菜和时令水果等。其次，要合理搭配，注意多样化，不偏食、不素食、不依赖滋补品进补。再次，对丈夫而言需要多吃花生、芝麻、鳝鱼、泥鳅、鸽子、牡蛎、麻雀、韭菜等食物，并多吃猪肝、瘦肉等富含氨基酸的食物。最后，对于女性来说，孕前应多吃富含叶酸、锌、铁、钙的食物。为防止怀孕后发生便秘、胀气，甚至痔疮，孕前可多吃一些富含纤维素的食物，如全麦面包、糙米、果仁、韭菜、芹菜、无花果等。此时服用一些叶酸增补剂是有益的，也可以注意安排富含叶酸的食物，如动物肝脏、肾脏、绿色蔬菜(菠菜、小白菜、苋菜、韭菜)、鱼、蛋、豆制品、坚果等，但烹制菜肴时注意温度不要过高，时间不宜太长。

关注生育能力

受我国传统生育观念的影响，一般家庭都对新婚夫妇有怀孕生育的要求，渴望家庭中能添个称心如意的宝宝，这也是人之常情。然而，在现实生活中，有些人却并不能如愿，或是不能如期"结果"。当两人迟迟不能怀孕的时候，迫于压力，夫妻双方可能会产生一些隔阂，比如相互埋怨等，影响了夫妻感情。因此，在怀孕之前，夫妻双方还应该关注生育能力问题，如果确有问题应该向妇科医生或生殖医学专科医生寻求专业的意见。

所谓的生育能力要综合考虑到夫妻双方的生育能力之和，如果两个人的能力都偏低，那么实质上怀孕就比较困难。但是如果有一方的生育能力特别强，而使得两人的总和水平不低，怀孕就是可能的。

☆女性生育能力

对于女性来说，生育能力意味着怀孕和生孩子的能力。女性的生育能力始于青春期月经周期之时（13岁左右），通常生育能力会在45岁左右结束，但潜在的怀孕可能直到停经期才结束。从我国的实际情况来看，女子一般从18岁开始，卵巢生殖功能及内分泌功能进入最活跃的阶段，并能持续约30年。

从女性生理上来说，女孩一出生，体内就已经有了40万个未成熟的卵子（卵母细胞），储存在卵巢中被称为卵泡的液体小囊中。一旦进入生育年龄，月经周期就开始了。在每个周期中，卵巢会释放出一个卵子（少数情况下可能多于一个），卵子与男性的精子结合，怀孕就开始了。

☆女性不孕

由于卵子的发育和释放依赖于体内激素的精细平衡，因此，如果女性不能受孕，除了疾病以外往往会与激素有关。一般来说，有三种可能会导致女性不能受孕：其一是排卵失败，其中的原因可能是激素水平低，也有可能是本身输卵管不通；其二是女性器官结构问题，主要是子宫问题；其三是激素失衡，这也是排除疾病因素之外

最可能的原因。因此如果不能受孕，最初医生会建议你做3个月的排卵期记录，如果还有问题，则会有其他相应的检查。

☆男性生育能力

对于男性而言，所谓的生育能力就是使女性怀孕的能力。正常男性有两个睾丸，位于阴囊内（即悬于阴茎下的皮囊）。每个睾丸内都有许多生精小管，这就是精子产生的地方。与女性生来就有固定数量的卵子不同，男性可持续不断地制造精子。男性一旦进入青春期，其精子库每72天就更新一次。

男性的生育能力主要依靠其精子的产生和运送情况。男性的生殖系统需要产生和储存精子，还要将精子送至体外，进入女性的生殖道，这样才有可能使女性正常怀孕。

☆男性不育

据目前医学统计，大约有30%的不育情况，问题出在男性身上。造成男性不育的原因主要有三种：其一是男性本身的性器官问题，比如阳痿、早泄等；其二是男性的精子问题，包括无精症或是精子数量不足，不过也有可能是男性本身产生的免疫问题，男性的免疫功能会分泌抗体杀死自己的精子；其三是性激素水平偏低。

专家提醒

其实，怀孕是一个比较复杂的生理过程，卵巢排出正常的卵子，精液中含有正常活动的精子，卵子和精子能够在输卵管内相遇并结合成为孕卵并被输送入子宫腔，子宫内膜适合于孕卵着床。因此，正常的怀孕必须具备以下几点：其一，男子睾丸能产生足够数量的形态和活力均正常的精子，以及适宜精子生存的液体环境(精液)，而且输精管道通畅无阻。其二，女子卵巢能产生正常的成熟卵子，而且输卵管道通畅无阻。其三，男女双方的生殖器官构造和功能必须正常，能保证精子输入女性生殖道与卵子结合而受精。其四，子宫内环境适合于受精卵的着床和继续发育。其五，选择好关键的受孕时间，一般在女性排卵期前后一定时间内受孕的成功率比较高。

哪些因素影响生育

一般来说，采用自然受孕的夫妇，有25%的妇女在第一个月就可以受孕；60%会在6个月之内受孕；75%可在9个月之内受孕；80%在一年之内受孕；而一年半以后，受孕的达到90%。然而，还有一些夫妇可能在几年之后仍然没有受孕，此时整个家庭可能都会变得不和谐。因为对大多数夫妇来说，不育绝不仅是一种身体状况，往往还会带来情绪和社会的压力，常使夫妻双方感到愤怒、挫折感及朋友和家庭的孤立。

为了更好地孕育出一个健康的宝宝，也为了能够顺利受孕，在怀孕前最好要了解一些能够影响生育的因素。那么，有哪些因素会影响夫妻的生育能力呢？

☆提高生育能力的影响因素

第一，多晒太阳。有研究表明，在日照充分的季节，女性受孕的几率明显高于其他季节。因此，怀孕前进行充分的日光浴可以提高女性的生育能力，增加怀孕的几率。另外，多接受一些阳光的沐浴还可以减少患乳腺癌的几率。在日照较短的秋冬季节，还可以直接服用维生素D。

第二，增加维生素E等摄入量。相对于女性而言，男性更容易出现由于营养不足或过剩而导致的不育。营养不良时，维生素A、B族、C、E和矿物质如钙、锌、硒等缺乏，精子的生成便会减少，活力便会下降。营养专家建议男性应多吃含锌量多的海产品，如牡蛎等贝类；每天服用维生素E，可以延缓性衰老，提高生育能力。

第三，控制好体重。科学家研究证实，与体重正常的男子相比，超重男子的精子密度降低了24%；更严重的是体重过轻的人，他们的精子密度比正常体重的男子降低了36%。类似情况也会出现在妇女身上。因此，科学家们认为，在准备怀孕之前，合理的体重确实能提高生育能力。

第四，女性可以适量饮用一些红酒。丹麦科学家对3万名妇女饮用红酒、茶和咖啡的情况进行了调查，最后研究结果表明，其中选择红酒的女性更容易怀孕。相比之下，完全不沾酒精饮料的妇女怀孕机会最低。

第五，多吃一些有助于提高生育能力的食物。首先是一些富锌的食物，比如豆类、花生、小米、萝卜、大白菜等，此外，牡蛎、牛肉、蛋类、羊排、猪肉等含锌也较多。其次多吃一些动物内脏，因为这类食物含有较多的胆固醇。最后，对男性而言应多吃一些富含精氨酸的食物，比如鳝鱼、海参、墨鱼、章鱼、芝麻、花生仁、核桃等。

☆降低生育能力的因素

第一，酒精。虽然女性适量饮用红酒能提高生育能力，但如果女性经常饮酒，每天超过6杯，生育能力会明显减弱。这主要是因为酒精会妨碍营养物质的吸收，仅仅一杯酒就可能减少体内锌的含量，而锌是生育能力的基本因素。

第二，咖啡因。有研究表明，50%生育能力降低的妇女每天都喝至少一瓶的可乐饮品，而可乐中含有大量咖啡因。倘若女性有喝咖啡的习惯，即使每天只喝两杯咖啡，也会降低生育能力达50%以上。

第三，尼古丁。烟草所含的尼古丁会降低激素水平和体内镉的含量，这不仅削弱了生育能力，而且对胎儿有害。研究显示，吸烟会减少女性30%～50%的怀孕机会，而且极有可能发生宫外孕、早产、月经周期不正常及大出血等情况。

> **专家提醒**
>
> 除了上述因素可能影响生育能力之外，如环境污染、长时间使用手机和电脑、长时间开车、久坐等都会影响生育能力。另外，性生活的频率确实对生育也有一定的影响，比如当男子的精子数过少时，性生活过于频繁，精子数会更少，当然会使生育机会受到影响。有关研究表明，当禁欲时间少于12小时，精液量和精子密度都将比平时减少一半以上；若禁欲时间达到24小时，精子储备就会迅速增加。

掌握受孕规律

由于平时工作忙碌，很多人都没有考虑过受孕的时间问题，还有一些人是在家中长辈的催促之下才匆忙"结果"的。有时可能由于时间选择的不合适，导致久久不能怀孕，也有可能由于准备工作不充分，没有达到优育的效果，给日后的宝宝带来一些不便。因此，掌握好受孕的规律，对优生优育而言是很有帮助的。

☆最佳受孕时间

研究表明：在排卵期当天及前5天，性交受孕率较高，受孕率的"顶点"是排卵那天。因此，为了增加受孕的机会，提高胎儿质量，排卵期前男女双方应节欲一段时间，使双方精血旺盛。通常要在排卵期前节欲3～5天，以保证足够数量的高质量的精子受精。另外，应尽量安排在最接近排卵日的时间性交，这样卵子和精子都不必等待太长时间，受精的质量可以得以提高。另外，性交次数过疏或过频都不利于受孕，性交间隔过短，精液稀薄、精子量少，不利于受孕。

☆最佳受孕季节

美国科学家曾调查分析了4.5万名大学一年级的新生，发现春秋季受孕而生的优秀率比盛夏受孕而出生的高60%。因此，科学家相信四季的变化对人类受孕、怀孕和生育有着明显的影响，选择理想的怀孕季节，对母亲的健康和胎儿的生长发育有很重要的意义。

倘若在3～4月怀孕，正是春暖花开的季节，此时气候温和适宜，风疹病毒感染和呼吸道传染病较少流行。孕妇的饮食起居易于调适，这样使胎儿在最初阶段有一个安定的发育环境，对于预防畸胎最为有利。日照充足是春季怀孕的又一个好处，在整个妊娠过程中能提供良好的日照条件。

倘若在9～10月受孕，此时正值秋高气爽，气候温暖舒适，睡眠食欲不受影响，又是水果上市的黄金季节，对孕妇营养补充和胎儿大脑发育十分有利。孕妇的预产期又是春末夏初，气候温和，有利于产妇身体康复和促进乳汁的分泌，孩子衣着逐渐减少，护理较为方便。即将到来的夏季可以给孩子带来良好的光照条件，有利于婴儿生长发育的骨骼钙化，不易患佝偻病。

因此，专家认为受孕最佳的季节是春末或秋初，即3～4月或9～10月怀孕较为理想。

☆最佳受孕年龄

由于学习和工作的影响，很多女性并没有意识到生育的最佳年龄问题。然而，从生理上看，女性生殖器官一般在20岁以后才逐渐发育成熟，骨骼的发育成熟则要到24岁左右。如在骨骼尚未发育成熟前怀孕，母子就会互相竞争营养，从而影响母亲骨骼发育的进程，很有可能会影响后期的生产和婴儿健康。同样，年龄过大也会带来一些不利影响，比如卵细胞发生畸变的可能性增加，受孕后胎儿畸形率也会上升。因此，一般认为女性在24～27岁生育比较合理，最好不超过30岁，特别不要超过35岁。

专家提醒

从生理上来说，女性受孕并非必须有性高潮，不过有研究表明性高潮可以增加受孕机会。这是因为在性兴奋中，阴道的内2/3段膨大，变成性交后的精液池，外1/3段收缩，减少精液外流，而且兴奋时子宫上提，消退期子宫下降，这有利于精子从精液池流入子宫。在性高潮中子宫内为正压，性高潮后急剧下降到负压，子宫内产生吸引作用，这也有利于精子的游入。此外，在性兴奋中，阴道分泌碱性黏液，使平常呈酸性的阴道环境pH值上升，有利于精子的生存和活动。

怎么知道自己怀孕了

从怀孕的生理原理上来说，一般到生育年龄的女性，发生性关系而又未采取避孕措施，都有怀孕的可能。对于已婚夫妇来说，如果在婚后一直保持着正常的性生活，也没有采取任何避孕措施，一般而言，在第一年内大约80%的女性会怀孕。尽早发现怀孕就可以尽早做好准备，这对母婴来说都是很有意义的，至少可以为优生优育打下基础。那么，女性怎么知道自己是否怀孕了呢？

☆月经停止

这是最常注意到的怀孕征兆，只要是正值生育年龄的妇女，月经正常，在性行为后超过正常经期两周，就有可能是怀孕了。一般来说，这是怀孕的最早信号，过期时间越长，妊娠的可能性就越大。不过，月经过期也可能会是其他原因，比如卵巢功能不佳、工作忙碌、紧张、高热、严重贫血、肺结核、内分泌疾病等，这些情况造成月经过期的，不属此范围。

☆出现早孕反应

停经以后孕妇会逐渐感到一些异常现象，叫做早孕反应。一般在停经后4周左右最先出现的反应是怕冷，以后逐渐感到厌食、偏食、喜酸辣、厌油腻、晨起恶心呕吐等，严重者则恶心剧烈，饮食难进，呕吐不止。曾口服避孕药的妇女，有时也可有厌食、恶心的表现，但一般比较轻微且短暂，通常不难区别。

☆小便次数增多

由于怀孕后子宫逐渐增大，向前压迫并刺激膀胱，经常出现便意感，从而使小便次数增多。但并没有尿路感染时出现的尿急和尿痛症状，有的每小时一次。这是一种自然现象，用不着治疗。

☆乳房变化

怀孕以后，乳房由于受到雌激素、孕激素的刺激，脂肪、腺体逐渐增加，乳房会增大，并且会变得坚实和沉重一些，并有压痛感，乳头乳晕色素沉着，周围深黄色的乳晕上小颗粒显得特别突出，乳头凸出并立起。有些女性还会出现乳房刺痛、胀痛、膨胀和瘙痒感。这是怀孕早期的生理现象，甚至偶尔还可挤出少量乳汁。

☆胃口变化

有些女性在月经过期不久（1～2周）胃口就开始发生改变。平常喜欢吃的东西，现在不爱吃了。吃过一次的食品第二次就不爱吃了。有些人简直不想吃或甚至要呕吐，有些人很想吃些酸味的东西。一般经过半个月至一个月，这些症状就会自然地消失。

除了上述状况之外，还有一些女性可能会出现一些外表的变化，比如可能会产生皮肤色素沉淀或是腹壁产生妊娠纹，尤其怀孕后期更为明显。还有的女性在怀孕初期，阴道黏膜可能会因充血而呈现出较深的颜色。当出现上述某些症状时，可每天测定基础体温（指清晨醒来在身体还没有活动的情况下，立即测出来的

体温），怀孕者基础体温往往升高。假若体温高低不平，而且悬殊，胎儿往往发生危险，多属于黄体功能障碍，必须及时治疗。

专家提醒

女性可以通过以上症状判断自己是否怀孕。如果不能肯定，应去医院作检查以证实是否怀孕。在医院确定怀孕的方法非常简单方便，主要通过妇科检查、尿妊娠试验或B超检查。妇科检查如发现阴道、子宫颈变软，并呈蓝紫色，子宫体也较正常子宫增大变软，再取尿液作妊娠反应，如果阳性就可断定是怀孕了。另外，超声波检查有助于明确诊断。

你会使用早孕试纸吗

随着科技发展，新颖、方便的早孕试纸问世后，很多女性在家中自测尿液，即可获知自己是否怀孕，确实广受欢迎。有些医院也常通过此法来检验是否怀孕。不过据专家统计，早早孕试纸的正确测试率差异很大，为50%～98%。这是因为女性在家里做怀孕自我测试，没有任何外界的指导，一般测试结果只能达到50%～75%的准确率。如果在化验室中做此种测试，医生能确保试纸工作正常，女性能够不折不扣地根据说明正确使用试纸，测试准确率就有可能接近100%。

那么，女性如何在家中正确使用早孕试纸呢？

☆测试时间

从妊娠的第7天开始，孕妇的尿液中就能测出一种特异性的激素——人绒毛膜促性腺激素（简称HCG），通常在医院进行的尿妊娠试验检查的就是它。不过，目前市售的早孕试纸，也是通过尿液迅速检测其中的HCG，灵敏度很高。基于这种原理，早孕试纸的使用时间应该是月经过期当天即可检测，或在同房之后的7～10天进行检测。

☆检测结果

一般来说测试怀孕的试纸会有两种显示结果，一种是阴性，在试纸上端出现一条色带，而下端无色带出现，表示未受孕；另一种是阳性，在试纸的两端都有色带出现，说明发生妊娠。

不过，如果妊娠刚刚开始，或者有异位妊娠

（宫外孕）的可能，体内HCG水平一般偏低，检测的样品需静置3分钟以上（一般仅需1分钟），并必须仔细辨认是否有弱阳性（色带仅隐隐出现）。在极端的情况下，如葡萄胎、绒癌，体内HCG水平会过高，尿液检测反而不显示阳性。

☆注意事项

为了使女性在家自测的结果更准确，在使用早孕试纸时还应注意一些相关细节问题，否则可能会导致检测失败或错误。

首先，注意包装盒上的生产日期，不要使用过期的测试卡，因为化学药剂时间长了就会失效。试纸如果存放时间过长（1年以上），或试纸受潮，且未注意保存在正常室温条件下（不应冷藏），就可能失效，出现检测结果假阴性。

其次，遵守使用规则。为了减小测试不准的几率，注意测试前必须仔细阅读测试卡上的使用说明，并小心谨慎地按照说明去做。遵守测试时间，不要急于下结论。另外，有的试纸是插入尿液中的，在试纸上往往有一条"MAX线"，测试时尿液不要超过这条线。

最后，使用前先将自己的双手及用来检测的杯子（如果需要的话）清洗干净，以免影响测试效果。其实，阳性结果也并非意味着百分之百妊娠，比如葡萄胎、绒癌、支气管癌和肾癌等，也可分泌HCG，使试纸出现阳性。

专家提醒

自测早早孕的女性必须记住：早孕试纸只能作为一种初筛检查。最主要的是相信自己的身体，如果身体的症状告诉你已怀孕了或是没怀孕，不管自测结果如何，应该想到自测也许会有误，最好去医院检查。如果自测结果呈阴性，1周之后月经仍未来潮，你应该再做一次自测。如果对测试结果拿不准，最好咨询医生，在医生的指导下完成测试。如果测试结果呈阳性但很不明显，你就该假设自己怀孕了，去医院检查吧。

如何知道肚子里有几个宝宝

多子多福是老一辈挂在嘴边的口头禅，但目前我国的计划生育规定一对夫妻只能生育一胎，对于喜欢多个孩子的夫妻来说，多胞胎将是上天额外赐予的美丽生命。随着生活水平的提高，现在人们对多胞胎的兴趣大增，羡慕之情似有升温。不少夫妻都希望能生多胞胎，甚至有些夫妻也在

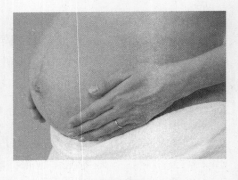

到处寻找生双胞胎的"秘方"，然而，专家却告诉我们，生多胞胎未必是好事，而人为制作多胞胎就更不可取！

当一对双胞胎不经意出现在你身边时，看他（她）们有着同样可爱的长相，穿着同样可爱的衣服，带着同样俏皮的表情，你是不是动心了呢！在怀孕的时候，怎样才能知道自己怀了几个宝宝呢？尽早了解将有助于为将来的生产、哺育做好物质准备和心理准备。

☆腹部偏大

如果是怀有双胞胎，甚至多胞胎，妊娠早期孕妇的妊娠反应常常很严重，到了妊娠10周以后，子宫生长得很快，比单胎的孕妇的腹部增大明显。到妊娠20周后，子宫增长得更快，双胎孕妇的腹部，明显比单胎孕妇的更大。

☆人为或家族因素

如果孕妇有多胎的家族史，或者丈夫有多胞胎的家族史，也会增加怀多胞胎的可能性，不过能否怀上双胞胎遗传的基因主要是母亲一方决定的，丈夫一方作用并不大。或者有些女性为了要双胞胎，在怀孕前服用过促排卵的药物，这种情况之下就更要注意怀孕双胎的可能性了。

☆医院检查

一般来说，医院可以通过一些常规的检查方法判断怀宝宝的数量，比如盆腔检查、听胎心、B超等。

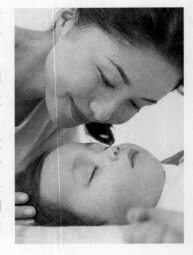

早孕时，如果妊娠反应很严重，就要想到怀孕双胎的可能，到医院做盆腔检查就会发现，子宫明显大于停经时的大小，这可以作为判断怀多个宝宝的依据之一。有时未做盆腔检查，但在妊娠12周以后，医生用多普勒胎心听诊器可以听到有两个不同速率的胎心。妊娠早期B超可看见两个胎囊，在妊娠8周后，可看到两个胎心，并能够很清楚地看到有两个胎儿的存在，双胎的诊断就可以确诊无疑了。

如何由怀孕推测预产期

一般来说，通常称40周（280天）为正常妊娠期。37周称为"足月"（双胞胎35周即是），37～40周最好在家"待产"，37周之前生产可称"早产"，42周以后生产称为"过期妊娠"。虽然推算预产期并不能真正确定分娩日期（因为在预产期的前后两周分娩都算正常），但能够帮助孕妇及时了解自己和胎儿的状况。因此，从这个角度出发，推算预产期还是十分重要的。因为早产和过期妊娠都有一定的危险性，比如早产的宝宝较易有发育不全的问题，过期妊娠的宝宝常见有"胎便吸入综合征"的危险，因此精算预产期显得比较重要。

那么，应该如何由怀孕时间来推算预产期呢？

☆根据月经期计算

根据月经周期的不同，有不同的推算方法。如果是常见的28天为周期的月经，预产期的日期应该按如下方法推算：从最后一次月经第一天算起，月份减3，如不够时则加9，日数加7。比如，最后一次来月经的第一天是2008年8月10日，那预产期就是2009年5月17日。还有一种推算方式，即最后一次来月经的第一天再加280天，然后再按每月实际的天数推算。

月经周期非28天的女性，在推算之前必须进行修正。比如，月经周期是30天，那么预产期的推算应该在日数算出后再加2。例如，最后一次月经是2008年1月10日，那预产期就是2008年10月19日（利用公式计算：月＝1＋9，日＝10＋7＋2）。

☆以初觉胎动日期来推算

此种推算方式主要是先确定第一次胎动的日期，再依照周数来推算。但用这种方式推算会受孕妇生产次数的影响，一般来说，第一次分娩的产妇，预产期应该是以母体第一次感到胎动的日子加20周；如果是经产妇，一般应该加22周，因为已有分娩经历的产妇一般在18周后会感到胎动。但此法较不可靠。一般只有较少人以此为唯一预产期算法，因为有些孕妇的胎动很明显，有些并不明显，是否为第一次也难断定。

☆以基础体温来推算

所谓基础体温，是指除运动、劳动、进食或精神方面的原因引起的体温升高外，在安静时所测得的体温，一般以清晨醒来时在床上所测得的体温为好。通常从这次月经到下次月经之间，每天早晨测量基础体温，可形成一种前半段时间体温较低、后半段时间体温较高的曲线。也就是说，月经结束后到下次排卵日开始的这段时间体温降低，排卵后到下次月经来临的这段时间体温升高。这样确定排卵日的方法就比较简单了，就是在基础体温曲线表上寻找体温最低的那一天。

预产期的推算方式，首先用排卵日加上280天，再按每月实际的天数推算。不过这种方法相对只适用于有记录基础体温习惯的孕妇，而且需要孕妇有恒心一直记录基础体温。

专家提醒

一般来说，以上都是简单地推算预产期的方法，由于许多孕妇搞不清楚自己的月经日期，或者排卵日并不规则，所以会影响推算结果。倘若已经确定怀孕，但不知道具体的怀孕日期，如果条件允许的话，最好可以到医院做一次超声检查。倘若已可见胚囊，代表怀孕5周；若已可见心跳和胚胎，那就表示已有7周妊娠了。这是目前医学上判定预产期最准确的方法，但也受限于进行超声检查的医师的临床经验等因素。

孕前应知的安胎、保胎知识

自古以来，安胎和保胎一直就是医学上的一个重要研究课题。有多少想要孩子的夫妇，由于种种原因导致流产，如何抓住得之不易的受孕机会，这就是安胎和保胎的来由。一般当发生流产征兆后，孕妇及家属总希望医生能千方百计给予保胎，这种心情是可以理解的，但专家指出，作为医生来讲，要对流产的原因作具体分析，然后做出正确处理，盲目保胎是不足取的。由于较常用的保胎药物是黄体酮，实际上黄体酮保胎作用

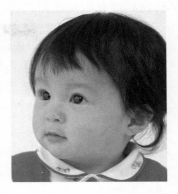

面很窄，仅适用于自身孕激素分泌不足而出现流产征兆者。滥用保胎药物黄体酮，可能造成女胎男性化，男胎可能出现生殖器官畸形。因此，正确的安胎和保胎方法需要在孕前就有所了解，可以避免日后盲目保胎带来的危害。

☆保胎不等于卧床休息

一般来说，对于较早期的自然流产，倾向于任其自然，主要是卧床休息。如果卧床休息后症状消失，流血停止，即表示保胎有效，可以继续妊娠。倘若流血超过1周不止或流血量增加，要怀疑胚胎可能死亡。但有些孕妇，可能是按长辈经验，认为有流产征兆时只要卧床休息就可以保胎了。其实，这种想法也是不科学的。正确的做法应该是在有流产征兆初期接受B超等相关检查，了解胚胎发育情况，寻找病因。倘若经过几天休息之后，阴道没有出血可下床活动，有出血要及时到医院查找原因。如有异常，要积极配合医生对症治疗，医生将根据情况决定是否需要进一步治疗，以及是否保胎，而不是单纯卧床休息。尤其对于有3次流产史的孕妇来说，更要到医院请医生帮助寻找流产的原因，而不是盲目地在家卧床休息。

☆保胎不等于不能用药

现在很多女性都崇尚自然，也从很多渠道知道药物对胎儿不利。因此，当出现流产征兆时，大多不愿意接受药物保胎。但医生提倡的是孕妇不要滥用保胎药保胎，而应该根据病情需要，必须用保胎药时，应注意用药指征，有针对性地用药，并注意使用方法，只有这样才能正确使用保胎

药。比如，丹参如使用得当，能起到防止血栓形成、改善胎盘血流的作用，可以有效预防流产、胎死腹中、胎儿宫内发育不良。不过，有些保胎药物只能在医院使用，以便医生及时监测用药后的病情变化。

☆保胎要注意饮食禁忌

从医学禁忌上来说，孕妇在怀孕期间是有饮食禁忌的，倘若孕妇敞开嘴大吃，说不定得来不易的小宝宝会因饮食而流产。第一，孕妇摄取太多的维生素A，会导致早产和胎儿发育不健全。猪肝含极丰富的维生素A，孕妇切忌过量进食。第二，摄取太多咖啡因会影响胎儿的骨骼成长，有可能出现手指、脚趾畸形的情况，也会增加流产、早产、婴儿体重过轻的情况。第三，孕妇应避免吃太多高糖、高脂肪食物。如过多食用汽水、糖、薯片等食物将令孕妇过胖，从而增加患妊娠性糖尿病、妊娠性高血压的风险。

专家提醒

当孕妇出现流产症状时，要特别注意以下两个问题：一个是宫外孕的可能。当停经1～2个月后，阴道持续少量出血，并有剧烈腹痛，要考虑宫外孕的可能。另一个是葡萄胎的可能。当停经2～3个月，阴道出现较大量或大量流血，要注意葡萄胎的可能。这两种病症都是急症，处理起来相对比较复杂，处理不当后果也会比较严重，孕妇一旦出现以上症状就应及时诊断治疗。

怎样面对怀孕征兆

一般通过一些常见的怀孕征兆，比如月经停止、尿频、早孕呕吐、胸部变化等，可以确定怀孕。还有一些女性出现怀孕征兆后，自己在家中利用早孕试纸测试，确定是怀孕了，也就不打算马上去医院检查了。但有的时候，同样是出现怀孕征兆也可能会出现其他问题，比如假怀孕和宫外孕。

☆假怀孕

现代生活节奏快，工作压力大，很多女性到了30多岁还没有要孩子。有的眼看自己年过30了，十分盼望着能怀上宝宝，严重者甚至造成神经过度紧张。

曾有一名女性，年满30，十分想要个宝宝，为此她经常和丈夫到医院检查，确认双方的身体没有异常。即便如此，还是不能让她如愿。之后某月，她发现自己没有按时来月经，于是便怀疑自己怀上宝宝，自然很高兴。又过了1周多，她发现自己怀孕征兆十分明显了，比如好像有了恶心想吐的胃肠反应，还觉得全身酸懒，总是爱睡觉。尽管这种所谓的早孕反应令她很不舒服，但她还是把这喜悦的消息告诉了所有关心她的家人和朋友。盼子心切的她，甚至都开始为宝贝准备用品了。

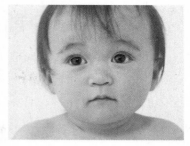

然而，她到医院做完各种检查却发现并没有怀孕。这个结果可能出乎所有人意料，她自己怎么也不明白，自己的怀孕征兆如此明显，可为什么没有怀孕呢？经过向有关医生了解才知道，原来她出现的是一种假怀孕反应，这与她长时间怀孕心切有关。在精神上对某件事情朝思暮想的情绪影响下，人体会出现一些内分泌神经反应，所分泌的激素容易导致女性出现停经和胃肠反应，实际上并非受孕。

☆宫外孕

很多准备要孩子的女性，当发现自己的月经有10多天没有来潮了，接着又出现了恶心呕吐的胃肠反应，一般都会用早孕试纸检测一下。很多女性经过检测发现试纸呈阳性，就判断自己怀孕了，但由于工作比较忙，所以也没有及时到医院检查。

可是，这个时候很多女性都忘记了一点，那就是即使怀孕了也不能明确受精卵是否在子宫腔里着床。因为，虽然早孕试纸在一定程度上能够帮助判断结果，但即使是阳性结果，也未必就代表受精卵一定是在子宫中着床的。受精卵若是在子宫以外的部位着床，最常见的是输卵管，就会形成宫外孕。由于输卵管管壁较薄，在怀孕后6～8周受精卵长大到一定程度时，容易穿透比子宫内膜薄得多的输卵管壁，使之发生破裂，造成急性腹腔内大出血。宫外孕不仅发病非常急，而且病情十分严重，如果不及时处理就会马上危及生命。

> **专家提醒**
>
> 为了保证怀孕女性的健康和胎儿的正常发育，最终确认是否已经妊娠，还需要去医院请医生做妇科检查及其他辅助检查。即使在家中的早孕试纸测试结果呈阳性，显示怀孕了，为了安全起见还是应该到医院做妇产科检查，以确认受精卵是否在子宫中着床。
>
> 在门诊多采取免疫学方法检测尿液里是否含有绒毛膜促性腺激素(HCG)，通过测定其中的HCG来区别是正常妊娠，还是异常妊娠如宫外孕。如果HCG值低于正常范围，有可能是宫外孕或先兆流产，反之则有可能是葡萄胎。

孕期症状的应对良策

当通过医院检查，确认自己已经怀孕了之后，很多女性都很兴奋，这可能是已经盼望很久的结果。应该说，怀孕是人生中的一件大事，它不仅代表着"新生命"的诞生，也意味着"新的开始"与"新的希望"。也正是因为如此，很多女性都满心期待着新生命的到来，准妈妈们也准备好了经历10个月的辛苦路程。然而，在怀孕的过程中还有很多"磨难"，比如恶心、呕吐、尿频、腰酸背痛、睡不好、乳房胀痛等，这些怀孕症状有什么好办法可以减轻吗？

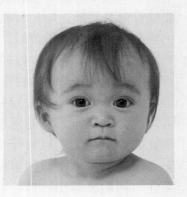

☆尿频

孕妇要缓解怀孕期间尿频现象，可从日常生活和控制饮水量做起。首先，平时要适量补充水分，但不要过量或大量喝水；其次，外出时若有尿意，一定要上厕所，尽量不要憋尿，以免造成膀胱发炎或细菌感染；最后，准妈妈要了解尿频是孕期中很正常的生理现象，忍耐力自然会增强。

☆腰酸背痛

怀孕时，由于体重增加，激素水平改变，身体多少都会发生水肿、韧带松弛等现象。其实，这些症状都属孕期的正常现象，准妈妈们不必过于担心。要想缓解这种腰酸背痛症状，首先，最重要的就是不要弯腰驼背，否则，压力往下时脊柱就会不自主地弯曲，当然就容易腰酸背痛。所以，"姿势正确"、"抬头挺胸"，让重量平均放在骨骼上，是预防和减缓腰酸背痛的最有效方法。其次，孕妇做任何动作时，均应避免爆发性的动作，因为这样很容易造成韧带受伤。所以，应切记"动作慢半拍"，不仅可保护胎儿和自身安全，也是避免腰酸背痛的好方法。

☆饮食变化

很多孕妇从怀孕开始，总感觉饥饿，这种饥饿感和以前空腹的感觉有所不同。同时，由于子宫变大，造成胃、肠等器官的移位，胃排空的时间变慢，容易造成便秘，引起腹部不适。因此，专家建议孕妇在孕期应该以均衡饮食为原则。首先，富含各类营养素的食品要均衡摄取，怀孕中期之后，可以额外补充铁质及钙质，帮助胎儿生长发育。其次，在饮食上应"少量多餐"，以免造成胃胀、腹痛等不适。最后，因为孕期容易出现便秘现象，多食用富含纤维素的蔬菜、水果，可以帮助排便。

☆乳房胀痛

孕期中，大部分孕妇都会因乳房胀痛而感到不适，其实，这是自然且正常的现象。要缓解这种症状，首先要做好乳房的清洁和护理工作。乳房的清洁与护理是十分重要的，它不仅能使乳房、乳头、乳晕等处保持清洁，也有助于防止乳管阻塞，减轻乳房胀痛。其次，用热毛巾敷于乳房处，能大大地防止乳房结硬块，使乳腺畅通，方便分泌乳汁；轻轻地按摩乳房，也有益于分泌乳汁，缓解胀痛。

☆阴道分泌物增加

孕期由于激素分泌改变，会导致阴道分泌物增加。要防止阴道出现异常分泌物，最好的方法就是经常清洁，并保持阴道部位的透气与清洁。清洗时用清水即可，切勿用消毒水，以免破坏身体原有的保护膜。另外，最好选择棉质、透气性高的衣裤。但若分泌物呈黄色，有恶臭、瘙痒、豆花状、豆块状等现象时，最好至医院诊治，以免耽误病情。

> **专家提醒**
> 孕期由于腹部压力变大，可能会引起睡眠质量下降。为此，孕妇睡前不要想太多，尽量寻找能让自己安心入睡的方法，比如喝一杯热牛奶或听一曲柔美的音乐，只要能帮助自己心情沉静的方法都可以尝试。

基础体温完全指南

女性一般在排卵的次日会分泌黄体激素，这种激素会导致体温有一定的上升，高温期持续12～16天（平均14天）。若无怀孕，黄体萎缩，停止分泌黄体激素，体温下降，回到基本线，月经来潮；若是已经怀孕，因黄体受到胚胎分泌激素支持，继续分泌黄体激素，体温持续高温。因此，基础体温就成了母婴健康的一个重要指南之一。所谓的基础体温（BBT）又称静息体温，是指女性经过6～8小时的睡眠以后，比如在早晨从熟睡中醒来，体温尚未受到运动、饮食或情绪变化影响时测出的体温。基础体温通

常是人体一昼夜中的最低体温。那么，基础体温的变化对母婴有什么影响呢？通过观察这种变化，能给我们带来什么呢？

☆正确判断排卵期，正确受孕

如果基础体温在24小时之内，体温升高了0.3～0.6℃，甚至更高，那就表示女性正处于排卵的状态。基础体温的变化可以提醒夫妻双方把握正确的怀孕机会。一般来说，女性在排卵24小时之后，受精的几率会变得比较低；但是，男性的精子可以在女性的子宫里存活大约72小时。所以，在女性基础体温处于低温、接近排卵期时就应该行房，可以每隔2天行房一次，这样可以增加受精几率；若等到基础体温达到高温时再行房，那怀孕的几率就已经降低了。

当然，基础体温的变化也可以用来指导避孕工作。一般来说，基础体温为高温期属安全期(不易怀孕期)，低温期则为危险期，但低温期也会有个别差异。比如对年轻女孩而言，她们的卵巢功能好，分泌物多，危险期就相应的长一些，精子在子宫内存活的几率也会相对比较高。所以，很可能在排卵前5天开始，就必须看做是危险期。

☆帮助判断卵巢功能状况

通过测量基础体温的变化，可以帮助我们判断卵巢功能正常与否。卵巢功能不好的人，通常基础体温的循环周期会缩短，原本的28天，可能慢慢会变为24天或22天，高温期也相应缩短。

除此之外，基础体温的变化还可以帮助医生诊断一些常见的卵巢疾病，比如多囊卵巢。此类病患以"胖"为表征，往往容易发胖、长青春痘、毛发浓密、月经经常性不准。表现在基础体温上则是高温期较短，严重的还可能是经常性低温。有这种情况的女性，通常有家族性遗传糖尿病，如果怀孕生子，则属于妊娠糖尿病的高危险群。

☆判断卵子质量

基础体温的变化也大略可以看出排出卵子的质量优劣程度，如果基础体温高温期较长，可以持续13～14天，那么就表示卵子的质量不错。另外，基础体温变化也可以反映出女性泌乳素分泌的高低，如果泌乳素过高，基础体温的高温期就会缩短，其卵子的质量也较差，所以不容易怀孕或容易流产。

孕期TORCH感染的自我评估

在怀孕期间被某些病毒感染，我们通常称为TORCH感染。TORCH是指可导致先天性宫内感染及围生期感染而引起围产儿畸形的病原体，它是一组病原微生物的英文名称缩写，其中T是弓形虫，O代表其他病原体（包括梅毒螺旋体等），R是风疹病毒，C是巨细胞，H即是单纯疱疹I／II型。因此，所谓的TORCH感染主要包括弓形虫、风疹病毒、巨细胞病毒和单纯疱疹病毒，以及梅毒螺旋体感染。那么，这种感染有什么危害呢？该怎样评估呢？

☆TORCH感染的危害

这组微生物感染有着共同的特征，即可造成母婴感染，医学上称作为垂直感染或母胎传染，对胎儿可能会造成以下影响：一是引起妊娠终止；二是引起胎儿的发育异常，包括各种先天畸形及智力发育障碍等，当然也可能影响轻微，不至于使胎儿发生明显异常。

具体而言，往往会给母婴带来如下危害：

风疹病毒感染，早期能使胎儿致畸，主要表现为先天性白内障、先天性心脏病和神经性耳聋，20周后感染者几乎无影响；巨细胞病毒能通过胎盘感染胎儿，引起宫内胎儿生长迟缓、小头畸形、脑炎、视网膜脉络膜炎、黄疸、肝脾大、溶血性贫血等，新生儿死亡率甚高；感染单纯疱疹病毒者在孕早期能破坏胚芽而导致流产，孕中晚期虽少发畸胎，但可引起胎儿和新生儿发病；其他病原体感染者都有可能导致胎儿畸形，比如梅毒除可导致流产、早产、死胎外，还能引起胎传梅毒。

☆TORCH感染的检测

医院进行TORCH感染诊断的方法主要有三种，各个医院采用方法可能不太一样，最后的结论最好由医生根据临床的表现和实验室的检查结果进行综合分析判断。

第一种方法：病原体的培养分离。该方法准确性最高，但由于操作复杂，费时较长，现在很少在临床诊断中应用。

第二种方法：PCR法。该方法灵敏度高、快速，可直接检测病原体，但对实验室和试剂的要求比较高，否则易出现假阳性结果。

第三种方法：酶联免疫法测定血清抗体。这是目前各医院开展最为普遍的检测TORCH感染的方法，其主要测定血清中抗TORCH病原体的特异性抗体，如IgG和IgM。由于IgM为早期感染指标，对胎儿影响巨大，所以IgM的检测备受关注，胎盘中特异性IgM的检测是诊断胎儿宫内感染的可靠依据。一般来说，如果IgM阳性，表示孕妇近期可能有TORCH感染（或称原发性感染），有引起胎儿畸形的可能；如果IgG阳性，往往表示过去有过TORCH感染，对胎儿的影响不大，孕妇对此不必太担心。

> **专家提醒**
>
> 我国每年约有2.6万个TORCH患儿出生，平均每小时就有3人，TORCH综合征患者造成孕妇流产、死胎，出生后有严重的智力障碍，生活不能自理，造成极大的精神及经济负担。因此，孕期女性应该重视对TORCH感染的自我评估与检测，不过，即使母亲被确认有TORCH感染，也并不意味着一定发生了宫内感染，确诊宫内感染需进一步监测。具体是否需要终止妊娠，则要听有经验的专科医生的指导。

孕期怎样知道胎儿安危情况

自从知道自己怀孕后，准妈妈们就在不安和甜蜜中度过，她们最希望的就是自己的宝宝能够健康、平安地来到这个世界。到了20周左右，小家伙的动作会加大，甚至会翻上个跟头呢。他的好动，让准妈妈的幸福感油然而生。因此，除了进行正规的产科检查外，年轻的妈妈在家中也可以知道腹中宝宝的安危情况，那就是通过胎动来判断。计数胎动是自我监护胎儿情况变化的一种简便、安全而又可靠的手段。

☆胎动预示胎儿安危

胎动次数的多少、快慢、强弱等，常预示胎儿的安危，因此，人们把胎动称为胎儿安危的标志。胎动正常，表示胎盘功能良好，输送给胎儿的氧气充足，胎儿在子宫内发育健全。据妇产科专家观测，正常明显胎动不少于每小时3次，12小时明显胎动次数30次以上。但由于胎儿个体差异，有的胎儿在12小时内胎动次数可达100次以上。其实，只要胎动有规律，有节奏，变化不大，都说明胎儿发育是正常的。

当然，胎动还只是一种主观感觉，还可能受到孕妇对胎动的敏感度、羊水量的多少、腹壁的厚度、服用镇静剂或硫酸镁等药物的影响。因此，在判断胎动这个信息的准确与否时，应排除这些因素。那么，孕妇在家中如何自己数胎动呢？

☆胎动计数

一般说来，胎动从妊娠18～20周开始。最初的胎动很轻微，似肠子蠕动，随着妊娠的进展，胎动越来越强烈，孕妇感觉也越来越明显，到28～32周达高峰，37～38周后稍有减少。由于胎动可以直观地反映出胎儿的健康状况，因此，孕妇在家中学会自测宝宝的胎动次数，既简单又必要。测试的时间一般从怀孕第24周开始，不过由于母体的影响，有明显胎动感觉的时间可能不同，因此测试胎动的时间可能有早有晚。

胎动计数可采取以下方法：

第一种方法：固定次数法。计算达到某个胎

动次数所需时间，以10次为准。从早上起床后就开始测量胎动，达到10次后，就不再算了。有些准妈妈1小时就有可能达到10次，也有可能到晚上才有10次。如果到了晚上都没有10次胎动的话，建议准妈妈马上去医院检查。也可以整个白天为计算标准，大约早上8点到晚6点间，如能够有10次胎动的话，就可放心了，这是最简单的方法。

第二种方法：晚饭后的测量。在晚饭后7～11点，测量宝宝的胎动次数，看看出现10次胎动所需要的时间。如果超过3小时，胎动的次数达不到10次，就需要尽快去医院检查。

第三种方法：12小时胎动计数。这种方法是目前国内外经常用的，一般每天要求孕妇测试3小时的胎动，即早、中、晚固定时间各测1小时胎动数，3次胎动数相加总数乘以4，作为每天12小时的胎动记录。如每小时少于3次，则要把测量的时间延长至6或12小时，一般要求12小时胎动在20次以上为正常。如果12小时胎动小于10次，或逐日下降50%而不能复原者，说明胎儿在宫内有异常，应立即到医院检查。不过胎儿也具有"生物钟"习性，昼夜之间胎动次数也不同，一般早晨活动最少，中午以后逐渐增加，晚6～10点胎动活跃。

专家提醒

若胎动次数突然减少，甚至胎动停止，就预示着胎儿健康状况不好或出现了异常问题，应尽快到医院检查。若在12小时内胎动次数少于10次，或1小时内胎动少于3次，往往是因为胎儿缺氧，小生命可能受到严重威胁，有人把这种现象称为"胎儿危险先兆"，孕妇决不能掉以轻心。胎儿缺氧是导致胎死宫内、新生儿夭折、儿童智力低下的主要原因。胎儿从胎动消失至胎儿死亡，这一过程一般需12小时到2天的时间，多数在24小时左右。当孕妇出现怕冷、口臭、食欲不振、倦怠，或有不规则的阴道出血时，一般可判定胎儿已经死亡。

准爸爸如何迎接新生命

谁都希望能生一个健壮、聪明、漂亮的小宝宝，当夫妻双方打算把"二人世界"向"三人世界"转变时，准爸爸是否应该有所准备呢？生孩子不只是女人的事情，丈夫也是直接的参与者。而且联合国人口基金会也开始重视准爸爸在妻子孕前、孕期和孕后保健的重要性，准爸爸要在妻子怀孕期间及早参与，以便理解整个怀孕和分娩期间对卫生保健的需求和潜在的危险。如果夫妻双方能共同计划，可确保在分娩和可能发生并发症时做好准备。

☆孕前自身准备

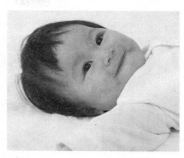

要做到优生优育，准爸爸在妻子孕前必须做好一系列的自身准备。为了下一代的健康，男性从孕前3～6个月就必须从优生优育角度考虑，改变一些不良的生活、工作习惯，戒烟、戒酒是最基本的。虽然工作、事业很重要，但生个健康可爱的宝宝更重要，过度劳累和熬夜会降低精子质量，准爸爸要做出抉择了。平时要少接触电磁辐射，如无线电波、微波、红外线、紫外线、超声波、激光等均能影响男性的生精功能，因为这些射线有致热效应。同时也要避免接触环境中的有害物质，如农药、烷化物、油漆等，它们可对男性的生殖功能造成损害。如果男性患有生殖器炎症、早泄、性病等疾病，一定要及时治疗。

一般女性在怀孕前都应该进行优生优育的检查，如果有条件的话，建议男性也进行检查，对所有未知的风险提前做好防范。另外，如果男方有家族遗传病史，一定要告知妻子。目前在孕早期通过遗传病产前基因诊断技术，可判断胎儿是否患有进行性肌营养不良、血友病、婴儿型脊髓性肌萎缩症、苯丙酮尿症等20多种遗传病。一旦隐瞒家族病史，最终生下有缺陷的孩子，将后悔莫及。

☆对妻子的照顾

由于怀孕期间会出现一些怀孕特有的症状，比如呕吐等，可能平时脾气较好的女性也会心感烦躁。但孕妇的情绪会直接影响胎儿的发育和身心健康，因此，准爸爸要理解妻子的心理状态，解除妻子的思想压力。准爸爸要注意劝慰妻子，切不可因妊娠反应、体型改变、面部出现色素沉着等而怨恨胎儿。要多让妻子看一些激发母子感情的书刊或电影电视，引导妻子爱护胎儿。对妻子的烦躁不安和过分挑剔应加以宽容、谅解。坦率陈述自己对孩子性别的态度，表明生男生女都一样喜爱的思想。

多体贴照顾妻子、主动承担家务，不与妻子斤斤计较，注意调节婆媳关系，尽量多花些时间陪妻子消遣娱乐。准爸爸可以和妻子一起想象胎儿的情况，描绘胎儿的活泼、自在、健康、漂亮，这对增进母子感情是非常重要的。环境的绿化、美化、净化是胎儿健康发育的必要条件，应力求排除环境污染和噪声危害。因此，此时的准爸爸要为妻子创造一个良好的孕育和胎教环境，强烈的噪声或振动，会引起胎儿心跳加快和痉挛性胎动。

专家提醒

除了上述要求，准爸爸还要做好和小宝宝交流的准备。数胎动、触摸胎动是准妈妈和胎儿的交流方式之一，准爸爸也应参与。一般来说，胎儿5个月后开始出现胎动，应每天分早、中、晚3次进行胎动计数，每次1小时。准爸爸每天感受胎动，不仅让妻子心情愉悦，还可与宝宝亲密交流。

另外，准爸爸还应该做好妻子的营养供给工作，保证饮食营养，同时和妻子一起做好家庭监护工作。准爸爸不仅要参与胎教，还要陪伴孕妇适量运动，这样可减少将来分娩的痛苦，使分娩时间缩短，避免意外情况出现。

孕妇如何做好防护措施

在确认怀孕之后，多数准爸爸准妈妈都会感到很高兴，认为已经万事俱备，只要等小宝宝出生就可以了。其实这种想法是不对的，因为在怀孕的过程中还会发生很多意想不到的事情，如果没有及时做好防备，可能会由此影响到母婴的健康和安全。比如，在怀孕了之后尽量不要吃药，如果的确有病情需要用药治疗，也要遵从医嘱，否则自己胡乱用药很有可能导致胎儿畸形。除此之外，孕妇还有一些日常需要做好防护工作的事项，这些具体的问题如果处理不好，都会造成日后的不良影响。

☆接触电脑需要的防护

世界卫生组织专家认为，电脑操作影响妊娠结局的原因很多，主要是工作疲劳和过度紧张，其次可能来自电脑的极低频电磁场。

如果的确由于工作需要，必须要接触电脑，那应该怎么做好防护措施呢？首先，注意使用电脑的时间。在整个孕期，不要长时间连续工作，每工作1小时，可以到室外活动一会儿。如果条件允许，怀孕头3个月最好暂时不接触电脑。其次，注意环境卫生，使用电脑的房间要定时换气，保持空气清新。最后，操作电脑时可以穿着防护服，适当保护是有好处的。

☆手机辐射的防护措施

首先，为手机加上防辐射配置。如今手机防辐射装置也是花样百出，如防护帽、防磁贴、使用L型天线，不过这几种防护措施的原理及效果还不被大众认可。不过，使用分离耳机和分离话筒的方式避免手机天线靠近头部的办法倒是很不错的。其次，尽量离手机的辐射远一些。比如，接打电话的时候，让手机离头部远一点。尤其是刚接通的瞬间，最好把手机放在离头部远一点的地方，这样能减少80%～90%的辐射量。手机不用的时候最好不要挂在胸前，给手机充电的时候，最好可以离充电器远一些。专家提醒，人体应远离手机充电插座30厘米以上，切忌放在床边。最后，可以进行适当的饮食调理，可以通过食补减轻各种电磁辐射对孕妇及胎儿的伤害，比如多吃一些胡萝卜、豆芽、西红柿、油菜、海带、卷心菜、瘦肉、动物肝脏等富含维生素A、维生素C和蛋白质的食物，加强机体抵抗电磁辐射的能力。

☆性生活的防护措施

首先，注意性生活的时间。在妊娠早期，做丈夫的应有所克制，尽量避免性生活。3个月后早孕反应消失，阴道分泌物增多了，是性欲高的时期，这时可适度进行性生活。7个月后应减少或停止性生活。其次，为了充分照顾到孕妇和腹中胎儿的健康，防止细菌感染，性生活时就要更加注意个人卫生。不仅要注意生殖器官的卫生，还要注意手部的卫生。最后，怀孕期间的性生活不要过于激烈，要尽量避免过度抚摸胸部，最好不要刺激孕妇的乳房，同时要注意对孕妇腹部的保护，不要压迫到腹中胎

儿。如果性生活中女性感觉疼痛或者腹部受压，千万不要强忍，而应该马上停止或者转换姿势。

专家提醒

我国已发现大量动物弓形虫病感染者，给优生优育带来极大危害。猫是传染此病的"罪魁祸首"。这种病对孕妇的危害性很大，孕妇感染弓形虫后，极易引起流产、早产或死胎，接近一半的婴儿可能耳聋、失明、小头畸形、智力低下，甚至死亡。因此，准备怀孕的女性还是早早地离开那些"心爱"的宠物吧。

如何选个好保姆

现在生活水平提高了，很多家庭为了减轻育儿负担，纷纷请保姆来做家政服务。但现在的保姆市场似乎比较混乱，也经常出现保姆和雇主家庭不和而产生种种矛盾等问题。而且，保姆在幼儿的成长过程中还有不可忽视的作用。有的父母性格都比较活泼、开朗、善于交际，而他们的孩子却文静内向，不善于和人和睦相处，这可能与和他朝夕相处的保姆的性格影响有关。有的幼儿甚至连处世的态度、说话的语气都酷似保姆。可能正因为如此，有人甚至说找个好保姆比找个好老公还难。那么，到底该如何挑选一个好保姆呢？

☆选择信誉好的正规家政公司

正规的家政公司往往都要求保姆先培训再上岗，上岗后也有长期的跟踪服务，这对雇主来说也是一种保障。而一些中介机构仅凭几张说明、一番自我介绍及几十元报名费就将人介绍给需要服务的家庭，其中可能会有一些不适合当保姆的，或者是有些居心不良的人，往往会给雇主造成损失，比如失窃，但一旦发生问题，又无任何保障，只有自认倒霉了。

☆对保姆进行面试

没有经过面试的保姆，她的脾气、性格是不是和你投缘，工作方式是不是合你心意，完全要靠运气。因此，如果想找个好保姆，最好能抽出时间去家政公司进行面试。拿出一点时间，与保姆面谈一番，既能考察一下她的技能，又能初步了解她的脾气、性格，总之，不投缘的千万不要勉强。

☆选保姆要适合自家情况

要让保姆的工作符合心意，自己要先花点工夫，安排好她的具体工作，养成良好的工作习惯，并提出自己的要求。虽然家政服务员经过培训，但不等于她们能一下子了解用户的家庭文化和习惯，因此用户对自身的特殊要求一定要及时告知保姆，不满意的地方也要及时指出。一般而言，未婚的姑娘，其年龄与做家务经验及能力成正比，与稳定性成反比；而已婚的妇女（50岁以下）可能相反。第一次从事家政服务的保姆比较单纯，应变能力及适应能力差，但可塑性很强。她们最初一个月情绪波动较大，习惯后稳定性好；已做过家庭服务工作的应变能力及适应能力都比较强，但她们对劳动报酬、工作环境等要求高。每个保姆都有不同的优缺点，具体选择有经验的还是没经验的，完全看自己的需要。

☆保姆要身体健康

要认真查验服务人员的健康状况。在进入家庭服务前，首先要注意保姆的健康证、身份证、员工与家政公司签订的合约等是否齐全，必要时可督促保姆进行体检，也可以带保姆进行体检，主要检查是否有传染病。出于安全考虑，也可以看看保姆是否有当地派出所为其出具的无犯罪记录证明。

专家提醒

随着保姆走进千家万户，不愉快的事件也时有发生，有的家庭甚至为此蒙受极大的经济损失。其实，能否能请到好保姆，能否留住好保姆还与雇主家庭有关系。一般来说，凡是优秀的保姆，其雇主一定是优秀雇主。雇主与保姆相处不好，自然很难留住好的保姆，当然，有些好雇主也会因为留不住好保姆而头痛。其实，这里除了保姆自身存在的问题以外，大多是因为一些误会引起的。所以，雇主要注意尊重保姆人格，关心保姆的生活，尽量让她们不要有寄人篱下的感觉。

第二章　检查——不可忽视的必需措施

从准备怀孕到宝宝出生，检查始终贯穿孕妇的生活。产前检查可以知道孕妇的体质情况，孕期检查可以知道胎儿和孕妇的健康状况，产后的检查则能保障母子最大的健康。因此，检查是我们了解母子健康的重要方式，是不可忽视的一个重要环节。而对于检查之事，我们也不能将全部的责任都放在医生的身上，毕竟检查是关系我们自己健康的重大问题，了解检查的知识和检查的重要性，对我们每个人都是非常重要的！

产前检查的必要性

妊娠，对每位女性而言都不只是一个生理过程。在妊娠过程中，无论是孕产妇还是胎儿都要发生一系列生理变化，同时也可能接触一些有害因素，产生各种病理变化，从而造成孕妇疾病或胎儿异常。为了使孕妇平安地度过孕育阶段，让胎儿能顺利发育成熟，孕妇在受孕后最迟不要超过3个月就应该到医院做第一次产前检查，这是为了保护孕妇和胎儿的健康。为了让医师及早了解孕妇的全面情况，发现潜在的不利于妊娠和分娩的各种因素，孕妇进行产前检查是非常必要的，这样可以避免很多意想不到的情况发生。

☆估算预产期

虽然孕妇自己也能够进行预产期估算，但有时孕妇可能会忘记或记不清楚自己上次月经的时间，或者不能准确判断受孕的性生活时间，这样都可能导致无法估算预产期。不过到医院做产前检查就可以解决这个问题了，不仅可以估算出预产期，还可以了解是否真的怀孕了，让准妈妈们做好相关的孕期保健工作。

☆终止妊娠

通过检查还可以发现孕妇本身存在的一些疾病，如遗传疾病、贫血、心脏病、接触过有毒物质或异常分娩史等，其中有一些严重疾病患者是不宜怀孕的，通过产前检查发现后可以决定是否采取终止妊娠等措施。同样，通过产前检查，还可以发现胎儿的一些情况，比如胎儿宫内发育迟缓、前置胎盘、先天畸形、染色体异常和遗传病等，当需要终止妊娠的时候也可以及时终止，避免发生更大的不幸。

☆预防难产

产前检查可以发现骨盆狭窄、胎位不正和胎儿其他异常，对异常情况也能及时采取有效措施，防止和减少难产的发生。同时，通过检查可以综合判断胎儿和母体的情况，这也有助于分娩方式的确定。

☆保健指导

通过检查可以早期发现某些胎儿的先天性畸形，指导孕妇妊娠期卫生和合理饮食，帮助孕妇了解分娩的各个过程，以消除不必要的思想顾虑，指导孕妇做好家庭自我监护。

专家提醒

产前检查是降低围生期死亡率，确保孕妇及胎儿健康、安全分娩的必要措施。但对于产前检查，还有不少孕妇并不重视，有的拖到了很晚才进行产前检查。有的孕妇甚至凭感觉决定是否参加产前检查，然而不少病毒感染只有通过产检发现，如风疹、弓形虫、宫内感染等。另外，许多孕妇在产检中会随着自己的喜好频繁地更换就诊的医院，以至于没有固定的医生进行长期的跟踪检查。为了能更好地让医生了解以前的产检情况，最好选择一个值得信任的医生，长期、固定地进行检查。对于有过因胎儿缺陷而流产的孕妇，一定要通过进一步的检查了解原因所在，否则很可能导致下一胎仍然是一个有缺陷的胎儿。

哪些孕妇必须做产前诊断检查

经过精心准备，终于怀孕了，然而这只不过是成功孕育一个健康宝宝的第一步，在接下来的日子里孕妇还应该按时做好产前检查工作。产前检查可以检测孕妇的身体变化及胎儿的发育状况，它的重要性不言而喻。倘若不及时做产前检查，可能会发生一些意外，比如妊娠合并心脏病可因监护及保健措施不当而发生心衰；妊娠高血压综合征不及时就诊，延误治疗，可产生心衰、脑血管意外、胎盘早期剥离、肾功能衰竭等并发症；胎位异常得不到及时矫正，可致难产或造成软产道裂伤而发生产后大出血。

为此，产前检查还是需要引起重视的。

☆必须检查的对象

夫妻双方有一方出现以下情况，建议到医院做产前检查，以排除产下缺陷儿的可能。这一人群包括：以往生下过有染色体异常的孩子，如智力低下的先天愚型儿；夫妻有一方是不正常染色体携带者；双亲有先天性缺陷；屡次流产、早产，或生过畸形儿；怀孕期曾患病毒感染（尤其风疹），以及有过不良用药、放射线照射等；孕妇年龄超过35岁；近亲结婚的夫妇。

☆高危孕妇检查

某些孕妇由于一些危险因素的存在，较之其他孕妇更易发生胎儿先天性畸形。例如，在高龄孕妇人群中，由于卵细胞的老化，容易产生卵细胞分裂不良而导致胎儿发生先天愚型（亦称唐氏综合征）危险。这些孕妇往往被称为高危孕妇，对这类人群而言更应该做好产前检查，而且需要根据医生的指导，在必要的时候做羊水染色体检查，以排除先天缺陷儿的可能。

这些高危人群主要包括以下几类：第一类是高龄孕妇（年龄不小于35岁）；第二类是有反复流产、难孕、不能解释的围生期死亡（主要是多发性先天畸形）史的孕妇；第三类是夫妇一方是染色体平衡易位携带者；第四类是有家族性遗传疾病史或夫妇一方患有遗传疾病的孕妇；第五类是孕期使用能致畸药物如抗肿瘤药物、孕激素等的孕妇，以及孕早期存在有害物质接触史，如接触大剂量放射线、有害气体等病史；第六类是患有慢性疾病的孕妇，如胰岛素依赖性糖尿病、癫痫、甲亢、自身免疫性疾病、慢性心脏病、肾脏病等；第七类是产前母血筛查高危者，如先天愚型孕妇。

> **专家提醒**
>
> 一般通过孕期检查能使每个孕妇及时得到优生优育及自我保健指导，尽可能及早诊断和防治任何影响分娩和胎儿发育的异常情况，从而消除对孕妇及胎儿有伤害的各种因素，降低孕产妇、胎儿、新生儿患病率和死亡率。倘若准妈妈属于上述人群中的某一类，或怀孕后存在某些危害胎儿的危险因素时，别忘了及时到医院进行产前检查。

何时建立孕产妇保健手册

随着医疗和妇幼保健工作的深入开展，一般城市都有统一的孕产妇保健手册，这个手册是为孕产妇专门建立的记录，主要记录孕产妇在妊娠至产后42天内的健康状况，为医生提供孕产妇在孕期、产时及产后的健康信息，起到指导孕产妇保健及治疗的作用。建立孕产妇保健手册制度，目的是加强对孕产妇的系统管理，提高产科防治质量，降低孕产妇死亡率、围生儿死亡率和病残儿出生率。

☆手册建立时间

孕妇应该在怀孕3个月（12周）内主动到相关医院进行一次初查，详细提供本人疾病史和家庭史，及早发现内科合并症并作遗传咨询，判别能否继续妊娠等，然后由医生为孕妇做好孕妇登记，并建立和填写孕产妇保健手册。

手册应记录孕妇主要病史、体征及处理情况，是孕产期全过程的病历摘要，凭保健手册在一、二、三级医疗保健机构定期作产前检查。

☆早孕检查

一般在建立孕产妇保健手册之前，医院都会对孕妇进行一次早孕检查。检查项目一般包括：身高、体重、血压、全身体检、妇科内诊及化验（血常规、尿常规、血小板、血型、肝功、乙肝两对半）、心电图等。除此之外，医生还会进行一些问诊，比如孕妇既往生育史、疾病史、家族遗传史等。检查过程中发现有危险情况，可能还需要进行一些高危孕妇的筛查、登记和报告工作。

专家提醒

孕产妇保健手册建立之后，孕妇应该保管好，因为在孕期每次作产前检查时均应将结果填写在手册中。而且到最后去医院分娩时必须交出保健手册，在出院时医院则将住院分娩及产后母婴情况填写完整后将手册交给产妇本人。产妇出院后一般要将手册交到社区医院，随后社区医院或街道卫生院还会进行产后回访工作，以观察孕妇产后恢复情况。

孕期检查包括哪些内容

首次产前检查之后，要定期进行检查。一般在妊娠28周前，每4周1次；28～36周，每2周1次；36～40周，每周1次。这是因为越到妊娠后期，孕妇状况越容易发生异常，因此，检查间隔时间也需要缩短。不过，即使在非检查时间，倘若孕妇出现出血或疼痛也要立即到医院进行妊娠检查。一般从孕早期开始，一直到分娩，孕期的不同阶段都会有不同的检查内容。

☆孕早期检查

第一，病史问诊。主要涉及的既往史可能是：慢性病史，如高血压、糖尿病、甲亢、结核；花粉、鸡蛋、海鲜、药物等过敏史；家族病史，如妊娠期糖尿病、难产、慢性高血压、遗传病史；是否近亲结婚，主要是直系亲属和三代以内的旁系血亲；孕妇本身的生育史或不良孕史，如初潮年龄、有否痛经、怀孕次数（人流、药流、流产）、足月分娩几次、顺产、难产（是剖

宫产还是产钳术）、流产、早产、死胎、畸胎、智低儿、染色体病儿、死产史、新生儿死亡史、多年不孕等。

第二，查体。身高、体重、血压、甲状腺、乳房、心、肺、肝、脾等基本情况；妇科窥器检查，主要是检查是否有宫颈阴道炎、宫颈糜烂、息肉、尖锐湿疣、软产道畸形（阴道纵隔、双阴道）、侧切瘢痕、子宫肌瘤、宫颈癌等；妇科检查内诊，主要检查子宫的位置、大小、质地。

第三，化验检查。血常规检查，一般妊娠早、中、晚期均需进行贫血检查，因此血常规应每月检查一次；尿常规检查，也应当每月检查一次；乙肝两对半、肝功能检查；阴道分泌物涂片；血型检查，一般妊娠早、中、晚期均可查血型；TORCH感染检查，主要检查单纯疱疹病毒、弓形虫、巨细胞病毒、风疹病毒的感染免疫情况；有妊娠合并症、并发症者还应检查大生化、血糖、血沉、出凝血时间或凝血4项。对于一些特殊孕妇，可能还需要进行心电图检查，以了解孕妇心脏情况。

☆孕中期检查

第一，查体。查血压、浮肿，这两项指标有助于判断妊娠高血压疾病；多普勒听胎心；称体重，可以有助于判断孕妇的营养情况，以及胎儿

的成长情况；测宫高、腹围，有助于判断胎儿情况。此外，孕20周以后，孕妇应该学会自我监测胎动情况。

第二，化验。血常规检查，可以检查血红蛋白、血小板、白细胞等情况；尿常规检查，有助于反馈妊娠高血压疾病、妊娠期糖尿病、肾脏功能情况。

第三，其他检查。孕中期往往是胎儿发育最关键的时期，也是一些特殊疾病的排查阶段。在孕16周时，生过无脑儿者应B超筛查无脑儿，同时孕16周是羊膜腔穿刺最佳时机，因此唐氏综合征筛查阳性者应该在此时选择做羊膜腔穿刺检查。在孕15～20周，可以进行唐氏综合征筛查试验；孕17～18周，是B超查脊柱裂的最佳时机；孕18～22周可以进行首次B超，此时（＜24周）最适于B超筛查胎儿肢体畸形；在孕24～28周，可以进行糖筛检查，有助于判断妊娠糖尿病。

☆孕晚期检查

第一，继续孕中期体格检查，注意检查胎位，判断胎产式、胎先露部位，如发现异常应及时纠正。

第二，孕28～32周后，记数胎动并记录；孕30～34周后，开始做胎心监护，到孕37周，必须胎心监护，起码每周1次。孕34周，做骨盆外测量。

第三，产前复查B超，观察胎儿生长发育情况、胎盘位置及成熟度、羊水情况等。一般在孕晚期就要决定是否需要提前入院待产了，一般正常者不宜提早入院待产，决定剖宫产者可入院择期手术。但有些情况下是一定要提前入院待产的，包括双胎妊娠、臀位足先露、妊娠期糖尿病、瘢痕子宫、妊娠高血压疾病、心脏病、前置胎盘、早产、胎膜早破等。

专家提醒

在孕期，为了预防一些感染性疾病可能需要注射一些疫苗。对于孕妇而言，破伤风疫苗、狂犬病疫苗、乙肝疫苗、乙脑疫苗等，这些疫苗都是可用的。但是一些活疫苗对孕妇而言是禁止使用的，如水痘、风疹、麻疹、腮腺炎等病毒性减毒活疫苗，以及口服脊髓灰质炎疫苗、百日咳疫苗等。此外，能够引起全身反应的疫苗也不能使用。

早孕检查，未雨绸缪

确诊怀孕之后，很多孕妇都很开心，终于可以当妈妈了。但这也意味着孕妇有更多的责任需要承担了，首要的就是要按时参加产前检查。不管怀孕后自我感觉身体多健康，为了确保胎儿和母体健康也要按时进行产前检查。其中，初诊检查有着非常重要的意义。初诊检查的作用主要是全面了解孕妇及胎儿的基本状况，从而诊断孕妇和胎儿的健康。另一方面，可以通过超声波判断胎儿的胎位，确定预产期，为以后的产前管理、孕期保健奠定基础。因此，可以说孕期的初次检查是件大事，孕妇和家人都不能忽视。那么，孕早期检查主要有哪些项目呢？

☆询问病史

除了年龄、职业、住址之外，医生可能还会询问一些关于孕妇月经史、既往史、病史、家族史和妊娠过程等情况，孕妇最重要的是如实回答。也可以事先写好有关最后一次月经、月经周期、体温变化及是否服用药物的便条，既清楚明了又可以缩短问诊时间。

☆妇科窥器检查

主要是了解阴道、宫颈情况，排除孕妇的生殖器官发育异常；观察阴道黏膜是否充血，阴道分泌物的颜色、量是否正常，是否有异味；看看宫颈是否糜烂、有没有宫颈息肉存在；若早孕期间有出血，观察出血的原因是否与阴道、宫颈有关。

☆白带检查

了解阴道内是否有滴虫、真菌存在，必要时还要进行衣原体、支原体、淋球菌检查。若存在以上微生物，容易引起上行性感染，影响胚胎发育，诱发流产。

☆宫颈刮片检查

此项检查主要是了解宫颈表皮细胞的形态，排除宫颈肿瘤的发生。当然，宫颈刮片检查是较初级的检查方法，产生疑点时可以进一步做阴道镜检查或宫颈活检病理切片明确诊断。

☆妇科三合诊检查

主要了解子宫大小是否与停经月份相符合，胚胎是否正常发育。当出现子宫大小与停经月份不相吻合时，需要进行B超检查，以排除子宫肌瘤、子宫发育异常和胚胎发育异常等情况。同时，医生检查的内容还包括双侧附件是否正常；当卵巢增大时，需要鉴别是妊娠引起的功能性增大，还是器质性增大。

☆超声波检查

主要了解子宫和胎儿的发育情况。

专家提醒

在早孕检查中，问诊虽然较主观一些，但却非常重要，因此，孕妇在回答的过程中一定要实事求是，不能隐瞒过去病情等情况。根据孕妇自身情况，在早孕检查过程中可能还需要进行一些其他检查，如患有心、肝、肾、甲状腺等疾病，需要请内科医生会诊，了解继续妊娠是否会增大危险。若反复自然流产，早孕期间夫妇双方的全面检查更是十分必要的。在检查完毕后，医生还会指导孕妇进行自我监护，避免接触有毒、致畸的物质，注意饮食起居，告知何时是预产期、孕期发生异常时如何对待，并交代下次检查的时间。

孕期为何要做B超检查

B超检查是指B超仪器发出超声波进入人体后，在不同的器官和组织产生不同的折射、反射、吸收和衰减，并接受它的回声信号，在计算机的分析后形成影像表现出来，以此来进行疾病检查的方法。那么，孕期为什么要做B超检查呢？

☆确定孕妇健康状况

通过B超可以检查出孕妇本身是否患有一些疾病，倘若有不利于继续妊娠的疾病，可以早期做出处理，以终止妊娠。通过B超可以观察孕妇的骨盆、产道等情况，为以后顺利分娩做好准备。

☆确定胎儿发育情况

从理论上说，妊娠的第5周开始就可以做B超检查了，此时通过B超可以观察妊娠部位是否正常（排除宫外孕），胚胎是否存活。不过，现在一般不允许那么早做B超检查。此后，到了孕中晚期可以通过B超清楚看到胎儿的发育情况，比如在怀孕的第13周之后，B超可以清晰地显示出胎儿的头颅、躯干、心、肺、肝、脾、胃、肾、膀胱等器官和四肢骨骼的情况。

医生通过测量所得的数据，就可以估计出胎儿发育的情况，还能确定胎位及胎盘位置，评价胎盘功能，这些都可以为以后选择分娩方式提供铺垫。B超对内脏畸形亦可做出诊断，如内脏外翻、内脏膨出、胸水及腹水、巨大膀胱、肾积水、多囊肾、胃肠道闭锁、四肢短小畸形、连体畸形、寄生胎、无心无头畸形等。B超还能观察性别，但要注意的是，不应因性别偏爱而有选择性别的行为，以免造成人类性别比例失调。

☆异位妊娠诊断

孕期B超检查更重要的作用体现在可以及时发现异位妊娠，一旦发现异常可以及时采取措施，保护母婴健康，甚至可以挽救孕妇生命。比如，在怀孕早期出现阴道流血者，B超可确定胚胎是否存活，能否继续妊娠，有无异常妊娠或葡萄胎；怀孕中后期发生阴道流血者，通过B超可以确定胎盘情况，如可以确定是否为前置胎盘及前置的类型，或者是否存在胎盘早剥的现象。对于子宫异常增大的孕妇，可以确定羊水过多还是多胎妊娠，还能观察胎儿有无畸形。若怀疑有染色体异常的遗传病胎儿，可在B超下抽取少量绒毛组织、宫内脐血或羊水，再进一步作遗传学检查。

> **专家提醒**
> 一般情况下，由于医院使用的B超诊断剂量比较小，而且时间一般也不长，因此可以说这种检查方法对人体是无损伤的，因而B超也成了很多医院产前检查的一个必做项目。一般孕妇在妊娠5周后就可以开始做B超检查了，但如果不是不想要孩子或者有其他特殊的原因，一般妊娠3个月之内是不可以做B超检查的。

孕早期何时该做B超检查

由于B超可以用于孕期诊断胎儿多种疾病，如颅脑、脊柱、心、肾、肢体等先天性畸形，在优生优育方面发挥了积极作用。因此，现在有许多医院已经将B超检查列为孕期的常规检查项目。然而，近年来，由于超声诊断仪种类增多、功率大、频率高，并且超声应用已呈现早期化和多次化的特点，尤其扩展到对卵、胚胎发育期进行监测。但对于孕早期的胎儿来说，他们的承受能力实在是太弱了，因此，在孕早期进行B超检查一定要慎重。

☆早期B超的危害

在人体内大多数器官中，损伤少量细胞不会产生危害。但是，在器官形成的早期胚胎阶段，胚胎细胞对物理、化学刺激都很敏感，因此，对正在发育敏感期的胚胎和胎儿，即使只是损伤几个细胞也是不允许的。这也就意味着在孕早期过早进行B超诊断检查，可能会对胎儿造成一定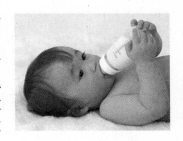的伤害。

我国学者在研究中发现，孕早期超声诊断影响绒毛细胞内的生化代谢，这些变化对胎儿的生长发育无疑都会产生不利影响。同样，国外研究人员也发现，孕妇进行B超检查时，子宫内胎儿的活动比平时增加。这说明胎儿在做B超检查时是会受到影响的，因此，现在越来越多的专家学者认为，怀孕早期应用超声诊断会对胎儿产生不良反应。

☆孕早期哪些人该做B超

虽然在孕早期不主张做B超检查，但在孕早期有些情况是必须要做B超检查的，这些情况包括：①有先兆流产现象，且阴道出血时间长，需要了解胚胎是否存活，是否有必要继续保胎，还需排除葡萄胎的可能；②出现下腹部疼痛，需要排除宫外孕，或怀孕合并肿物；③对月经不正常的怀孕妇女，需要了解胚胎发育情况，估计怀孕周数，排除多胎；④有明显的胎儿畸形，如无脑儿、缺肢等。

专家提醒

国内曾有专家对17例怀孕7～8周并准备做人工流产的孕妇进行对比分析，将她们分成3组，分别进行B超检查，按检查时间分为1分钟组、2分钟组和3分钟组。最后对比发现，在未进行B超检查前，17例孕妇的胚胎微绒毛膜发育均良好，滋养层细胞粗细一致，分布均匀，但B超检查后，胚胎结构发生了明显改变——除1分钟组无变化外，其余2组12例中就有8例发生了微绒毛弯曲、排列紊乱、局部膨胀或变细等变形情况。因此，相关研究人员认为B超超量检查对孕早期胚胎绒毛微结构及细胞膜有直接损害，可导致流产率及畸形发生率升高。因此，孕早期女性应慎用B超，不必要做则尽量不做；确实需要时，也应严守最小剂量原则，尽可能减少超声波的强度，缩短检查的时间，以尽量避免产生危害。

孕妇该进行几次B超检查

从优生优育的角度看，为了监测胎儿的生长发育，降低畸形儿和有缺陷儿的出生率，孕期B超检查是很必要的。然而，近年来有医学专家发现，孕期过多地进行B超检查，容易造成新生儿语言发育迟缓等损伤。因为超声波毕竟也是一种能量形式，达到一定剂量和辐射时间，会在受检查者体内产生生物反应，使机体组织受到损伤。因此，很多孕妇开始担心，怕做B超检查会给胎儿带来伤害，其实，只要孕妇做B超不是很频繁，使用时剂量不过大，一般还是可以认为是基本无害的。专家主张孕期一般最好要有3次B超检查。

☆孕早期

虽说从怀孕第5周开始就可以进行B超检查了，但一般不建议那么早进行，以免对胎儿造成伤害。倘若在孕早期发生一些特殊情况，担心胎儿健康状况，那么可以在第10～13周进行一次B超检查。这时的B超主要是用来检查怀孕是否为宫外孕、葡萄胎等特殊情况，同时可以检查胎儿是不是存活。对于月经不准的女性而言，此时的B超也可以提供胎儿生长的较为准确的时间，可以较准确地估算出预产期。

☆孕中期

一般在怀孕26～30周应该进行第二次B超检查，此时做B超的目的是了解胎儿发育情况，是否有体表畸形，还能对胎儿的位置及羊水量有进一步的了解。可以检查以下内容：

首先，检查胎儿情况。此时胎儿有没有畸形B超检查后很快就可以知道，比如无脑儿、脑积水、小头畸形、脊柱裂等。其次，检查胎位情况。如果到28周胎儿还是屁股向下，那么可以在医生指导下做做操以转换胎位为头朝下。再者，可以检查到羊水情况、胎盘情况和胎儿的脐带情况，一旦发现问题可以及时处理，事半功倍。

此时如果出现不适合继续妊娠的情况，可以在孕妇及家人的同意下及早终止妊娠，否则，到时生下一个缺陷儿，那就追悔莫及了。

☆孕晚期

第三次B超可以在孕36～40周进行，此时做B超检查的目的是确定胎位、胎儿大小、胎盘成熟程度、有无脐带缠颈等，防止胎儿在子宫里出现缺血缺氧的情况，进行临产前的最后评估。

专家提醒

在整个怀孕期间，早、中、晚期各进行一次B超检查是必要的。不过一般认为，怀孕18周以内的孕妇最好不做B超，尤其是在怀孕早期（特殊情况例外，如孕早期阴道见红，要做B超检查以确定胚胎是否存活，能否继续妊娠，有无异常妊娠或葡萄胎等）。一般情况下孕期做3～4次B超检查就足够了，但如果孕期出现腹痛、阴道流血、胎动频繁或减少等异常，以及胎位不清等情况，还需根据医生检查情况酌情进行B超检查。另外，如果没有必要，最好不要做B超来鉴别胎儿性别。因为鉴别胎儿性别需要比较长时间照射胎儿的某个部位，这可能会由于B超的热效应而给胎儿带来伤害。

看懂孕检B超报告单

现在妇产科B超成为了孕检的常用工具之一，它能够直观地显示胚胎在宫内发育的全过程。理论上，自停经第5周一直到整个临床妊娠期，均可用

B超做出有效的诊断，获得胎心、胎动等资料。然而，很多孕妇拿到B超诊断报告时，却非常郁闷，因为B超报告单不容易看明白。虽然在孕期不同阶段的B超检查会有不同的侧重点，不过一般而言B超主要显示的还是一些有关胎儿情况的常规数据。

☆GS（胎囊）

一般来说，胎囊只在怀孕早期可以见到。月经规则的妇女，停经35天，B超检查就可在宫腔内看到胎囊。它的大小，在孕1.5个月时直径约2厘米，2.5个月时约5厘米为正常。胎囊位置在子宫的宫底、前壁、后壁、上部、中部都属正常；形态圆形或椭圆形、清晰为正常。如胎囊为不规则形、模糊，且位置在下部，孕妇同时有腹痛或阴道流血时，则为不正常，此时预示可能要流产。

☆BPD（双顶径）

双顶径是指胎儿头两边直径测量的数据，又称为"头部大横径"，是推算胎儿大小的指标之一。按一般规律，怀孕3个月时BPD小于3.0厘米；在孕5个月以后，基本与怀孕月份相符，也就是说，妊娠28周（7个月）时BPD约为7.0厘米，孕32周（8个月）时约为8.0厘米，以此类推。孕8个月以后，平均每周增长约0.2厘米为正常。当初期无法通过CRL来确定预产日时，往往通过BPD来预测；中期以后，在推定胎儿体重时，往往也需要测量该数据。

☆GP（胎盘分级）

这个指标主要是为了判断胎盘的成熟度，一般胎盘的正常厚度应在2.5～5厘米。根据绒毛膜、胎盘光点、基底膜的改变，将胎盘成熟度分为0、Ⅰ、Ⅱ、Ⅲ四级，有时还有Ⅲ+级。正常早期妊娠多表现为0级，是胎盘的生长阶段；Ⅰ级为胎盘成熟的早期阶段，回声均匀，在怀孕30～32周可见到此种变化；Ⅱ级表示胎盘接近成熟；Ⅲ级提示胎盘已经成熟。妊娠中晚期，随着胎盘的成熟，由Ⅰ级向Ⅲ级发展。孕37周以后，大多是Ⅲ级胎盘。一般而言，胎盘Ⅲ级可作为胎儿成熟的参考。

☆AFI（羊水指数）

做B超时，以孕妇的脐部为中心，分上、下、左、右4个区域，将4个区域的羊水深度相加，就得到羊水指数。医生往往会根据羊水深度来判断胎儿有无异常，一般羊水深度在3～7厘米为正常，超过7厘米为羊水增多，少于3厘米为羊水减少。如果羊水过多，表明胎儿的神经管或消化道有可能异常；如果羊水过少，则可能是胎儿泌尿系统出现了问题。

☆FL（股骨长）

股骨长是指胎儿的大腿骨的长度，又称为"大腿骨长"。大腿骨是指大腿根部到膝部的长度。一般在妊娠20周左右，通过测量FL来检查胎儿的发育状况。一般FL的正常值与相应的怀孕月份的BPD值差2～3厘米，比如说BPD为9.3厘米，股骨长度应为7.3厘米左右。

☆其他

除了上面提到的测试数据外，还有一些其他的数据项，其中CRL是指从胎儿头部到臀部的长度，又称为"头臀长"。妊娠8～11周期间，每个胎儿发育状况还没有太大差异，因此，医院往往通过测量CRL来预测预产日。APTD是指腹部前后间的厚度，又称为"腹部前后径"。在检查胎儿腹部的发育状况及推定胎儿体重时，需要测量该数据。TTD是指腹部的宽度，又称为"腹部横径"，在妊娠20周之后，与APTD一起来对胎儿的发育情况进行检查（有时也会测量腹部的面积）。S/D是指胎儿脐动脉收缩压与舒张压的比值，与胎儿供血相关，当胎盘功能不良或脐带异常时此比值会出现异常，在正常妊娠情况下，随孕周增加胎儿S值下降，D值升高，使比值下降，近足月妊娠时S/D小于3。有时还需要测量一些数据，如AC（腹围）、HC（头围）、HL（肱骨长）。

专家提醒

医生根据B超显示，还会做出一些关于胎儿胎动、胎心等判断。一般在孕28～32周，胎动最强烈，孕36～38周以后，胎动幅度、次数逐渐减少；在上午8～12时比较均匀，午后2～3时最少，晚上6～10时最频繁。以"有"、"强"为正常，"无"、"弱"可能反应胎儿在睡眠中，也可能为异常情况，要结合其他项目综合分析。胎心也同样，一般胎心频率正常为每分钟120～160次；以"有"、"强"为正常，"无"、"弱"为异常。

此外，通过B超还可以判断出胎儿的脊椎和脐带情况，胎儿脊柱连续为正常，缺损为异常，可能脊柱有畸形；正常情况下，脐带应漂浮在羊水中，如在胎儿颈部见到脐带影像，可能为脐带绕颈。

应知道的早孕绒毛检查知识

　　早孕绒毛检查是近些年发展起来的一项新的产前诊断技术，有时也称为胎儿绒毛取样检查或胎儿绒毛细胞检查。由于绒毛组织是妊娠胎儿身体组织的一部分，从这些组织可以很清楚地、准确地检查整个胎儿是否在遗传方面正常或异常，又因为它很容易获得，所以用来作为产前诊断的一种办法，来帮助医生了解胎儿是否正常。在一些地区早孕绒毛检查项目进行的还是比较多的，因此，孕妇应该了解一些关于早孕绒毛检查的相关知识。

☆为何做

　　由于绒毛膜是胎盘的主要成分，它与胎儿都是由同一个受精卵分化发育而成，因此绒毛膜细胞与胎儿细胞中的染色体是相同的，所以取绒毛细胞诊断有无遗传性疾病和判定性别的准确率很高。临床通常认为，在怀孕后的40～70天是做这项检查的最佳时期，它可以诊断出各种染色体病和先天性代谢病，同时可使胎儿诊断从孕中期（16～24周）的羊膜腔穿刺提前到孕早期。通常绒毛细胞检查主要用于了解胎儿的性别和染色体病，其准确性可高达90%以上。

　　由于绒毛检查在早孕期就可以做，如果结果不正常，就可以在妊娠3个月内及时终止妊娠，此时终止妊娠也较为容易。这项检查还能够诊断部分胎儿疾病，如唐氏综合征、家族性黑蒙性白痴和囊性纤维变性等，从而决定是否需要进行人工流产，中止妊娠。若此时发现胚胎有病则可以及时进行人工流产，既避免了患有缺陷胎儿的出生，也免去了孕中期引产的痛苦。这项技术的应用还比较广泛。

☆哪些人该做

　　生过遗传疾病孩子的妇女，由于再次妊娠有一定的几率再次发生遗传性疾病，因此再次妊娠的早孕期（妊娠7～9周），医生会建议做绒毛组织活检。如果结果不正常，就可以在妊娠3个月内及时终止妊娠。

妊娠为何要查血常规及血型

　　正常妊娠之后，胎儿开始迅速发育生长，为此需要大量的营养物质和氧气，而这些物质都来源于母体。因此，在整个妊娠过程中，母体的血液会发生一定的变化。因为此时母体要负担两个人的血液供应，除了血容量增加，心脏负担加重以外，血液的成分也有变化，易出现生理性贫血。因此，妊娠期间检查时应行必要的血常规及血型化验检查。

☆血常规检查

　　血常规是最一般、最基本的血液检验，不过化验单上有许多项目确实非常专业，其作用是帮助医生判断病人的病情，或者查找病因。在血常规化验单中，许多项具体指标都是一些常用的敏感指标，对机体内许多病理改变都有敏感反映，普通人关键要看的数值有4项：白细胞总数、红细胞总数、血红蛋白和血小板。这4个项目中任一项出现异常都应该引起重视。以发热为例，医生会让病人做个血常规检查，目的就是为了分辨病人的发热是由细菌感染引起还是由病毒感染引起的。如果患者的白细胞高于参考值上限，表示可能是细菌性感染；如果是低于参考值下限，则可能是病毒性感染。另外，一些已经明确诊断或治疗过程中的患者也需要经常做血常规检查，这是观察治疗效果、用药或停药、继

续治疗或停止治疗、疾病复发或痊愈的常用指标。

对于孕期女性而言，进行血常规检查更为重要，通过检查可以及时发现贫血等血液系统疾病。因为如果母亲贫血，不仅会出现产后出血、产褥感染等并发症，还会殃及胎儿，给胎儿带来一系列影响，例如易感染、抵抗力下降、生长发育落后等。

☆血型检查

一般确诊妊娠的妇女，均应检验A、B、O血型，外籍或我国少数民族的孕妇还应加做Rh血型检查。血型检查的目的是为了及早了解孕妇血型，以便提前做好孕期中的母婴监测，采取相应的预防措施，必要时在适宜的时间中止妊娠，并做好新生儿溶血症的各项监测及处理，减少其危害。

早孕时的不完全流产，晚期的前置胎盘及胎盘早期剥离，以及分娩后子宫收缩乏力或胎盘剥离异常引起的子宫多量出血，均可使孕产妇陷入休克状态。及时配血及输血对抢救工作十分重要，因此有必要提前做好血型的检验工作。从临床实践来看，O型血的孕妇，如其配偶为A型、B型或AB型者；孕妇为Rh阴性，而其配偶为阳性者，均可能发生母婴血型不合及新生儿溶血症。

> **专家提醒**
>
> 很多人做血常规检查，发现自己的某些指标高于或低于参考值，常感到紧张，怕自己的健康出了问题。其实，顾名思义，"参考值"就是一个用于参考、指导判断的数值，血常规检验参考值异常并不等于健康就出现了问题。血常规实际上是正常人群中绝大多数人的平均数值，参考值只是一个统计学上的概念。在血常规检查中，只要是主要指标正常，其他次要指标高点低点没有关系。而且，化验结果也受很多因素的影响，不能单凭一次检查就判断有没有疾病，化验结果要结合症状、体征、其他辅助检查等综合分析，才能正确判断身体的健康状况。

妊娠为何要定期查尿、测血压

怀孕对女性来说是非常美好的事情，在10个月的孕期里虽然会有妊娠反应等诸多不便，但即便如此，孕妇感觉还是幸福的。在孕期中还有很多其他的妊娠并发症出现，这些病症轻则影响胎儿和孕妇的健康，重则可能危及胎儿或孕妇的性命。在孕妇众多致死原因之中，妊娠高血压综合征是很主要的因素之一。尤其是到了妊娠中晚期，比如在妊娠20周以后很容易发生妊娠高血压综合征，对孕妇和胎儿都会有很大的伤害。因此，孕期检查时，应该定期检查尿常规和血压，一旦发现异常可以及时处理。

☆尿常规检查

尿常规检查在各级医院中均可以开展，并且是最简单易行、无痛苦、迅速的检查手段，因此，如今的尿常规检查已经成了医院中最常用的检验项目之一，是反映身体健康状况的基本指标之一。尿常规检查一般应包括尿蛋白定性、尿糖定性和尿沉渣检查三项内容。随着医疗科技水平的提高，尿常规检查已经由原来的人工分析转为使用半自动或自动尿分析仪，使得尿常规检查的结果可以提高到8~10个项目。这些项目一般可以

包括尿蛋白、尿糖、尿酮体、尿比重、酸碱度、尿胆红素、尿胆原、亚硝酸盐、红细胞（潜血）和白细胞。此外，个别仪器还可以进行尿中排除维生素干扰的定性检查。

其实，医生要求孕妇做尿常规检查，并要求经常复查尿常规实验结果，其目的是为了解肾脏的一般情况和改变，以及其他脏器的疾病对肾脏功能有无影响等。在孕期尿常规检查时，若发现有肾功能的改变时，并结合临床，可筛选出妊高征。另外，还能通过查尿中雌三醇的含量了解胎盘的功能。因此孕期一定要进行尿常规检查。

☆血压检测

女性怀孕后生理上会发生一系列变化，血压很容易受到影响而发生波动，或升高或降低，此时极需与孕前的基础血压作比较，以确认是不是病态（如妊高征），好让医生心中有数，提前做好救治的准备。血压高是妊娠高血压疾病的症状之一，一般20周以后会发生，它将影响胎儿的发育成长。因此，测血压也是筛选妊高征的必要手段，测血压也是每次孕期检查的必测项目。

一般来说，孕妇血压的标准值不应超过130/90毫米汞柱，或与基础血压（孕前血压）相比增加不超过30/15毫米汞柱。每一次检查都要量血压，看看是否在基础血压上有升高，用以预测

或观察孕妇是否会得妊娠高血压疾病。倘若平时没有做检测，有可能出现这样一种情况：临产时血压为120/80毫米汞柱，属于正常范围，但因为孕前的血压是90/60毫米汞柱，前后一比较，血压值上升明显，已经符合妊高征的诊断标准。

> **专家提醒**
>
> 其实测血压很简单，只要挽起袖子、亮出胳膊，医生一两分钟就搞定，可谓"伸手"之劳。然而，很多孕妇可能会在无意间忘记测量血压，这样一点点小疏忽可能会酿成最后的大祸。因为妊高征是一个比较严重的孕期病症，大多发生在孕20周与产后2周，表现为高血压、水肿、蛋白尿，严重者抽搐甚至昏迷，是孕产妇的常见"杀手"之一。不过，在孕前检查时，只要简单地伸伸手，做个血压检测就可以，有了基础血压这个重要的监测指标，一般能很简单地判断出妊高征。此外，血压过低也不行，表示孕妇身体虚弱或贫血。

筛查应据当地切割值评估结果

产前筛查是对孕妇进行怀有某些先天性异常胎儿的"危险"程度的筛选。产前筛查的目的是进一步对高危人群确诊，并为孕妇提供终止妊娠的方法，预防和减少出生缺陷。这无论从优生优育的角度还是从母婴健康的角度来看都是很必要的。

☆筛查目的

产前筛查是预防大多数先天缺陷儿出生的一种手段，它是通过化验孕妇血液中的某些特异性指标，筛选出高危人群来实现的。如果不进行产前筛查，某些先天缺陷如先天愚型等就要通过侵入性方法如羊膜腔穿刺来诊断，容易对胎儿造成伤害，这只适用于某些高危人群的诊断。一般来说，产前筛查优点比较明显，比如在孕14周就可进行，时间上比较早。产前筛查对孕妇和胎儿无任何影响，因此也比较容易普及，易于让孕妇接受。

目前，产前筛查主要针对发病率比较高的先天愚型、神经管畸形、18-三体综合征等疾病进行筛查、诊断。进行检查的最佳时期是妊娠15～20

周，也可以在妊娠早期（10～14周）进行。通过产前筛查，可以筛查出可能怀有患先天愚型、神经管畸形、18-三体综合征胎儿的高危人群，然后再经进一步检查确诊。一旦确诊怀有先天愚型儿的孕妇将被劝告终止妊娠，从而避免了残疾儿的出生。

☆筛查结果评估

由于目前产前筛查的技术水平还比较有限，因此，各地产前筛查的准确率都不会达到100%。一般，产前筛查会出现假阴性（将疾病妊娠误查为正常妊娠）和假阳性（将正常妊娠误查为疾病妊娠）两种情况，而假阴性病例会因此误诊，假阳性病例一般在确诊实验时将被纠正。

因此，我们可以说筛查并不是确诊，只是一种风险预测。由于医学技术水平的限制，以及孕妇间个体差异或有些已知和无法预知的原因，会使筛查结果出现高风险和低风险两种。在低风险人群中有可能遗漏个别患儿，但发生的概率极低；高风险人群中也不一定都是患儿，但需要做进一步的产前诊断排查。但最后的筛查结果评估需要因地制宜，也就是说要考虑到各地各实验室采用的方法和制剂可能并不相同，各地都有自己判断高风险和低风险的参考数值，因此具体评估筛查结果应根据当地实验室的切割值（即当地的参考数值），如小于切割值表明风险率低。

> **专家提醒**
> 可能有些人会问，自己家族中从来没有人患过这类病，孕妇在怀孕中也很正常，是否要参加产前筛查？由于有些先天性缺陷，如神经管畸形、先天愚型，虽属遗传性疾病，但受环境因素影响较大，它的发生有一定的随机性。因而，不能仅根据家族史和妊娠史就判断有没有先天性缺陷，只要有条件，最好都参加产前筛查。

羊水染色体检查能检测出胎儿的问题吗

一般在怀孕16～20周的时候（特殊情况除外），胎儿的细胞已经开始在羊水中流动，因此，此时可以在B超的监控下，从孕妇肚中抽取20～30毫升的羊水，排除染色体数目和结构的异常。这就是所谓的羊水染色体检查。其实，医生感兴趣的并不是羊水本身，而是羊水中胎儿的细胞，通过检查可以得出染色体数量和形状的所有异常。目前还没有特殊的手段对胎儿大脑的发育进行检测，不过由于一些染色体数目异常的胎儿存在智力低下问题，因此可以通过羊水检查胎儿染色体有无异常，来间接推断胎儿大脑发育有没有受损。通过羊水染色体检查可以发现一些可能影响胎儿大脑发育的潜在威胁。

☆某些遗传疾病

在羊水检查中，最常见的疾病是杜兴肌营养不良肌病（逐渐侵犯整个肌肉）、脊髓性肌萎缩（严重地侵犯肌肉，引起婴幼儿夭折），或者严重的血友病（血液病）。在这种情况下，羊水诊断不是用来建立染色体核型分析的，而是观察胎儿的基因，甚至在染色体内部观察。只要确定了缺陷基因的变化，就可以在胎儿脱氧核糖核酸上寻找有没有相同的变化，这样就可以判断出胎儿的健康状况。

☆某些畸形

主要针对的是脊柱裂，即一种脊椎没有闭合的畸形。如果人们怀疑胎儿可能有这种畸形（家庭中已有孩子是脊柱裂，或者超声波图像有这种怀疑），就要通过羊水诊断测量羊水中乙酰胆碱酯酶的含量。因为这种酶一般只存在于脑脊液里，如果在羊水中发现这种酶，那么肯定存在着脑脊液泄露的缺陷。

☆病毒感染

研究表明，一些病毒感染易导致胎儿大脑发育异常而引起孤独症。不过，一般孕妇通过验血就能做出弓形虫或者巨细胞病毒等感染的诊断，同样也能通过羊水检查，发现在羊水中存在这些病原体。

专家提醒

羊水检查不是没有风险的，因此，羊水诊断仅限于染色体或基因疾病高危孕妇。如果对于一些特殊孕妇，可以通过其他途径检查，如超声波和血清筛查试验，尽管它们不能像羊水诊断那样百分之百的可靠，但是已经可以给出极好的指标。为了保证安全，孕妇在考虑进行羊水检查之前，最好咨询医生，医生会根据掌握的数据，决定是否需要做羊水诊断。

那么，羊水检查有哪些风险呢？在羊水诊断后的几天内，0.5%～1%的孕妇可能会流产。一般医生越有经验，做羊水诊断越多，胎儿流产的危险就越小。但如果羊水检查做得过早，比如10～13周做，就会增加流产的几率。此外，还可能会使孕妇发生某些并发症，比如羊水从穿刺眼漏出需要再次封闭，子宫痉挛收缩，轻度或重度出血等。

孕妇为何要测定母血中的甲胎蛋白

甲胎蛋白（AFP）是早期胚胎特有的一种蛋白质，在怀孕第6周即开始在胎血中出现，到14～20周达到高峰，此后便逐渐降低。甲胎蛋白检查是一种血液检查，可以帮助确定胎儿有无异常。由于甲胎蛋白可进入母体血中，虽然比胎血中浓度低很多，但临床只需取母血就可进行检查，因为取材非常方便，

临床常用来做筛查。通过母血中甲胎蛋白的定量测定可以帮助医生预测一些先天性或遗传性问题，比如唐氏综合征或脊柱裂等。

☆什么是甲胎蛋白

甲胎蛋白是一种糖蛋白，是胚胎早期的主要蛋白质，主要来源于胎儿肝脏和卵黄囊。胎儿的消化道和肾脏也能产生微量的甲胎蛋白。甲胎蛋白在妊娠早期1～2个月由卵黄囊合成，继之主要由胎儿肝脏合成，胎儿消化道也可以合成少量甲胎蛋白进入胎儿血循环。甲胎蛋白是胎儿的一种特异性球蛋白，在妊娠期间可能具有糖蛋白的免疫调节功能，可预防胎儿被母体排斥。甲胎蛋白由胎儿肝脏进入胎儿血液循环，经胎儿尿液排出至羊水中，同时经胎盘渗透到孕妇血清中或是由胎血直接通过胎盘进入母体血液循环。

羊水中甲胎蛋白主要来自胎尿，其变化趋势与胎血甲胎蛋白相似；母血中甲胎蛋白来源于羊水和胎血，但与羊水和胎血变化趋势并不一致。妊娠早期，母血中甲胎蛋白浓度最低，随妊娠进展而逐渐升高，妊娠28～32周时达高峰，到36周时逐渐下降。

☆甲胎蛋白检查反馈

正是由于母体血清中甲胎蛋白的来源主要是胎儿，所以母体中甲胎蛋白含量的变化往往可以预测胎儿发生一定的异常，由此可以达到筛查的目的。

母体血清中的甲胎蛋白含量出现异常增

高，往往预示着可能会出现以下异常：①胎儿患有开放性神经管缺陷疾病，比如无脑儿、开放性脊柱裂、脑膜膨出等；②多胎妊娠，死胎、胎儿上消化道闭锁、胎儿先天性膈疝和内脏外翻等；③卵巢内可能有胚窦瘤及部分恶性畸胎瘤。倘若母体血清中甲胎蛋白的含量出现异常降低现象，往往需要考虑以下可能：①胎儿患有唐氏综合征；②孕妇有糖尿病或妊娠高血压综合征。

从目前已有研究情况来看，在孕妇怀有唐氏综合征胎儿时，母体血清甲胎蛋白水平比正常妊娠低23%左右；怀有开放性神经管缺陷的孕妇，其血清中甲胎蛋白及羊水中的甲胎蛋白水平可比正常妊娠高80%～90%。但是闭合的神经管缺陷，即使伴有脑水肿，孕妇的甲胎蛋白水平仍然是正常的，因此这时还需要通过其他检查方法来诊断。

专家提醒

许多孕妇对医院检查敏感，一旦进行甲胎蛋白检测就急于知道结果，而结果一旦与参考值稍有偏差就十分紧张。要知道，这种紧张情绪并不能帮助维持甲胎蛋白水平平衡，反而会使孕妇更加急躁。其实，甲胎蛋白测定只不过是一种筛选方法。在孕满16周以后，以孕妇血液中的甲胎蛋白测定结果作为筛选指标，怀疑有畸形或遗传病胎儿的，可以进一步做宫内诊断，包括B超、羊水细胞染色体分析、血型检查、生化检查，有条件的还可以做基因诊断及羊膜镜及胎儿镜等检查。通过一系列检查才能最终确诊，因此当甲胎蛋白测定结果出现异常时也不用着急，是否需要进一步确诊应听从医生建议。

听胎心和看胎心搏动是一回事吗

现代医学认为，胎儿缺氧、宫内窘迫及脐带绕颈（25%的孕妇有此现象）等症状会影响胎儿正常生长发育，甚至危及胎儿、孕妇的生命，这些症状会使胎儿心率发生非正常变化。因此，听胎心成了家庭自我监护胎儿的内容之一。除了孕妇要学会观察胎动以外，作为丈夫，如果有可能，最好学会听胎心。很多年轻的父母会问，听胎心和看胎心搏动有区别吗？其实，从某种意义上来说，两者是一个概念，比如听到胎心音表明胎儿是存活的，跟胎心搏动是一个概念。然而，在一些细节上，两者还是有一些不同的。

☆听胎心

胎儿的心脏在全身发育中是最早有功能的器官，胎儿心音可以直接反映胎儿的情况。一般来说，妊娠后3～4周，胎儿的心脏就开始跳动了。起初较慢，一分钟只有60～70次。到妊娠8周后，胎心跳动每分钟能达到180次左右。妊娠14周以后，胎儿的心跳速度下降为每分钟140次左右，以后保持在每分钟120～160次。倘若胎心率发生变化，可能是由于脐带绕颈、胎盘早剥、宫缩过强且持续时间过长，或准妈妈处于低血压、休克状态而引起。因此，听胎心是很重要的一项监测方法。

但用一般的听筒听胎心音，需在孕18～20周以后。胎心音在妊娠12～16周难于探测，需要耐心、仔细地寻找聆听胎心音的最佳位置，有些日子能听到，有些日子听不到，这很正常，是由于胎儿变换体位和移动导致。每次听取胎心音时胎心率是不同的，特别是在胎动后，胎心率会增快。如妊娠月份稍大，可先检查胎儿背侧在何方，然后用筒式或额式听诊器置于孕妇腹壁，可以听到胎儿心音。孕24周以前，胎心音多在孕妇脐下正中或稍偏左、右方听到；孕24周以后胎心音多在胎背所在侧听得最清楚。胎心音有如钟表的"滴答"声，速度较快，正常的胎心音是每分钟120～160次，听到胎心音即可确诊妊娠且为活胎。

☆看胎心搏动

看胎心搏动与听胎心并不能画上等号，虽然从作用上看两者基本相同。因为听胎心是医生或孕妇家人通过听筒等设备来听胎儿心跳的声音，当然到了孕中期，胎儿比较成熟时也可以直接用耳朵贴在孕妇腹部听。这种方法往往受到很多因素的影响，比如胎儿活动的频繁程度、听胎心时人的主观判断等。而且胎心音一般要到怀孕5～6个月才能明显听到，技术熟练的医生可能会早一些找准胎心，听到胎心音。

与听胎心相比，看胎心搏动则不同。看胎心搏动往往是通过B超观察到胚胎心脏的搏动情况。因此，当怀孕1个月左右，胎儿心脏开始跳动的时候，虽然这时心脏跳动比较微弱，但在B超检查时，已经可以从B超的显示屏上显示胎心搏动了。而在这个时候往往是听不到胎心音的。

> **专家提醒**
>
> 　　除了用听诊器直接听胎心，医生还可以用多普勒胎心探测仪测得胎心音。如果胎心过快、过慢或不规则，则可能是胎儿宫内缺氧，可以过一段时间再听一次，如果仍然不正常，可能危及胎儿的生命，应及时就医。不过，听胎心音时还需要与子宫杂音、孕妇腹主动脉音、无节律而音响强烈不一的胎动音、与胎心音相一致的吹风样低音响的脐带杂音等相区别。随着科技的发展，借助B超、多普勒探测，可以早在孕18周以前或孕10周左右观察到胎心搏动，孕7～8周甚至更早时就可以在B超下可看到胎心反射。

两毫升血即可查出先天愚型儿

　　面容痴呆、智力低下、发育畸形，如此不幸的先天愚型（又称唐氏综合征）患儿，我国每年要出生2.7万人。这些先天愚型患儿有严重的智力障碍，生活不能自理，并伴有复杂的心血管病，需要家人的长期照顾，并给家人造成极大的精神及经济上的负担。因此，避免这类先天性缺陷患儿的出生，已经成了整个社会的责任。那么，什么是先天愚型儿呢？一般怎么筛查呢？

☆先天愚型儿

　　正常人体细胞内有46条染色体，受孕前母亲的性细胞分裂，由于某种原因（比如细胞老化、病毒感染、放射线影响等）导致染色体分裂未能恰到好处，致使婴儿有47条染色体。一般是21号染色体由2条变为3条。细胞若发生这种变化，胎儿身体的整个情况也要发生变化，这叫先天愚型。胎儿生下来体格较小，有20%左右为早产儿。

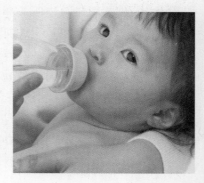

　　据统计，35～39岁母亲先天愚型婴儿的出生率为0.4%，40～44岁时为1.2%，45岁以上为4%。下一个孩子出现同样问题的几率，母亲在35岁时，危险率为1/150，40～45岁时为1/40。因此，对于高龄孕妇来说更要注意先天愚型儿的筛查工作。

这类先天愚型儿的一般特征是双眼上吊，内角由皱襞覆盖；经常吐舌、皮肤发红、手指短、小指向内侧弯曲；脐部经常膨出，有时有心脏病，以及十二指肠闭锁。智力发育缓慢，1周岁后方能坐起，3岁时才开始走路。智力发育虽然缓慢，但性格却比较善良，很少有攻击性，因此很惹人喜爱；不太识数，但有时也有一定的记忆力，善于模仿别人。先天愚型者的平均寿命为30～50岁，也有可能活过50岁的。男性一般可能不育，女性有时会妊娠，但有半数以上会生出同症的婴儿。

☆筛查方法

对于这种先天愚型儿，只有通过产前先天愚型筛查、产前诊断的方法来降低他们的出生率，及早发现及时终止妊娠可以给家庭减少很多不幸。确诊后即使不做人工流产，因染色体异常而成为死产的亦不在少数。这种先天愚型儿的筛查方法可以通过母血甲胎蛋白（AFP）和绒毛膜促性腺激素（HCG）一起测定加以判断，也可以通过羊水穿刺来筛查。

现今，我国已经研究出了一套先天愚型产前筛查系统，这是我国自2000年启动"出生缺陷干预工程"以来，首个获准上市的筛查系统。通过这个筛查系统，在妊娠14～20周的时候，只需抽取孕妇2毫升静脉血，就能筛查出胎儿是否患有这种先天愚型。通过产前筛查进而确诊，最终以选择性流产来预防患儿出生，临床检出率高达85%。

专家提醒

做好产前预防工作，完全可以减少此类患病儿的娩出，不仅利于优生而且可以避免很多家庭的不幸。首先，孕妇年龄是一个很重要的因素。一般来说，胎儿发生此病的几率与母亲的年龄成正相关，女性最好能避免在40岁以后生育。其次，要注意妊娠早期的预防。先天愚型的预防越早越好，尤其在妊娠8周内。早期妊娠应避免滥用化学物质，尤其是磺胺类药物及X线照射，避免腹部照射。预防传染性肝炎等病毒感染及自身免疫性疾病（如慢性甲状腺炎）的发生。最后，做好孕前染色体检查。若母亲已有一患儿或亲代中有此症患儿，都应进行染色体检查，根据遗传学类型预测发生此病的几率以指导是否能再次受孕或不能生育。若已受孕，应及时进行产前检查，必要时终止妊娠。

溶血抗体测定对胎儿有影响吗

我们时常听到一些关于溶血病的消息，众说纷纭，为此，一些父母就变得比较茫然，不知道这到底是怎样的一种病，也不知道该如何预防。经常会有孕妇问，自己的血型是O型，丈夫的血型是B型或者A型，孩子出生后会不会产生新生儿溶血病。

那么，什么是新生儿溶血病呢？这种病在检测筛选的时候会对胎儿造成伤害吗？

☆新生儿溶血病

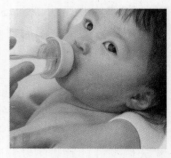

因母子ABO血型不合引起的新生儿溶血病，称为"新生儿ABO溶血病"。90%以上病婴母亲的血型为O型，婴儿为A型或B型。这种母子ABO血型不合在所有的妊娠中并不少见，约占20%。但发生新生儿溶血病的则很少，仅约1/150，而且症状大多很轻，常常被忽视。

夫妻双方ABO血型不合是产生新生儿ABO溶血病的先决条件。哪些情况属于夫妻ABO血型不合呢？从临床检查实践来看，一般多见于妻子是O型血而丈夫是A型、B型或AB型血，如果此时产生的胎儿血型像父亲，也就是说为A型或B型，那么就会与母体的O型血不合。由于O型血母亲的红细胞上没有A抗原和B抗原；当她怀上A型或B型血的胎儿时，母体会受到来自胎儿红细胞上的A抗原或B抗原的刺激而产生相应的IgG抗A或IgG抗B的特异性抗体。这种抗体可以通过胎盘屏障进入胎儿体内与胎儿血液中红细胞上的A抗原或B抗原发生对应的特异性结合，从而导致胎儿红细胞破坏（即溶血）。

可能由于食物或外来物质中有类似ABO抗原的物质，O型血的人早已被A及B抗原致敏，因此在第一次妊娠时即可发生ABO溶血病的机会与多次妊娠发生的机会差不多。因此，ABO溶血病的患儿半数是第一胎，多次妊娠并不增加ABO溶血病的发病率。多数患儿出生时，很少有因贫血而出现明显的循环系统症状。少数患儿血清胆红素可以明显增高，但严重到发生核黄疸则少见。总的来说，本病一般症状很轻，一般不需要提前引产。婴儿出生后，大多不

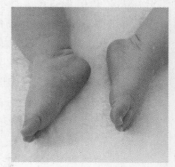

需要特殊治疗。如果黄疸和贫血较严重，可作换血输血治疗和光疗。

☆溶血病预测

重症新生儿ABO溶血可能会产生黄疸和核黄疸，这时就会比较麻烦。倘若处理不好，可能会损害新生儿神经细胞，导致小孩智力发育障碍，甚至残疾。因此，对于重症的ABO溶血儿一般需要立即采取换血措施，以确保小儿健康。

这种新生儿ABO溶血病是可以提前预测的，只要夫妻双方到医院检查血型后即可知道孕妇的血型是否与丈夫的血型相合，倘若不合，孕妇在怀孕16周以后必须定期到医院做孕期检查。检测时，孕妇抽血测定血型免疫抗体（即IgG抗A和IgG抗B效价），以此来预测胎儿是否会产生ABO溶血病。如果孕妇血清中IgG抗A和IgG抗B效价大于1：64，或多次测定持续增高，说明孕妇可能产生了抗胎儿血型的免疫抗体，胎儿会受到来自母亲体内的血型免疫抗体的攻击，必须及时治疗，防止胎儿受害。从检测的操作来看，仅需抽取孕妇一点血液即可，因此这种检测对胎儿来说是没有伤害的。为此，有可能导致发生溶血病的孕妇应该及时到医院做检测，不必担心胎儿会受到什么伤害。

专家提醒

一般来说，即使发生了ABO溶血也是可以用药物辅助治疗的。一般在孕16周开始第一次抗体检查，孕28～30周进行第二次抗体检查，以后每2～4周查一次，自抗体效价增高时开始给孕妇口服中药，每日1剂至分娩。孕期诊断为血型不合溶血病者，在孕24周、30周、33周各进行10天的综合治疗，以提高胎儿抵抗力。自预产期前2周开始口服肝酶诱导剂，可加强胎肝细胞葡萄糖醛酸与胆红素的结合能力，从而减少新生儿胆红素脑病的发生。

双顶径偏大可能与什么因素有关

所谓双顶径是指胎儿两个顶骨（人的头部有两块顶骨，分别在左右两侧）之间的距离，也叫胎头大横径，一般用来计测胎儿头部从左到右的最长部分。医生常常将双顶径值作为胎儿发育情况的监测指标，以这个为基础推定胎儿的体重，判断是否有头盆不称等情况。倘若头盆相称一般可以顺利分娩。从胎儿发育的角度来说，到了孕12周的时候，胎儿头颅钙化更趋完善。此时，胎儿的颅骨光环清楚，可测双顶径，明显的畸形也可以诊断，此后各脏器趋向完善。很多孕妇在做完B超检查后都会关心双顶径值，有时医生看双顶径值没有异常往往就不会向孕妇做特殊的交代，那么，双顶径大小到底该如何判断呢？

☆双顶径变化规律

一般随着胎儿的生长发育，胎儿的双顶径正常值有一个范围，如足月的胎儿双顶径应该在8.6～10厘米，平均为9.3厘米。

以下是整个怀孕期间，胎儿双顶径的正常值以及变化范围，孕妇可以参照这个变化来判断胎儿发育情况，不必整天为这个问题担心了。（注：单位为厘米）

孕13周：双顶径的平均值为2.52 ± 0.25

孕14周：双顶径的平均值为2.83 ± 0.57

孕15周：双顶径的平均值为3.23 ± 0.51

孕16周：双顶径的平均值为3.62 ± 0.58

孕17周：双顶径的平均值为3.97 ± 0.44

孕18周：双顶径的平均值为4.25 ± 0.53

孕19周：双顶径的平均值为4.52 ± 0.53

孕20周：双顶径的平均值为4.88 ± 0.58

孕21周：双顶径的平均值为5.22 ± 0.42

孕22周：双顶径的平均值为5.45 ± 0.57

孕23周：双顶径的平均值为5.80 ± 0.44

孕24周：双顶径的平均值为6.05 ± 0.50

孕25周：双顶径的平均值为6.39 ± 0.70

孕26周：双顶径的平均值为6.68 ± 0.61

孕27周：双顶径的平均值为6.98 ± 0.57

孕28周：双顶径的平均值为7.24 ± 0.65

孕29周：双顶径的平均值为7.50 ± 0.65

孕30周：双顶径的平均值为7.83 ± 0.62

孕31周：双顶径的平均值为8.06 ± 0.60

孕32周：双顶径的平均值为8.17 ± 0.65

孕33周：双顶径的平均值为8.50 ± 0.47

孕34周：双顶径的平均值为8.61±0.63

孕35周：双顶径的平均值为8.70±0.55

孕36周：双顶径的平均值为8.81±0.57

孕37周：双顶径的平均值为9.00±0.63

孕38周：双顶径的平均值为9.08±0.59

孕39周：双顶径的平均值为9.21±0.59

孕40周：双顶径的平均值为9.28±0.50

☆双顶径偏大的原因

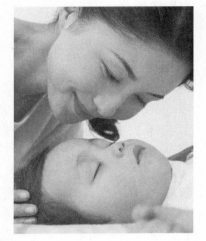

一般来说，胎儿双顶径是否偏大首先会从B超中反映出来，但每个不同的孕周都会有一个变化的幅度。而且每个孕妇的个体不同，可能也会影响是否偏大的判断，再加上有的医生测量时可能产生误差，因此对于双顶径偏大的诊断还是需要仔细一些的。

如果判定为双顶径偏大，孕妇也不用太过担心。倘若胎儿有发育不良或其他病症，医生会要求孕妇进行其他一些必要的检查以确诊。倘若胎儿一切发育正常，只是双顶径有些偏大，这可能是由于孕妇摄入营养太多，导致胎儿跟随母体获得过多的营养，最终导致胎儿生长发育较快而引起的。因此，虽然胎儿双顶径偏大，最终可能会影响到是否能够顺产，但是，是否能顺产还需要综合其他因素来考虑，比如胎位和产道情况等，只要胎儿发育良好，孕妇就不必为此太过担心。

专家提醒

当医生已经确诊胎儿为双顶径过大了，孕妇就会很担心，不知道该怎么办了。其实，发生这种情况后，首先孕妇应该做的是保持自己良好的情绪，维持情绪稳定是迎接宝宝到来的第一要素，情绪过于波动反而不好。其次，孕妇应该注意营养摄取平衡，不要过分摄入甜食。最后，孕妇应该坚持多活动，适当地散步，多活动有利于日后的生产。

孕后期羊水量波动正常吗

胎儿在子宫内是生存在一个充满水的环境中的，贴着增大的子宫壁有两层膜——胎膜，把胎儿完整地包在一个大水囊中，包在胎膜内的液体，称为羊水。羊水对于孕妇而言，既亲近，又陌生，亲近是因为它就在自己的腹中，陌生是缘于准妈妈看不见、摸不着它。羊水是维系胎儿生存的要素之一，在整个怀孕过程中，它是维持胎儿生命不可缺少的重要成分。从胚胎形成之前，就必须先要有羊水将厚实的子宫壁撑开，提供胎儿生长发育所需的自由活动空间。羊水的成分98%是水，另有少量无机盐类、有机物和脱落的胎儿细胞。

☆羊水的作用

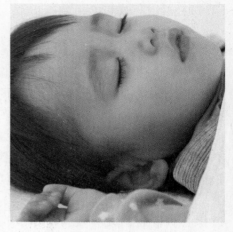

羊水既营造了胎儿赖以生存的环境，又与孕妇的健康息息相关。羊水除了在怀孕早期有撑开子宫壁的作用之外，还有以下一些作用。

第一，作为子宫遭受外力冲击时的缓冲垫、维持稳定的温度，保护胎儿，使胎儿能在稳定的压力和温度中成长。第二，胎膜把胎儿完全封闭在羊水囊中，预防外界细菌感染，即使已经感染，也可将其危害降低到最小限度。第三，具有润滑作用，使分娩时产道不会过于干涩。第四，阵痛时借着水囊传导压力亦可协助扩张子宫颈。而且可以减少子宫收缩时对胎儿的压迫，使子宫收缩压力较平均。第五，形成水囊，在生产时对子宫颈和产道有软化扩张的功能，减少对母体的伤害。第六，通过分析羊水成分来了解胎儿的健康状况与成熟度等，可以作为评估胎儿健康和性别的主要指标。

☆羊水的变化

羊水过多和过少对孕妇来说都是不好的，羊水量的多寡因人而异，通常随着妊娠周数增长而逐渐增加，到足月时会有所减少。一般来说，孕12周时有50毫升；到孕20周时，平均是500毫升；到了28周左右，会增加到700毫升；在32～36周时最多，有1000～1500毫升；其后又逐渐减少，到妊娠40周时约为800毫升；妊娠42周时减为540毫升。

怀孕初期的羊水主要由覆盖胎盘和脐带的羊膜所分泌，到了4个月之后，胎儿吞食羊水与排尿能够调节羊水的量及成分，同时羊水进出呼吸系统也会有所影响。羊水量临床上是以300～2000毫升为正常范围。超过了此范围称为"羊水过多"，达不到这个标准则称为"羊水过少"。因此，到了孕晚期羊水有波动是正常的，只要不属于羊水过多或过少的情况，胎儿就不会有什么危险。

产前应注意检查婴儿肺部

医学实验研究发现，倘若孕妇在怀孕期间患各类感染性疾病，尤其是病毒性感染，往往会大大提高胎儿畸形的发生率，一般是正常人群的4～5倍，其中近1/3是肺部畸形，有的甚至会引发呼吸窒息综合征。有研究表明，在每100个新生儿的门诊中，70%是由于肺部发育不成熟而导致的肺部疾病和呼吸系统疾病，这种疾病已成为危害新生儿健康的主要原因。从医学角度分析，母亲产前缺乏检查，是造成新生儿先天性肺部发育不成熟和肺部容易感染的主要原因。然而，临床中许多孕妇错误地认为，进行超声心动图探头检测会对身体造成不利影响，从而不愿接受这一检查。但经过这一检查，则可以发现约80%的先天性肺部发育不成熟的胎儿，达到早期干预的目的。那么，婴儿肺部发育不成熟会诱发哪些疾病呢？

☆急性上呼吸道感染

急性上呼吸道感染简称上感，俗称"感冒"，是小儿最常见的疾病。它主要侵犯鼻、鼻咽和咽部，常诊断为急性鼻咽炎、急性咽炎、急性扁桃体炎等，也可统称为上呼吸道感染。

病毒和细菌均可引起急性上呼吸道感染，但以病毒为多见，约占90%以上。倘若婴儿的肺部发育良好，抵抗力比较强，尚可抵抗一些病毒的侵袭，然而若婴儿的肺部发育不成熟，将导致婴儿很容易被感染。病毒感染后可继发细菌感染，最常见为溶血性链球菌，其次为肺炎球菌、流感嗜血杆菌等。若患有维生素D缺乏性佝偻病、营养不良等疾病时，或护理不当、气候改变和遭遇不良环境因素等，则易致反复感染或使病程延长。

☆新生儿肺炎

倘若婴儿肺部发育不成熟，还可能导致婴儿容易出现新生儿肺炎。据统计，全世界每年约有200万新生儿死于新生儿肺炎。新生儿肺炎可发生于宫内、分娩过程中，称为产前、产时感染性肺炎；或发生于出生后，称为产后感染性肺炎。

产前、产时感染性肺炎一般是胎儿在宫内或在分娩过程中，通过血行传播或羊水感染所致。胎儿在宫内时，由于母体受病毒（如巨细胞病毒、单纯疱疹病毒、风疹病毒等）、原虫（如弓形虫）、细菌等感染，病原体经血行通过胎盘、羊膜而侵袭胎儿。另一种情况是羊膜早破24小时以上成羊膜绒毛膜炎时，产道内细菌如大肠杆菌、克雷白菌、李斯特菌、B族链球菌等上行导致感染，或胎儿在产前、产时吸入污染羊水而致病。

产后感染性肺炎往往有两种感染途径，其一是通过呼吸道途径，接触婴儿者如患呼吸道感染，其病原体可经飞沫由婴儿上呼吸道向下传播至肺。也可因婴儿抵抗力下降或本身抵抗力差，其上呼吸道感染下行引起肺炎。其二是医源性途径，病房拥挤、消毒制度不严、医护人员洗手不勤等均易引起婴儿肺部感染。此外，如果广谱抗生素使用过久也容易发生念珠菌肺炎，早产儿及颅脑疾患病儿因吞咽功能不协调，反射差或阙如，易发生呕吐物、乳汁吸入性肺炎。

产后42天的必要检查

　　很多女性在生产之后，沉浸在天伦之乐中，也忙于照顾孩子，往往忘记了医生"产后42天复查"的叮嘱，也有的女性觉得自己身体恢复得很不错，复不复查没关系。复查果真可有可无吗？要知道，生产后身体虽开始慢慢恢复，但如果产后某些情况异常，如产后有感染，子宫就不能恢复到正常的大小，甚至还会有盆腔的炎性包块存在。虽然绝大多数的产妇产后随诊都是正常的，但少数产妇确有异常情况存在。因此，从做好保健预防为主的观点出发，产妇还是需要进行42天后的复查的。

☆产妇检查

　　一般来说，产妇检查主要是检查产妇的身体恢复情况。

　　首先，医生可能会对产妇进行一些问诊，比如产后出血的恢复情况、产妇本身有没有什么不适症状、外阴瘙痒与白带情况、哺喂母乳等情况。一般来说大多正常，不过也有的产妇会出现阴道感染，其中以念珠菌感染最为常见，有的白带呈豆腐渣状，有明显外阴瘙痒等。如果有乳房疼痛、异常肿块、乳汁异常分泌的情形，医师会先触诊，并评估是否需搭配乳房检查或转介相关科别。此外，还可能问及产后如厕情况。产后如厕习惯往往透露出身体内部健康与否。像是有排便疼痛、出血者，可能有便秘或痔疮问题，而频尿则可能为泌尿道感染所引起的。

其次，医师会对产妇进行一些常规的内诊。内诊虽然令人不自在，但却能有效保障产妇的健康。主要是检查盆腔器官，看子宫是否恢复正常，阴道内环境是否恢复正常，子宫颈有无糜烂，会阴和阴道的裂伤或缝合口是否愈合等。剖宫产产妇更要注意，一旦缝合口愈合不好，就会出现感染。另外，如果产妇出现产后合并症，如患有肝病、心脏病、肾炎等，应该到内科检查；怀孕期间已有妊娠高血压综合征的产妇，还需要检查血和尿是否异常、血压是否仍在继续升高，防止转为慢性高血压。

最后，为了维持产妇产后的健康新生活，医生会就产后的性生活、月经情况及避孕等问题给产妇做个交代。这些问题需要产妇在日后的生活中加以注意，这将影响到未来生活的健康状况。

☆新生儿检查

新生儿的检查一般也是一些常规的检查，通过检查可以了解婴儿的生长发育情况是否达到健康标准，并能及时发现一些可能是在医院内遗漏的，或者新发现的异常情况。此时，可能会检查一些新生儿的身长、体重、头围、活动情况，听听心肺声音等。有些异常现象，如心脏的杂音在刚出生时还难以判断其是否有实际意义，在42天检查时往往可以对杂音的性质做出比较明确的判断了。此时检查还可能发现新生儿的一些其他异常情况。比如皮肤血管瘤在出生时往往并不明显，但生后42天检查时常常一目了然，这时就可以及时采取有效治疗措施。

专家提醒
各地医院对产后检查规定的时间不尽相同，这主要是根据母体的恢复情况来定的，一般以产后1个月或42天最普遍。大部分的产妇除体重、骨盆松弛无法短时间改善，产后4～6周子宫就会回复原来的大小，而且此时伤口大都愈合，恶露也排干净了，正是进行产后检查的最佳时机。不过，如果坐月子期间出现异常变化，就必须及早到医院进行检查，不必等到42天。

第三章 营养——关系母子健康的关键问题

有计划性的夫妻，对于准妈妈和胎儿营养的关注往往开始于怀孕之前。而关于孕期营养的重要性，以及饮食的基本要求和原则，再或者是一些不良的营养补充方式，都是孕妇应该考虑的问题。为了胎儿和自己的健康，让我们从身边的饮食小事做起，关注营养的搭配，为胎儿补充充足的营养，让胎儿更健康地成长，给自己一个更为美丽和健康的未来！

营养对妊娠的重要性

营养是人类维持生命的必需品。营养的来源是食物，很多食物都能提供给我们充足的营养，也为我们正常的生理活动提供足够的能量，而这对于孕妇来说，就显得更为重要了。

孕妇在妊娠期要格外重视营养问题。比如，孕妇每天所吃的食物要严格搭配，以达到最好的营养吸收。因为在妊娠期，食物中的营养对于孕妇来说，除了维持自身机体代谢和消耗所需的营养外，还要保证胎儿的生长发育，也就是说，这个阶段孕妇是一个人要吃两个人的饭。胎儿的营养完全由孕妇从食物中获取，所以孕妇营养的好坏，不但会影响自身的健康，还直接影响胎儿的生长和脑、心等组织器官的发育。所以，营养对于妊娠期的孕妇有着十分重要的作用。

专家指出，孕期孕妇摄入的营养物质不能满足胎儿的需求，胎儿也要吸收孕妇体内的钙、铁、蛋白质等营养物质，这样就很容易导致孕妇发生缺钙、缺铁、缺蛋白质等营养不良的情况。如果孕妇

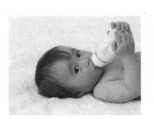

长期处于营养不良的状态，胎儿也跟着无法摄取充足的营养，而导致发育迟缓或停止发育，有时甚至引起流产、早产、死产或胎儿畸形等，还有部分胎儿出生后到儿童阶段表现为智力低下。

由此可见，保证孕妇充足的营养，对于胎儿和孕妇自己的健康都是非常必要的。但是，一些孕妇有这样一个误区：反正一切为了胎儿的健康，吃得越多，对胎儿越有利，有些孕妇只吃大鱼大肉和昂贵的保健品。这种做法是不可取的，就算这样孕妇的营养补充得再好，其结果也并不是自己想要的，相反，这样做的结果一般是孕妇体重直线上升，胎儿也慢慢长成巨大儿，同时，还容易引起分娩困难及一系列并发症。对于孕妇自己和肚子里的胎儿来说，这都是很痛苦的事情。

充足的营养对于妊娠期的孕妇是很重要，但是也要坚持适量原则，需要的营养一定不能缺少，同时也不可盲目地大肆进补，而是以适量为好。

专家提醒

孕妇如果补充过多的不均衡营养，不但影响胎儿摄取全面的营养，对于孕妇也增加了很多并发症，如糖尿病、高血压等，同时也还是有营养素缺乏的可能。盲目地补充营养，只会起到相反的作用。从孕前、孕期、产后到哺乳期，孕妇应当摄入平衡而充足的营养，创造优良的母体环境，保证胎儿健康成长。

孕期需要两个人的营养

孕妇在怀孕期间，对于营养的需求会增大，胎儿的营养也需要孕妇的补给，所以孕妇需要两个人的营养。

孕妇和胎儿对于营养需求也是随着妊娠时间不断变化的，可分为三个时期。

☆妊娠早期（0～3个月）

这个时期孕妇的体重增加相对比较缓慢，变化不大，体重增加一般不超过1千克。此时是胚胎各组织器官形成时期，环境因素包括营养失调对胚胎的影响较大，孕妇的营养状况对胎儿的继续生长和正常发育至关重要。具体来说，这一时期孕妇因为内分泌代谢等改变，往往出现程度不一的妊娠反应，如恶心、呕吐、食欲不振等。

饮食上的安排应根据孕妇各人的情况而定，但在关注孕妇口味的同时，也要兼顾全面营养。每天必须摄入150克以上的碳水化合物，以避免因饥饿而引起孕妇血中酮体过高，对胎儿大脑发育造成不良影响；蛋白质日摄入量应不低于40克，以保证胎儿基本的需要。为了减轻孕妇恶心、呕吐等反应，可以吃一些易消化、干的食品，如饼干、馒头、烤面包、蛋糕等，多吃一些水分丰富的蔬菜水果，以补充水分、维生素C、B族维生素和钙、钾等无机盐，可以减轻妊娠不适的感觉，也能满足胎儿的营养需求。

☆妊娠中期（4～6个月）

这一时期，胎儿生长加快，孕妇要开始较大量地贮存蛋白质、脂肪、钙等营养素，为分娩时消耗所需和产后泌乳做好准备。因此在这个时期，孕妇的体重增加很明显，一般可达5～6千克。

所以，孕妇对于营养的需求也就更多了，尤其是热量需求的增加对于孕妇来说很是紧要了，每天需要增加840千焦热能，其他营养素也都有所增加：蛋白质15克、钙200毫克、铁10毫克、维生素A 200微克，维生素B_1、维生素B_2各0.6毫克……为了保证热能的供给，孕妇可以增加一定量主食的摄入量，多吃肉、鱼、蛋等动物性食品以获得优质蛋白质；动物内脏，尤其肝脏，能提供铁、锌、维生素A、维生素B_1、维生素B_{12}、叶酸等；牛奶、豆与豆制品、虾皮和绿叶蔬菜是每天都要摄入的，它们能提供更多的钙，预防孕妇小腿抽搐等缺钙症状的发生。

☆妊娠晚期（7个月以后）

这一期是胎儿生长发育最迅速的时期，胎儿储存营养素最多，所以孕妇营养素的供给量应达到或超过中期的水平。很多营养都要增加，尤其是蛋白质每天要增加25克，可在中期膳食基础上再增加优质蛋白质，如50克肉、禽、鱼，或250毫升牛奶，或250毫升豆浆；钙每天要增加700毫克，多吃一些含钙丰富的食物。这一时期的孕妇易出现水肿的现象，所以在饮食方面应控制水、盐的摄入量，对有明显下肢浮肿者，应避免吃咸肉、咸鱼、咸菜、榨菜、酱菜等含盐高的食品。

> **专家提醒**
> 　孕妇在食物的供给和膳食调配上应多样化，以清淡少油腻为主，可以少食多餐。在不影响身体健康的前提下，尽量照顾孕妇个人的饮食习惯和嗜好，但对不良的、不科学的饮食习惯和嗜好应予纠正。同时，孕妇应忌烟、忌酒，避免过多饮用浓茶和咖啡等刺激性饮料。

孕期饮食与胎儿肥胖

孕妇在怀孕期间的饮食会受到超常的重视。有一些孕妇有一种片面观点，认为自己胖了胎儿也能跟着强壮起来，这导致一些孕妇强迫自己多吃，使自己变胖。还有一些孕妇认为自己是在吃两个人的饭，就拼命地多吃，加上活动量减少，没有过多的体力消耗，很快就胖起来。然而，孕妇这样发胖了，胎儿是变大、变重了，但并不强壮，相反，太大的胎儿不仅会导致难产，还会引起胎儿肥胖，不利于胎儿健康。

合理的饮食才能保证胎儿的健康，孕妇尤其要注意均衡饮食。

孕妇应根据需求合理摄入热量，科学饮食，千万不要盲目摄取。孕妇如果进食大量热能食品，不仅使孕妇体重过胖，而且导致胎儿的脂肪细胞分裂加速，脂肪细胞明显地多于正常的胎儿，脂肪转化速度加快，使正常胎儿变成肥胖的巨大胎儿，导致胎儿成为先天性肥胖队伍的新成员，为胎儿日后的健康埋下隐患。为了孕妇和胎儿的健康，正确的做法应当是摄入适量的、营养充足且均衡的膳食。

除了保证足量且均衡的蛋白质、脂肪、碳水化合物的摄入，增加肉类、鱼虾类、蛋类及豆制品食物的供给，多吃一些蔬菜和水果外，补充有利于促进身体脂肪燃烧和分解的营养素维生素BT。这对于防止孕妇及胎儿发胖大有好处。科学研究证实维生素BT能促进人体脂肪燃烧和氧化，人体缺乏该营养素是导致发胖的重要原因，所以孕妇更要注意平时饮食中是否缺少维生素BT。

孕妇饮食的质比量更重要，胎儿的营养全由母亲供给，孕妇必须科学地摄取营养，注意均衡饮食以摄取足够营养。应该重质，而不是重量，确保胎儿正常发育及照顾孕妇本身的健康。为了确保自己及胎儿安全，孕妇不应该忽视产前检查，如果患有糖尿病，更应该定期检查，确保在妊娠期

能够严格控制病情，使血糖波动稳定在正常范围内。

专家提醒

　　除了保持营养均衡以外，孕妇还应适度参加活动，不要整天待在家里坐着或躺着，这样会导致孕妇体重上升过快，不利于胎儿健康。同时适当补充营养，减少高热量、高脂肪、高糖分食品的摄入，保持自身体重和胎儿体重的匀速增长。一般胎儿在孕16周之前每周平均增长10克，17～27周每周平均增长85克，28～38周每周平均增长200克，直至38周以后每周平均增长70克。孕妇可以对照此标准，密切关注胎儿的生长发育进程，当发现胎儿增长过快时，应该及早去医院做一次糖耐量的检测和营养咨询，合理调整饮食，避免隐性糖尿病的发生。同时，为胎儿做一次心脏超声波检查，以明确有无先天性心脏畸形存在，做到早期干预。

孕期饮食最基本的要求

　　怀孕期间孕妇的饮食是很讲究的，其对于饮食的基本要求是：膳食平衡，营养丰富充足。具体而言，孕期最佳的饮食结构及搭配应是这样的：

☆主食

　　主食是孕妇重要的能量来源，可以多吃些粗加工的食物。专家指出，许多人以为孕妇在怀孕期间就不需要吃粗粮了。其实，孕妇在怀孕期间更需要吃一些全麦食品，因为其中含有各种微量元素如铬等，这些微量元素不但有助于胎儿的组织发育，也能帮助孕妇调节自己体内的血糖浓度。同时，全麦食品还能给予孕妇和胎儿维持自

己生命所需的营养物质。而细粮，如白面馒头或面包也含有叶酸成分，也是营养丰富的。

　　孕妇一日数餐的主食可以这样安排：早上吃些面条，午餐吃全麦面包，下午时安排些以全麦为原料的点心，晚餐则可以吃点米饭。

☆蔬果

　　蔬菜和水果是孕妇补充维生素的最好来源，维生素又是孕妇最基本的营养素。孕妇每天要多吃一些新鲜水果和蔬菜，其中包括深色绿叶蔬菜和柑橘。深色绿叶蔬菜能够为孕妇提供叶酸和维生素B，二者对产生正常细胞

分裂，形成红细胞及防止胎儿畸形起重要作用。柑橘类水果能够提供丰富的维生素C，有利于骨骼、结缔组织和血管的生长，同时对胎儿神经系统的发育有着重要作用。胡萝卜、红薯和杏仁中所含的胡萝卜素有助于胎儿视力和各种组织的发育。

☆其他营养

钙在孕期是必不可少的。钙有助于胎儿的骨骼发育，同时也能防止孕妇体内的骨质流失，钙还能够帮助孕妇避免妊娠引起的高血压，对保持孕妇神经和肌肉系统的正常工作也有很重要的作用。为了获得充足的钙补充，孕妇在怀孕期间，每天都需要喝牛奶或强化豆奶。

铁和锌孕妇也不可缺。在正常情况下，孕妇对蛋白质的需求可以通过每天食用一些精瘦肉、去皮鸡肉、鱼和豆类得到满足。营养学家发现，由于人们生活水平的不断提高，满足孕妇的蛋白质需求一般都不成问题，孕妇较常人更需要铁和锌这两种元素的补充，这往往是容易被人忽略的。铁元素在确保向胎儿正常供氧方面起着十分关键的作用，此外，铁还能促进胎儿的正常发育和生长，以及防止孕妇早产。因此，在怀孕期间，孕妇应尽量吃用铁锅炒的菜，同时增加含铁食品的摄入，如牛肉和鸡肉。

专家提醒

脂肪也是孕妇不可忽视的营养。对于孕妇来说，摄入的所有营养都关系到胎儿的正常发育和健康成长，同时也关系到自身的产后恢复。因此，妊娠饮食结构中少不了脂肪的参与，但所食用的脂肪应为有利于健康的脂肪，如豆油、花生油、菜子油、橄榄油、果仁里榨出的油，以及鱼油。适量增加这类脂肪的摄入，有助于胎儿视力及大脑的发育。

孕期偏食会影响胎儿健康发育

孕妇对于食物很挑剔，一是因为生理妊娠反应，再就是孕妇偏食。有些孕妇在孕前就有偏食的习惯，怀孕后就变得更加偏食了，她们往往只吃自己喜欢吃的食物，并认为只要多吃就是有营养了。其实，偏食和不合理的营养摄入都会影响胎儿的正常生长发育。

☆很少吃主食

一些孕妇在孕前就习惯为了保持体形而很少摄入主食，她们认为主食是体形发胖的主要原因。其实主食为孕妇带来孕期需要的大部分能量和B族维生素、膳食纤维等，如果孕妇不注重主食的摄入，那么母体将严重缺乏能量而使胎儿发育停止。

☆偏食肉类

有些孕妇为了保证胎儿的营养而摄入大量的动物性食物，餐餐都有超量的鸡鸭鱼肉，同时炒菜用很多油，这将大大超过身体的需要而存积为脂肪，结果孕妇体重猛长，胎儿却通常营养不良。

☆偏食植物食品

有些孕妇怕长胖，大量食用植物食品，也就是我们所说的素食，这样对胎儿的发育并不好。素食中一般含维生素营养的物质较多，但是普遍缺乏一种叫牛磺酸的营养成分。牛磺酸对胎儿的视力有重要影响，如果缺乏牛磺酸，胎儿视网膜会出现异常。所以孕妇需要从外界摄取一定量的牛磺酸，以维持正常的生理功能。动物食品大多含有牛磺酸，孕妇应该吃一些动物食品。

☆偏食蔬果、干果

有些孕妇每天吃大量的蔬菜和水果，不吃其他食物，结果热能和蛋白质摄入量均缺乏，胎儿生长缓慢。还有很多孕妇每天吃大量的干果类食物，希望补充必需脂肪酸和优质蛋白质以促进胎儿大脑的发育，甚至有人认为核桃的形状像大脑，多吃些能够补脑。其实孕期对必需脂肪酸的需要只比正常人略高一点，而普通的烹调用植物油就能满足这一需要，过多的坚果类食物同时含有极高的热能和脂肪量，将影响其他营养素的吸收。

孕妇应该注意合理膳食，不可偏食，否则会导致营养缺失，不利于胎儿健康生长。调配孕期的膳食，要考虑到蛋白质、脂肪和糖的适量摄入，孕妇每天所需的热量应在10500～11340千焦。饮食要多样化，多进食富含碘、锌、铜、铁等微量元素的食物。

专家提醒

孕妇偏食主要会导致碘、锌、铜的缺失。孕妇缺碘会造成胎儿大脑皮质中主管语言、听觉和智力的部分发育不完全，胎儿出生后可能表现为不同程度的聋哑、痴呆、身材矮小、智力低下、小头、耳位低等畸形及先天性克汀病，治疗效果不佳；缺锌不仅会导致孕妇机体免疫能力低下，味觉失常，伤口不易愈合，流产、死胎，而且会影响胚胎的生长发育，出现无脑儿、脊柱裂、尿道下裂、软骨发育不良性侏儒等先天性畸形；孕妇缺铜则会影响胚胎正常分化及胎儿的正常发育，导致胎儿大脑萎缩和皮质层变薄，心血管异常等；缺钙则会影响胎儿骨骼的生长发育；孕妇缺铁，既容易引起贫血，又会导致胎儿发育迟缓、体重不足、智力下降等危害，这对优生优育是极为不利的。

胎儿脑发育需9种营养素

专家在对脑组织进行了详细分析后，发现对胎儿脑组织发育产生影响最大的营养有以下9种。

☆脂肪

脂肪是构成脑组织的极其重要的营养物质，在大脑活动中起着重要的不可代替的作用。脂肪中的磷脂酰乙醇胺（脑磷脂）、磷脂酰胆碱（卵磷脂）及DHA是胎儿大脑细胞的主要原料，DHA能促进大脑细胞发育，增加大脑细胞的数量。

☆蛋白质

蛋白质是生命的基础，没有蛋白质就没有生命。血液、肌肉、神经、皮肤、毛发等都是由蛋白质构成。在人类的生命活动中，蛋白质占有极其重要的地位。蛋白质对于胎儿很重要，因为胎儿正处在生长发育阶段，新组织不断增长，需要足量的蛋白质补充，才能促使胎儿健康成长。

☆维生素C

维生素C在胎儿脑发育期起到提高脑功能敏锐度的作用。

☆钙

钙能保证大脑正常工作，对大脑产生异常兴奋起到抑制作用，还具有使脑细胞避免有害刺激的作用，因此孕妇怀孕期间对钙的摄取也是很重要的，不可小视。

☆糖

脑是消耗能量的器官，虽然脑重只占体重的2%左右，但脑的耗能量却占全身总热量的20%。糖是大脑活动能量的来源，具有刺激大脑的活动能力的作用，这是因为大量的糖能刺激胰岛素分泌增加，使血液中色氨酸含量提高，那么色氨酸又可刺激5-羟色胺的产生而增强了大脑神经元的活动，提高智力，所以糖对胎儿脑发育有积极的作用。

☆B族维生素

B族维生素包括维生素B_1、维生素B_2、维生素B_6、烟酸、维生素B_{12}等物质，许多营养学家认为B族维生素对大脑的功能有着间接的作用，其实B族维生素对人体的作用还是很广泛的，而对脑的作用主要是通过帮助蛋白质代谢而促进脑活动，这就是说B族维生素对脑的作用是它和蛋白质共同作用的结果。

☆维生素A

维生素A是促进脑组织发育的重要物质，缺少维生素A将使胎儿以后智力低下，因此孕妇为了胎儿大脑能更好地发育，孕期要适量加以补充维生素A，但应注意不能过量。

☆维生素E

维生素E的作用是保护细胞膜，同时还能防止不饱和脂肪酸的过氧化。

☆碘

碘是人体生成甲状腺素的主要原料，也是胎儿神经系统发育的必要原料，所以胎儿脑发育更是离不开碘。

如何调整孕期饮食结构

　　食物是孕妇所需营养的最佳来源，只有建立科学的饮食结构，才能保证饮食的科学、合理。孕妇不良的饮食习惯会导致饮食结构的不合理与盲目。这时就需要真正了解食物的营养特点，并掌握补充营养的一定技巧，调整饮食结构，才能充分获得食物中的营养。孕妇调整饮食结构应从以下几方面着手。

☆食物多样，谷类为主

　　各种各样的食物所含的营养成分都不尽相同，没有一种食物能供给孕妇需要的全部营养素，所以这就要求孕妇每天饮食必须由多种食物适当搭配，才能满足孕妇和胎儿对各种营养素的需要。谷类食物是我国传统饮食的主体，是人体能量的主要来源，它提供人体碳水化合物、蛋白质、膳食纤维及B族维生素等。在各类食物中应以谷类为主，并需注意粗细粮搭配。

☆蔬菜、水果不可少

　　蔬菜、水果都含有较丰富的维生素、矿物质、膳食纤维和其他活性物质。一般来说，红、黄、绿等深色蔬菜中维生素含量超过浅色蔬菜和水果，而水果中的糖、有机酸及果胶等又比蔬菜丰富。吃一些蔬菜、水果，对保护心血管健康、增强抗病能力、预防某些癌症等都有重要作用，蔬菜、水果能比较全面地补充孕妇和胎儿所需要的营养。

☆常吃奶类、豆类及其制品

　　奶类除了含丰富的优质蛋白质和维生素以外，含钙量较高，能很好地满足孕妇和胎儿所需钙量，还可以预防胎儿患佝偻病，所以孕妇要常吃奶制品。豆类含丰富的优质蛋白质、不饱和脂肪酸、钙及B族维生素，加工成豆制品后更易消化，也很适合孕妇食用。

☆鱼、禽、蛋、瘦肉要适量，少吃肥肉和荤油

鱼、禽、蛋、瘦肉等动物性食物是优质蛋白质、脂溶性维生素和矿物质的良好来源，所以孕妇不能缺少。蛋白质对于胎儿脑细胞生长发育会有好处，而肥肉和荤油为高热能和高脂肪食物，摄入过多往往会引起肥胖，并且是导致某些慢性病的危险因素，孕妇应该尽量避免。

☆口味清淡少盐，营养均衡

孕妇的饮食不要太油腻、太咸，或食用过多的动物性食物及油炸、烟熏食物，这样不利于胎儿健康生长。孕妇还应少吃酱油、咸菜、味精等高钠食品及含钠的加工食品等。吃盐过多会增加患高血压病的危险。不挑食、不偏食，保持营养均衡，为了自己和胎儿的健康，努力调整合理的饮食结构是很有必要的。

> **专家提醒**
> 孕妇在怀孕期间不宜喝刺激性饮料，尤其是酒精类饮品。如果孕妇饮酒，酒精可通过胎盘进入胎儿体内，直接对胎儿产生毒害作用，不仅使胎儿发育缓慢，而且可能造成某些器官的畸形与缺陷，如小头、小眼、下巴短、脑扁平窄小、身子短，甚至发生心脏和四肢的畸形；有的胎儿出生后则表现为智力迟钝、易生病等，后果很严重。

孕早期的饮食结构

孕早期是指怀孕的前3个月。这个时期，胎儿刚刚开始发育，胚胎各器官的形成发育需要各种营养素，孕妇的饮食应满足胚胎对各种营养素的需求。而且这个时期，孕妇一般会有呕吐、恶心、眩晕等妊娠反应，有时会不想吃东西，所以这时的饮食调整对于孕妇来说就更为重要了。孕妇应在食物的种类和数量方面合理搭配，组成平衡膳食，来满足胎儿生长发育所需营养。

☆粮谷类食物

粮谷类食物包括米、面、杂粮、赤豆、绿豆及含脂肪多的坚果类。这些食物可以提供孕妇所需能量，供给其蛋白质、无机盐、B族维生素、膳食

纤维，每天最低摄入量应在200克以上。怀孕早期的孕妇应该多选择一些易消化、易吸收、减轻呕吐的食物，这样有利于胎儿的生长发育，同时能减轻妊娠前期呕吐的现象。

☆蔬菜、水果类食物

蔬菜和水果类食物能供给孕妇维生素和无机盐，能有效地补充胡萝卜素、维生素C、B族维生素、钙和铁等营养素。孕妇在怀孕早期可以选择能促进食欲的食物，挑选一些色彩鲜艳的蔬果，这些食物不仅营养丰富，还能诱发孕妇的食欲，如番茄、黄瓜、辣椒、鲜香菇、平菇、新鲜山楂果、苹果等。

☆其他营养食品

动物性食品，如猪、牛、羊、鸡、鸭、鹅肉，以及肝、肾、心、肚、水产类、蛋类。这些食物蛋白质含量高，容易消化吸收，是最重要的优质蛋白质的来源，还可提供一定的脂肪、脂溶性维生素和无机盐。

乳类和乳制品，是营养最完全的一类食品，它们富含蛋白质和容易吸收的钙，孕妇每天要保证摄入乳类和乳制品200克。

☆增加能量，补充蛋白质

在怀孕早期，为孕期提供能量的碳水化合物、脂肪供给不足，孕妇身体会一直处于饥饿的状态，这样会导致胎儿大脑发育异常，出生后智商下降。所以，孕妇早期要注意增加能量。碳水化合物主要来源于蔗糖、面粉、大米、红薯、土豆、山药等，孕妇每天应摄入150克以上的碳水化合物。脂肪主要来源于动物油和植物油，植物油中的芝麻油、豆油、花生油等是能量的主要提供者，能满足母体和胎儿对脂肪酸的需要，植物油是烹调的理想用油。孕妇妊娠早期蛋白质的摄入量不能低于非妊娠期的摄入量，且应选择易消化、吸收、利用率高的优质蛋白质，如肉类、乳类、蛋类、鱼类及豆制品等。蛋白质每天至少摄入40克，才能维持孕妇的蛋白质平衡。

专家提醒

孕妇要确保无机盐、维生素的供给。无机盐和维生素对保证早期胚胎器官的形成发育有重要作用。含锌、钙、磷、铜高的食物有奶类、豆类、肉类、蛋类、花生、核桃、海带、木耳、芝麻等，而富含B族维生素的食物主要来源于谷类粮食。

孕中期的饮食结构

孕中期是指怀孕的第4个月到第7个月。这个时期由于胎儿生长发育迅速，组织器官也在不断地分化、完善中，对各种营养物质的需求会相应增加，所以孕中期的孕妇需要补充丰富的营养。

在怀孕的中期，孕妇的早孕反应已经过去，多数孕妇胃口大开，这时就应不失时机地调整饮食，补充营养。在保证饮食质量的同时，还要适当提高各种营养素的摄入量。当然，孕妇也不能不加限制地过多进食，以免造成巨大儿，影响生产。合理搭配、科学饮食才是最重要的。孕妇可以从以下方面调整饮食，补充营养。

☆热能

胎儿的迅速生长，导致孕妇的热能需求更大了，所以孕妇每天热能的摄入量也应该相应增加。热能主要来自主食，孕妇每天的主食摄入量应达到800克以上，并且精细粮与粗杂粮要搭配食用，这样才更营养。当然，热能增加的量也要根据孕妇体重的增长情况、劳动强度进行不断调整。

☆蛋白质

胎儿的成长离不开蛋白质，孕中期的孕妇每天蛋白质的摄入量，应该比孕早期多，其中动物蛋白质应占全部蛋白质摄入量的一半以上，这样才能保证胎儿正常的生长发育。

☆维生素

维生素对孕中期的孕妇更为重要，尤其是维生素C。维生素C能维持牙齿、骨骼、血管、肌肉的正常功能，增强人体对病症的抵抗能力，促使外伤愈合，帮助机体吸收铁质，协助人体造血。孕妇每天都应吃各种新鲜水果和蔬菜，这能补充大量的维生素C。有些孕妇缺乏维生素D，应注意多吃海水鱼、动物肝脏及蛋黄等富含维生素D的食物。

☆微量元素

孕中期的孕妇应多吃含钙丰富的食物，比如奶类及奶制品、豆制品、鱼、虾等。每天摄入的钙应不少于1000毫克；摄入足量的锌和铁也是同样重要的，建议孕妇每天锌摄入量为20毫克、铁摄入量为25毫克。

☆脂肪

这一时期，脂肪开始在孕妇的腹壁、背部、大腿等部位存积，为分娩和产后哺乳作必要的能量贮存。孕妇应适当增加植物油的摄入量，也可适当选食花生仁、核桃、芝麻等必需脂肪酸含量较高的食物。

专家提醒

在孕中期，孕妇由于子宫逐渐增大，常会压迫胃部，使餐后出现饱胀感，因此每天的膳食原则是少食多餐，可分4～5次进食，但每次食量要适度，不能盲目地吃得过多而造成营养过剩。如孕妇体重增加过多或胎儿超重，无论对孕妇还是对胎儿都会产生不利影响。补充营养的同时，还要注意不能过量服用补药和维生素等制剂，以免引起中毒。

孕晚期的饮食结构

怀孕的最后3个月，我们称为孕晚期。孕妇此时会感觉到胎儿生长很快了，这时孕妇的胃口比以往都要好，进食量也随之增加。但是，此时的孕妇一定不要盲目大量进补，尤其要控制淀粉、糖、食盐的摄入量，以免引起孕妇过度肥胖，引发妊娠期糖尿病、妊娠高血压综合征等疾病。孕妇在怀孕期的体重增加12.5千克为正常，不要超过15千克，否则体重超标极易引起妊娠期糖尿病。

☆主食增加

孕妇在孕晚期，主食除大米、白面外，还应该摄入一定量的小米、玉米之类的粗粮和杂粮，粗粮中富含维生素B_1，如果缺乏则容易引起呕吐、倦怠，并在分娩时子宫收缩乏力，导致产程延缓。此时期主食需要增加到800克以上，还要保证瘦肉、鱼、蛋、奶等富含优质蛋白质的动物性膳食，每天都要喝适量牛奶。

☆营养不可缺

孕晚期是胎儿大脑细胞增值的高峰，供给充足的必需脂肪酸是满足大脑发育的必要条件。吃海鱼有利于脂肪酸的供给。孕晚期孕妇对钙的需求量明显增加，因为胎儿牙齿、骨骼钙化需要大量的钙，孕妇要多喝骨头汤、虾皮汤，多吃芝麻、海带、动物肝脏、蛋类等食物。为避免胎儿神经管畸形和发生巨幼红细胞贫血，孕妇宜经常食用动物内脏，多食用新鲜蔬菜和水果，以及海带、紫菜等富含碘的海产品。

☆体重也要控制

孕晚期营养固然重要，但是孕妇也不能无节制地进食，还是需要适当控制体重的。如果孕妇食量过多，会造成胎儿过度增长，造成胎儿肥大，给孕妇分娩造成痛苦。

☆不利的食品

孕晚期，孕妇千万不要吃过咸、过甜或油腻的食物。因为过咸的食物可引起或加重水肿，过甜或过于油腻的食物可致肥胖。孕妇食用的菜和汤中一定要少加盐，并且注意限制摄入含盐分较多的食品。刺激性食物也是孕晚期孕妇不宜食用的，如浓茶、咖啡、酒及辛辣调味品等，都对孕妇和胎儿有不利影响，特别是怀孕7个月以后，这些刺激性食物容易导致孕妇大便干燥，会引发或加重痔疮。

专家提醒

除了食补之外，这个时期的孕妇尤其要注意休息，保证充足的睡眠时间。临产前孕妇宫缩疼痛，出汗多，体力消耗大，孕妇要多吃水果和易消化又能产生热量的食品，如大米粥、小米粥、面条、豆浆、蛋羹、红枣汤、桂圆汤等。

叶酸，孕期的必备营养

叶酸是孕妇在怀孕期间必需的营养物质，同时也是孕妇最容易忽视的营养物质。叶酸对胎儿发育和基因表达至关重要，有助于新细胞的生长和保养。叶酸对于胎儿发育的重要影响在怀孕早期就已经发生作用，所以孕妇应该在怀孕早期就要注意补充叶酸了。如果在怀孕早期叶酸不足会引起胎儿的发育不全。如果孕妇长期叶酸补充不足，主要会对胎儿造成以下影响：

☆脑部发育缓慢

孕妇叶酸不足会大大提高胎儿神经管畸形的发生概率，如果孕妇在怀孕前期就开始增补叶酸，可以有效降低胎儿神经管畸形发生率。一般成人缺乏叶酸不会有太大的影响，但是叶酸对胎儿脑部的发育起到至关重要的作用，叶酸是促进胎儿脑发育的重要物质之一。

☆胎儿体重减轻

专家指出，孕妇怀孕初期叶酸补充不足与新生儿体重低有关联，叶酸水平低的孕妇生下的新生儿体重较轻。胎儿如果体重过轻，出生后出现低智商的可能性较高，日后出现健康和发育问题的可能性也较大。

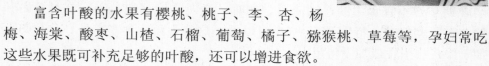

孕妇平时就应该合理饮食，在食物中补充所需叶酸。

一般绿色蔬菜中都含有较多的叶酸，但是因为叶酸结构不稳定，容易被破坏。

富含叶酸的水果有樱桃、桃子、李、杏、杨梅、海棠、酸枣、山楂、石榴、葡萄、橘子、猕猴桃、草莓等，孕妇常吃这些水果既可补充足够的叶酸，还可以增进食欲。

在蔬菜、水果短缺的冬春季，孕妇可以通过药剂适量补充叶酸。对于无叶酸缺乏症的孕妇来说，每天服用叶酸的剂量不能超过1毫克。必要时服用孕妇专用的叶酸制剂，而不是服用用于治疗贫血的大含量普通叶酸片（每片含叶酸5毫克）。叶酸一定要在医生或保健人员的指导下服用，切忌滥用，尤其不能用普通的叶酸片代替叶酸增补剂。如果孕妇长期服用高浓度的叶酸，会对孕妇和胎儿造成严重不良后果；孕妇大剂量服用叶酸，会增加今后患乳腺癌的几率。

专家提醒

中国人的烹饪习惯很容易导致孕妇孕期叶酸不足，因为煎、炸、煮食物都容易导致食物中叶酸成分的流失。相比之下，外国人喜欢生吃蔬菜、水果沙拉，这是很好的习惯，因为生水果、蔬菜的叶酸成分最充足。所以处理孕妇日常饮食要特别注意采用合理的烹饪方法，不要将蔬菜等食物长时间高温炒、煮。另外，孕妇还要避免食用油炸食物。

叶酸的吸收很容易受到一些药物的影响，如一般的制酸剂胃药、阿司匹林、乙醇（酒精）及更年期妇女使用的雌激素等都会影响叶酸的吸收，而酒精更会进一步地使体内储存的叶酸排出，同时降低肠道对叶酸的吸收力，计划怀孕的妇女最好远离酒精。

补碘，怀胎十月都不能忘

碘是孕妇必需的微量元素之一，但是很多孕妇都有缺碘的现象，这主要与居住环境有关。在我国，除沿海地区外，各省市几乎都有程度不同的环境缺碘。在缺碘情况下，若忽略了碘的补充，常可引起缺碘性地方性甲状腺肿的流行。孕妇对碘的需要量大，更易发生缺碘，所以为了胎儿的健康，孕妇从怀孕初期就应该补充碘。

孕妇偏食、挑食也是造成缺碘的原因之一。如海产品一般含碘量高，如果孕妇不吃海产品往往会引起碘摄入不足。孕妇缺碘还会对胎儿造成以下影响：孕妇对甲状腺素的需要量大，但在缺碘的情况下，尽管母体的甲状腺在加倍工作，但所生成的甲状腺激素仍不能满足胎儿的需要，会导致胎儿全身脏器及骨骼系统的发育停滞，尤其对中枢神经系统和内分泌系统的影响最为严重，可造成死胎、流产、早产，以及先天性畸形。胎儿出生后呈智力低下、体格矮小、呆傻面容，以及瘫痪、又聋又哑等克汀病的表现。胎儿的碘供应来自母体，所以孕妇应多补充碘，促进胎儿的脑发育。

甲状腺素对孕妇的作用很多，具体有以下功效：

☆调节蛋白质合成和分解

当蛋白质摄入不足时，甲状腺素有促进蛋白质合成作用；当蛋白质摄入充足时，甲状腺素可促进蛋白质分解。

☆促进糖和脂肪代谢

甲状腺素能加速糖的吸收利用，促进糖原和脂肪分解氧化，调节血清胆固醇和磷脂浓度等。

☆调节水盐代谢

甲状腺素可促进组织中水盐进入血液并从肾脏排出，缺乏时可引起组织内水盐潴留，在组织间隙出现含有大量黏蛋白的组织液，发生黏液性水肿。

☆促进维生素的吸收利用

甲状腺素可促进烟酸的吸收利用，促进胡萝卜素转化为维生素A的过程，以及核黄素合成核黄素腺嘌呤二核苷酸等。

孕妇要防治碘缺乏病，认识缺碘的危害性，做到对自己体内是否缺碘心中有数，常见的做法是婚前、孕前、孕期、哺乳期等不同时期定期进行碘营养水平测定。目前常用的办法是测定尿中的碘含量，如发现不足，应及时补充。除正常食用加碘盐外，还要口服碘油或肌内注射碘油等。孕前及哺乳期可使用正常量，孕期内使用则宜小剂量多次。只有这样才能保证胎儿不受碘缺乏的危害。

> **专家提醒**
>
> 　为了防止孕妇因缺碘而阻碍胎儿大脑发育，给孕妇足量补碘是极为重要的。专家建议孕妇每天摄碘的适宜量为200微克（正常范围为150～300微克），孕妇要时刻注意身体的变化，碘不足时要及时补充。

钙，胎儿骨骼发育"密码"

钙是每个孕妇都需要补充的营养，因为胎儿骨骼形成所需的钙完全来源于母体，加之孕妇在怀孕期间身体会流失大量的钙。同时，钙又是胎儿骨骼发育不可缺少的营养物质，所以孕妇补钙很重要。当孕期摄钙不足而发生轻度缺钙时，机体则自动调动母体骨骼中的钙盐，以保持血钙的正常浓度。如果母体缺钙严重，可造成肌肉痉挛，引起小腿抽筋及手足抽搐，还可导致孕妇骨质疏松，引起骨软化症。

☆补钙的时间

一般孕妇都是从怀孕初期开始补钙，其实如果能从准备怀孕的时候就开始补钙是非常理想的做法，因为人体所需的钙大概是每天800毫克，这些钙除了从食物中摄取外，还可以每天额外补充200～300毫克的钙剂。孕妇补钙最迟不要超过怀孕20周，因为这个阶段是胎儿骨骼形成、发育最旺盛的时期。

☆食补

孕妇从均衡饮食结构入手，通过食物来补钙是最安全最合理的补钙方式。孕妇可以多吃些含钙丰富的食物，如奶和奶制品、动物肝脏、蛋类、豆类、坚果类、虾皮、芝麻酱、海产品、山楂及一些绿色蔬菜。但要注意饮食搭配，防止钙与某些食品中的植酸、草酸结合，形成不溶性钙盐，以致钙不能被充分吸收利用。

☆药补

如果孕妇从食物中不能摄取充足的钙，那么可在医生指导下服用补钙产品，如服用钙片、维生素D等。

☆补钙不要过量

营养学家认为，孕妇补钙过量，日后胎儿有可能得高钙血症，在胎儿出生后会出现囟门过早关闭、颚骨变宽而突出、鼻梁前倾、主动脉窄缩等现象，既不利于胎儿的生长发育，又有损后代的容貌。孕妇在妊娠早期每天需钙量为800毫克，后期可增加到1100毫克左右，如能达到这个标准就不需要特别补充，只要从日常的乳制品、鱼、肉、蛋等食物中合理摄取就足够了。

☆钙的其他功能

钙除了能使胎儿骨骼发育更好以外，同时还能促进胎儿智力发育。孕期是胎儿脑部发育的关键时期。脑细胞的生长、代谢及脑部的正常运作都离不开钙。所以，钙对于胎儿以后的智力发育与神经系统完善都十分重要，合理科学地补钙可以增强胎儿的智力发育。

专家提醒

维生素D可以促进钙的吸收，但是孕妇在补充维生素D时要注意，过量摄入维生素D会导致严重的后果。因为维生素D在体内的代谢时间较长，容易在体内蓄积而导致中毒。对一般孕妇来说，经常接受日照，就是维生素D最好的补充方式，一般无须再服用维生素D制剂，除非是严重缺少维生素D的病人，才可在医生指导下限量限时服用，不可长期服用。

锌，能帮助自然分娩

锌是上百种酶的组成成分，这些酶参与人体的骨代谢、蛋白质代谢、糖代谢、RNA（和蛋白质的合成有关）和DNA（脱氧核糖核酸，核酸的一类）的合成等，在胎儿生长发育过程中都需要锌参与，所以孕妇要补锌。

目前仍然没有确切的研究结论表明，孕妇在怀孕期间每天所需锌元素的量是多少。研究人员指出，正常人的每天锌需要量为10～15毫克。孕妇每天对锌的需要量自然比这要多些。也曾有人长期每天服用750毫克的氧化锌或硫酸锌而无中毒迹象。虽然如此，孕妇从天然食物中取得身体所需的锌应该相对比较安全。

☆从食物中补锌

食物中锌元素的最丰富来源是瘦肉类如猪肉、牛肉、羊肉等，另外，鱼肉、蚝肉也是含锌丰富的食物；植物性食物则以硬壳果类如核桃仁等含锌元素最丰富。除此之外，富含锌的食物有香蕉、卷心菜、蛋类、奶制品、紫菜、海带、红小豆、荔枝、栗子、虾、海鱼、芹菜、柿子等。

☆通过药物补锌

有很多孕妇仅靠一般膳食难以摄取足量的锌以满足身体的需要，此时可以借助服用锌制剂如硫酸锌制剂来补充。目前孕妇缺锌的现象非常普遍，孕妇缺锌会使羊水缺乏抗微生物活性，也会影响核糖核酸的合成，导致足月的胎儿出生后体重降低，发育停滞，先天性畸形，还可能出现先天性心脏病、骨畸形和尿道下裂等。如果孕妇血清中锌含量过低，会引起胎儿活动减弱、宫缩无力、产程延长、难产，严重的还会出现流产或死胎。如果孕妇服用硫酸锌制剂，硫酸锌制剂或特别加锌的食品应避免过量。

研究表明，孕妇的血浆中锌含量可能与子宫收缩力、围生期发病率有关。因为分娩时要靠子宫肌的收缩，而子宫收缩中子宫肌球蛋白ATP酶的活性取决于锌的水平，缺乏锌时可降低肌肉的收缩能力，增加产妇的痛苦和出血量，增加分娩时妇产科疾病的并发症和分娩时的危险。所以孕妇要定期检查血浆锌量，以便及时提供含锌的食物或药物，补充锌所需量，为分娩做好准备。

> **专家提醒**
>
> 如果发现孕妇孕期内血浆锌含量低于每升60毫克，就应及时补充锌。对照试验表明，孕妇口服锌制剂后，产程缩短，出血量少，产时和产后的并发症也会相对减少。

铁，留住你的血色红颜

铁是造血原料之一。铁是血红蛋白、肌红蛋白、细胞色素酶类及多种氧化酶的组成成分，它与血液中氧的运输和细胞内生物氧化过程有着密切的关系。铁对于孕妇的意义更重大，除了维持自身组织变化的需要外，还要为胎儿生长供应铁元素。孕妇需铁量较大，孕妇应适当补充铁元素。

孕妇很容易发生轻度缺铁性贫血，但如果贫血加重，则会引起早产、低体重儿或者死产。孕期缺铁性贫血是孕妇较为普遍的病症。女性怀孕后，母体内需血量明显增加。相对于没有怀孕时大约增加45%，所以，孕期对铁的需要量也相应增加，整个孕期约需增加600毫克。如果孕妇没有及时补充就会导致缺铁性贫血。

胎儿自身造血及身体的生长发育都需要大量的铁，这些铁当然只能靠母体供给。整个孕期胎儿需铁近400毫克，所以孕妇要注意补铁。

孕妇在分娩时的出血及胎儿出生后的乳汁分泌也需在孕期储备一定量的铁，整个孕期约需200毫克。这些都是孕妇缺铁的原因。

为了预防缺铁性贫血，孕妇必须吃足量的含铁食物来补充铁。

孕妇可以吃一些蔬菜来补铁。芹菜含铁量较高，是孕妇补铁的首选。芹菜的叶、茎含有挥发性物质，别具芳香，能增强孕妇的食欲，帮助孕妇及时吸收、补充自身所需要的营养，增加体内的铁，可以维持正常的生理功能，增强孕妇抵抗力，有效预防缺铁性贫血。除了芹菜之外，动物的肝、心、肾及蛋黄、瘦肉、黑鲤鱼、虾、海带、紫菜、黑木耳、南瓜子、芝麻、黄豆等都可以作为孕妇补铁的食物，都有不错的功效。

孕妇想要通过普通膳食摄取铁质来满足整个孕期的需求是很困难的。如果孕妇因为缺铁而导致贫血，就需要补充铁剂了。一般服用铁剂10天左右，贫血症状就会开始逐渐减轻，连续服用2~3个月，贫血可得到彻底的改善。常用的口服补铁药是硫酸亚铁，每次0.3～0.6克，每天3次，也可服用10％枸橼铁胺10毫克，每天3次，或葡萄糖酸亚铁、右旋糖酐铁等。

在服用铁剂的同时加服10％稀盐酸10毫升，或维生素C 100毫克，有利于铁的吸收。孕妇要坚持服药，不可间断，而且在贫血得到改善后还应继续服药1～2个月，但此时每天服药1次即可。

当然，具体方案还要在请相关专家检查确定贫血情况后，再施行相应的补救措施。

专家提醒

孕妇在食用补铁食物时，要注意搭配食用。孕妇如果只是单独吃补铁的动物或植物食品，效果并不是最理想的，而将动物的肝、心、肾及蛋黄、瘦肉、鲤鱼、虾、海带、紫菜、黑木耳、芝麻、黄豆、绿叶蔬菜等这些动、植物食品混合吃，则可使铁的吸收率增加，其中富含维生素C的食品还能促进铁的吸收。

维生素D，保护后代的重要营养素

维生素D是一种脂溶性维生素，对健康关系较密切的是维生素D_2和维生素D_3，维生素D_2和D_3的作用和用途完全相同。有活性的维生素D均为不同的维生素D原（无活性的维生素D前体）经紫外线照射后的衍生物。植物不含维生素D，但维生素D原在动、植物体内都存在。维生素D是孕妇不可缺少的营养素，对保护后代有不可推卸的责任。

维生素D能帮助增加机体对钙、磷的吸收，使血浆钙和血浆磷的水平达到饱和程度，能有效地帮助孕妇吸收更充足的钙。

维生素D能促进胎儿生长和骨骼钙化，还可以促进胎儿长大后牙齿的健全。

维生素D能通过肠壁增加磷的吸收，并通过肾小管增加磷的再吸收，同时维持血液中枸橼酸盐的正常水平，防止氨基酸通过肾脏损失。

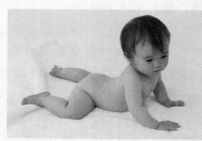

专家指出，孕妇应补充维生素D以保护她们的后代，这主要有以下方面的原因：

晒太阳是人体内产生维生素D的主要方法，所以一些研究发现，生命早期在阳光下暴晒能预防目前无法治愈的疾病。而这也是许多专家认为居住在北方的人缺乏维生素D的原因，缺乏日照时间增加了他们患多发性硬化症的危险。

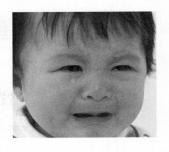

国外一些研究更是发现，5月出生的胎儿患多发性硬化症的危险较高，而11月份出生的胎儿患此病的危险最低。研究人员认为，孕妇在怀孕期间是否晒太阳可能会影响孩子长大后的神经发育，在怀孕期间补充含有维生素D的复合维生素者，以后胎儿患多发性硬化症的危险会减少40%。所以研究人员建议，孕妇摄取维生素D，可减轻下一代对多发性硬化症的负担。此外，孕妇怀孕期间应有规律地补充叶酸与维生素D。

维生素D是胆固醇的衍生物，具有抗佝偻病作用，孕妇应适量补充。维生素D可增加钙和磷在肠内的吸收，是调节钙和磷的正常代谢所必需的，对骨、齿的形成极为重要。人体每天维生素D需要量为10微克，实际上成年人每天经日光中紫外线照射即可合成足量的维生素D。孕妇由于晒太阳机会比较少，加上胎儿对维生素D的需求会增加，因此孕妇维生素D的补充应该多来源于食物。

维生素D缺乏时，孕妇可能会出现骨质软化。最先而且最显著发病部位是骨盆和下肢，以后逐渐波及脊柱、胸骨及其他部位。严重者可出现骨盆畸形，由此还会影响自然分娩。维生素D缺乏可使胎儿骨骼钙化以及牙齿萌出受影响，严重者可致使先天性佝偻病。

为了预防胎儿以后患佝偻病，孕妇在怀孕期间应采取以下几种措施：吃含有维生素D的食物，如动物肝脏、蛋黄等，来补充足够的维生素D。

切忌慵懒，要适量运动，常到室外晒太阳。

一般怀孕后半期和哺乳期妇女，应口服维生素D_2，每天1.5万单位，或每月注射维生素$D_2$1～2次，每次40万～80万单位。孕妇如有低血钙抽筋症状应及时治疗。

专家提示

长期大量服用维生素D可引起中毒，造成食欲下降、恶心、呕吐、腹痛、腹泻等现象，所以，对富含维生素D的食品不可过量食用。富含维生素D的食品有鱼肝油、鸡蛋、鱼、动物肝脏、小虾等。孕妇只要正常食用这些食物，就可以保证维生素D的供给。

吃鱼，能加快胎儿成长

鱼含丰富的营养，对孕妇和胎儿都有很好的作用，尤其是可以加速胎儿成长。吃鱼的好处还有如下几点：

☆孕妇常吃鱼可降低早产率

研究人员对8000名怀孕妇女的饮食情况进行了比较，调查她们在怀孕期间吃鱼的频率，以及所吃的鱼是经过烹饪的热食，还是在沙拉中食用的冷食，或者是鱼油增补剂。调查结果发现，那些经常吃鱼的孕妇出现早产和生出体重较轻婴儿的可能性要远远低于那些平时不吃鱼或很少吃鱼的孕妇。调查还发现，每周吃一次鱼，就可使从来不吃鱼的孕妇早产的可能性从7.1%降至1.9%。研究人员推断，鱼之所以对孕妇有益，因为它富含ω_3-脂肪酸，这种物质有延长怀孕期、防止早产的功效，也能有效增加胎儿出生时的体重，同时还能加速胎儿成长。

☆孕妇吃鱼胎儿多聪明

鱼类含有丰富的氨基酸、磷脂酰胆碱（卵磷脂）、钾、钙、锌等微量元素，这些是胎儿发育的必要物质，尤其是神经系统。调查研究表明，孕妇多吃鱼有利胎儿发育，特别是脑部神经系统的发育，这样生出来的宝宝特别聪明。

如今，环境污染问题日趋严重，有些孕妇担心鱼类摄入的污染物质会给胎儿发育造成一些负面影响。有关研究人员特别针对在怀孕期间吃过含汞（水银）鱼的孕妇及宝宝进行过调查。为了解重金属汞污染对幼儿智力发展的影响，研究人员以6种神经发展指标进行研究。研究数据显示，这类人群体内的汞含量比平均值高出10～20倍。但是就儿童的认知、语言、阅读、数学、视觉、社交适应能力来看，却无显著的负面影响。研究人员强调，多吃鱼绝对有好处，只要注意鱼体卫生和标准重金属含量就可以了。

鱼有很多种吃法，那么孕妇到底怎样吃鱼会更健康呢?专家有以下几点建议：

孕妇应该多吃深海鱼类，如鲑鱼、鲭鱼、鲨鱼等，这样营养更全面也很容易吸收，对胎儿很有利。

孕妇可以吃一些水煮方式的鱼，但口味应该保持清淡一些，不要过于辛辣。

对于鱼类过敏的孕妇，可以吃孕妇专用的营养配方食品，以减少胎儿日后产生过敏体质的几率。千万不要勉强自己吃鱼，以免造成身体不适，影响胎儿生长。

孕妇要吃鱼，但是最好不要吃鱼油，因为鱼油会影响凝血功能，孕妇吃多了出血几率可能会增加，对自己和胎儿都有不利的影响。

> **专家提醒**
> 孕妇要注意，喜欢吃金枪鱼是危险的。部分金枪鱼的汞含量严重超标，孕妇经常食用会产下畸胎。如果胎儿在母体吸收过量汞，会影响脑部神经发育，将来学习能力会有缺陷，可能存在智力发展迟缓等后遗症。罐头鱼孕妇更应该少吃了，因为罐头鱼的汞含量也很高，食用的分量应以每月一次为限。

黄烷类食品，多吃并非有益

所谓黄烷类食品是指含黄烷量多的食品，比如巧克力、可可豆等食品。有些营养学家称多吃黄烷类食物偶尔可引起一种致命的先天性儿童白血病，但是得这种病的几率很低。这并不意味着孕妇应避免进食含有黄烷类的食物，黄烷类食物中有很多成分都具有重要的营养价值。孕妇只要控制好食用黄烷类食物的量，不要多吃就不会影响胎儿。黄烷类食物主要有以下两方面的优点：

☆提高大脑能力

一般巧克力、可可豆等食物中含的黄烷类成分较多，研究发现，适量地吃点这类食物能使人变得更敏锐，并且能使认知能力得到短期的提高。食用富含黄烷类的食物能促进大脑一些重要区域的血流速度加快，脑部血管扩张，血流变多，因此带来的氧气也更多；而大脑中一些特定区域的血流增加能帮助提高大脑能力。黄烷类的食物还能帮助用来治疗血管损伤类疾病，包括痴呆和中风等，帮助人们对抗疲倦、失眠，甚至是衰老的症状。

☆减少心血管病

黄烷类的食物能展示一种有趣的生物活性，能抑制可导致炎症的生化路径，这种炎症可引发心血管病和其他疾病。研究发现，黄烷类的食物对降低心血管疾病的效果比普通药物提取物更为有效。黄烷类的食物有利于调节轻度高血压患者的血压。

专家提醒

许多食物如啤酒、咖啡、巧克力、大豆作物及一些药物中都含有黄烷类物质，已有充分证据显示这些成分能预防疾病，例如，摄取含有较多黄烷类成分膳食的人群的乳腺癌和前列腺癌的发病率明显降低。但专家研究也表明，过多进食黄烷类的食物将会产生副作用。因此，为了避免对胎儿造成影响，孕妇不宜多食黄烷类食品。

水果，不是吃得越多越好

孕妇在怀孕期间吃点水果补充维生素是很有必要的，但是水果并不是吃得越多越好。专家指出，水果除了提供维生素、膳食纤维外，其他营养成分并不多，反而含糖量不少，多吃极易造成热量积聚，导致肥胖等疾病，孕妇更容易因吃过量水果而引发妊娠期糖尿病。妊娠期糖尿病对孕妇和胎儿都有影响。

妊娠期糖尿病会对胎儿产生如下影响：

☆巨大儿

孕妇如吃水果过量，会引发妊娠期糖尿病。而妊娠期糖尿病的孕妇会有过多的葡萄糖经过胎盘进入胎儿体内，使得胎儿产生大量的胰岛素以降低血糖，高血糖及高胰岛素将导致胎儿体重增加，因而出现巨大儿，结果会影响孕妇分娩，加大分娩时的难度，往往需要剖宫产。

☆胎儿低血糖

孕妇高血糖促使胎儿分泌过多的胰岛素，但分娩后，孕妇的血糖已不能进入宝宝身体内了，但新生儿仍能分泌大量胰岛素，造成低血糖的情况。因此，如果孕妇患有妊娠期糖尿病，在新生儿出生后的几小时内医生将检查新生儿的血糖。

☆黄疸

新生儿出生后皮肤会微微发黄，这是由于胆红素未能及时排出造成的。正常妊娠分娩的新生儿，黄疸一般不会造成严重后果；妊娠期糖尿病孕妇分娩的宝宝，由于新生儿的肝脏发育不理想，因而不能及时清除胆红素，黄疸会非常明显，并逐渐加重，有时会造成严重后果。除此之外，妊娠期糖尿病还会造成死胎或流产。

所以，孕妇吃水果并不是越多越好，而是要有选择地适量吃一些，而且要以健康的方法来吃水果。

孕妇对于水果的补充，每天最多不要超过500克，而且应尽量选择含糖量低的水果，不要无节制食用西瓜等高糖分水果。

水果中含有发酵糖类物质，因此孕妇在吃完水果之后最好漱口。

孕妇吃水果最好在两餐之间，不能以水果代替正餐。

在进食水果之前一定要注意卫生，生吃水果前必须洗净外皮，不要用菜刀削水果，避免将寄生虫卵带到水果上。

专家提醒

夏天更应该注意适量地吃水果。很多孕妇在夏天胃口不好，不爱吃主食，偏爱水果，有的一天能吃七八个水蜜桃和两个大西瓜等解渴消暑，这样更是导致摄入大量的糖分，再加上妊娠期妇女进食增多、运动减少、体重增加，孕期的生理变化导致糖代谢紊乱，所以更容易发生糖尿病。孕妇应合理安排饮食，避免高糖食品，采取少食多餐，多食蔬菜、富含纤维素食品，注意维生素、铁、钙补充。

牛奶，保证母体营养

牛奶为孕期必需品，孕妇每天喝点牛奶，才能保证母体营养。但是，有些孕妇因担心发胖或引起过敏反应而导致牛奶摄入量不足，这样可能会阻碍胎儿正常发育。

牛奶的营养价值已经得到专家的肯定，也是人们比较认可的一种营养品。根据测定，每500毫升牛奶含有蛋白质16.5克、糖22.5克、钙600毫克、维生素A 200个国际单位，磷、钾、镁等营养元素也很丰富。因此，牛奶能满足人体每天所需动物蛋白的50%，所需钙量的60%，所需能量的16%。由此看来，牛奶也是最接近人体天然需要的食品，是人类最好的营养品，尤其是孕妇更应该每天保证喝一杯牛奶，能促进胎儿的发育。

☆孕妇每天喝一杯牛奶的好处

（1）牛奶中的酪氨酸使孕妇情绪稳定，心情愉悦，能减少怀孕期间生理和心理的压力，对胎儿健康发育有好处。

（2）牛奶中的铁、铜和维生素A有美容作用，可使皮肤光滑，这样可以改善孕妇在怀孕期间因皮屑增多、汗腺及皮脂腺分泌旺盛而导致的皮肤问题。

（3）睡前喝牛奶，具有催眠作用。而充足的睡眠对于孕妇来说是很重要的，足够的睡眠除了能使孕妇机体得到充分的休息，体力增加，疲劳感消除，更为重要的是能使神经功能尽快恢复。

（4）牛奶是含钙量高的营养品，牛奶中的钙能增强骨骼的生长，有利于胎儿生长发育。

（5）孕妇喝一些酸奶和脱脂乳，还可增强免疫系统功能，对自己和胎儿都有很好的作用。

（6）牛奶中的维生素还可以提高视力。

☆孕妇应怎样饮用牛奶

（1）选择牛奶时，要看营养成分，弄清楚其含奶量，要看生产日期、保质期和保存条件。如果不按条件保存，即使在保质期内也有可能变质。

（2）孕妇早上喝牛奶的时候，不要空腹，最好先吃点食物，如可以吃点面包、饼干等，然后再喝牛奶。孕妇如果只以一杯牛奶作为早餐，热量也是远远不够的，会影响胎儿发育。

（3）晚上喝牛奶，有安神助眠的功效。晚上喝牛奶可选择在饭后两小时或睡前一小时，牛奶中含有丰富的色氨酸，具有一定的助眠作用。

（4）孕妇不宜冷饮牛奶，建议热饮。

蛋黄、动物肝脏，有益胎儿大脑发育

因蛋黄和动物肝脏胆固醇含量高，家人都让孕妇尽量避免食用蛋黄、动物肝脏。但营养学家指出，蛋黄、动物肝脏中所含的胆碱对胎儿的大脑发育有益。

蛋黄营养丰富，对孕妇的具有如下好处：

☆富含各种维生素

蛋黄中维生素含量十分丰富，有维生素A、维生素D，还有维生素E和维生素K。这些都是脂溶性维生素，在蛋清中并不能取得。蛋黄对孕妇营养价值更高。实际上，蛋黄中那种浅黄的颜色，有一部分就来自于核黄素的颜色，而核黄素就是维生素B_2，它可以预防嘴角开裂、舌炎、嘴唇疼痛开裂等常见病痛。

☆富含各种微量元素

蛋黄中有大量的磷，铁含量也不少，尽管蛋黄中的铁吸收率比较低。鸡蛋中所有的磷脂酰胆碱（卵磷脂）均来自蛋黄，而磷脂酰胆碱可以提供胆碱，帮助合成一种重要的神经递质——乙酰胆碱。所以，孕妇吃一些蛋黄对胎儿补铁有益，对胎儿的大脑发育更是有好处。

动物肝脏含有丰富的消化酶及钙、铁、锌、镁等无机盐，以及一些重要的维生素，如维生素D、维生素A、维生素B_1、维生素B_2、维生素B_{12}等在动物肝脏中含量都很丰富。因此孕妇平时就应该多吃一些动物肝脏，有利于预防因蛋白质、钙、铁、锌、维生素B_2、维生素A、维生素D缺乏而引起的多种营养缺乏性疾病，动物肝脏中的营养成分还有益于胎儿大脑发育。但是孕妇在吃动物肝脏时要注意以下几点：

（1）选择健康肝脏：如果动物肝脏有淤血、异常肿大、内包白色结节、肿块或干缩、坚硬，或胆管明显扩张，流出污浊的胆汁或见有虫体等情况的都不宜食用，因为有可能为病态肝脏，不利于孕妇身体健康，危害胎儿。

（2）清洗干净：煮之前一定要彻底消除肝内毒物。方法是反复用水浸泡3～4小时。如需急用，也可在肝表面切上数刀，以增强浸泡效果，彻底去除肝内积血之后，方可烹饪食用。烹饪时要充分加热，使之彻底熟透，不可半生食用。

（3）防止中毒：肝脏中毒主要应当心鱼类肝脏中毒。鱼类中的鲅鱼、鲨鱼、旗鱼等鱼的肝脏，经常引发中毒事件。中毒是因为摄入过量维生素A所致，还可能因为鱼油毒素引起。孕妇在食用时要小心，务必选择新鲜的动物肝脏食用。

专家提醒

孕妇食用动物肝脏不宜过多，在妊娠期每周2～3次即可，各种动物肝脏可交替食用。肝脏是动物的解毒器官，大部分有害物质是在肝脏内降解消除的，有些未降解完全的毒物仍存留于其间。另外，维生素A、维生素D等在某些动物肝脏内含量极高，如羊肝、狗肝，过量摄入会致中毒。因此，为了食用安全，在进食动物肝脏时要适量，并采用正确的清洗加工方法。

大豆，妊娠第9月每天都要吃

事实上，有些孕妇从怀孕早期就开始在专家的指导下吃大豆了，这里需要提醒孕妇的是，进入怀孕晚期，特别是怀孕第9个月后，最好坚持每天都吃大豆。

这是因为，豆类对妊娠后期的准妈妈和胎儿都是特别重要的食品，大豆含有丰富的磷脂酰胆碱（卵磷脂），它有防止胆固醇在血液中滞留、清洁血液、预防发胖和降血压的作用。尤其是构成磷脂酰胆碱（卵磷脂）的胆碱，是脑的重要营养源，有提高智商、增强记忆力的效果，对于胎儿健脑不可缺少。以大豆制成的豆腐、黄豆粉等大豆制品每天必不可少。

专家测定，每100克黄豆中含蛋白质36.3克，每500克黄豆中蛋白质的含量相当于1000克瘦肉中的蛋白质含量。它还富含脂肪、糖、胡萝卜素、钙、磷、铁及亚油酸。同时，大豆还含有人体所必需的8种氨基酸（蛋白质由20种氨基酸组成，是细胞生长发育的物质基础，是维持生命活动最基本的营养素。人体本身可以合成12种氨

基酸，有8种氨基酸不能靠人体自身合成，必须从食物中摄取，称为"人体必需氨基酸"），素有"植物蛋白之王"的美称。

这个时期，每天吃大豆除了补充人体必需氨基酸外，还能为身体补充大量蛋白质。蛋白质是胎儿细胞分化、器官形成的最基本的物质。蛋白质对胎儿身体的成长来说，就像构筑一座坚实大厦的基础一样重要。孕妇也需要蛋白质来维持子宫、胎盘、乳腺组织及全身的变化。同时，孕妇还需要有一定量的蛋白质储备，以供应分娩时的消耗及产后泌乳。

用大豆制成的各种豆制品也是营养丰富、好吃不贵的食品，如豆浆、豆腐、豆腐干等。

不喜欢吃大豆的孕妇可选用优质蛋白质食品代替，比如牛奶、鸡蛋、瘦肉、鱼类、禽类、坚果、豆类和豆制品。

专家提醒

大豆含有多于30%的蛋白质，多于16%的脂肪，属于优质蛋白质和优质食用油。但大豆蛋白的消化率因加工方法不同而有很大差异，吃法得当消化率可达92%～96%，吃法不科学，消化率不到50%，而是否得当主要是受以下因素影响：大豆的细胞膜是由纤维构成，厚而坚实地裹住蛋白质，影响消化酶与大豆蛋白质的接触，若将大豆用水泡软，磨

豆浆或制成豆腐、腐竹等豆制品，使坚硬而厚的细胞壁软化并磨碎，再经加热煮沸，消化率就提高了；同时，大豆所含胰蛋白酶抑制剂会抑制小肠里的胰蛋白酶，使胰蛋白酶失去分解蛋白质的活力，因此，必须消除大豆中的胰蛋白酶抑制剂，才有利于大豆所含蛋白质被消化吸收。经过研究，最好的办法是湿热处理，就是把大豆先用水浸泡发胀，然后蒸煮半个小时，其胰蛋白酶抑制剂就被破坏了。因此，干炒黄豆的消化率很低，而整粒煮或蒸的黄豆又不如豆浆、豆腐好。因此，吃大豆，最好是吃加工处理过的大豆制品。

糖尿病孕妇的营养食谱

妊娠期糖尿病的饮食管理对孕妇糖尿病的控制至关重要。孕妇的饮食应该以五谷、根茎及豆类为主要来源，尤其多吃一些含纤维素较高的燕麦片、糙米和全麦面包是很有必要的。水果中的草莓、菠萝、猕猴桃等因可溶性纤维、维生素和矿物质含量高，可以优先选用，但香蕉、甘蔗、龙眼和葡萄等含糖量较高，不宜多吃。绿叶蔬菜因能提供大量维生素、矿物质和粗纤维，既能调剂孕妇的口味、适应孕妇的饮食习惯，又因含糖量低，所以可不限量进食，而食糖、蜂蜜、巧克力、甜点等双糖、单糖食物应尽量避免。

糖尿病孕妇可选用以下几种营养食谱：

☆里脊肉炒芦笋

原料：里脊肉（嫩）150克，青芦笋300克，黑木耳50克，蒜、盐、胡椒粉、淀粉、植物油各适量。

做法：黑木耳洗干净，捞起后沥干，切丝备用；嫩里脊肉切成细条状，粗细和芦笋相当，备用。将锅预热，加入少许油，先把蒜片放入爆香，再放入里脊肉、芦笋和黑木耳拌炒均匀。再加入盐和胡椒粉炒熟，将淀粉加水勾芡即可。

这道菜将蔬菜搭配拌炒在一起，孕妇吃了之后可以增加对胎儿神经管发育相当重要的叶酸的摄入量。另外，蔬菜的热量低，即使孕妇吃得很饱，也只是摄入了少许热量，对血糖影响小。青芦笋含有丰富的维生素E、维生素C和纤维素，对孕妇有清血和平衡血糖的功能。除了芦笋、黑木耳之外，孕妇也可以根据自己的喜好，搭配一些玉米笋、草菇等时令蔬菜，对糖尿病也有很好的功效。

☆玉竹炒藕片

原料：玉竹200克，莲藕200克，胡萝卜50克，盐、味精、姜汁、胡椒粉、植物油各适量。

做法：玉竹洗净，去根须，切段，焯熟，沥干备用；莲藕洗净，切片，焯水备用；胡萝卜去皮，切片备用。将锅预热，加入少许油至热，倒入藕片、玉竹段、胡萝卜片炒至断生，加精盐、姜汁、胡椒粉翻炒均匀，调入味精即可。

莲藕健脾开胃、益血生肌、止泻，玉竹养阴润燥、生津止渴，两者一起食用，适用于糖尿病孕妇。

在饮食上糖尿病孕妇要适当控制蛋白质、脂肪、碳水化合物的比例，多食新鲜蔬菜，补充充足的B族维生素，以促进糖代谢。另外，还要注意体内酸碱平衡，及时补充含锌、铬的食品，忌烟、酒和辛辣刺激品。

> **专家提醒**
> 孕妇患糖尿病是由于胰岛素的相对缺乏或分泌不足而引起，这是一种慢性代谢紊乱性疾病。胰岛素的主要作用是加速血糖乳化，促进糖原合成，使糖转变成脂肪，使血糖降低。糖尿病病人因胰岛素分泌相对或绝对减少，血糖的上述三条去路受阻，因而使血糖增高。因为妊娠期胰岛素需要量增加，加上其他生理变化，若控制不好孕妇容易发生酸中毒，所以在糖尿病的控制上，除了控制饮食外孕妇还需要遵循医生的建议服用一些降糖药。

贫血孕妇的营养食谱

孕妇贫血，就需要改善饮食，可以多吃一些含铁丰富的食物。动物性食物中肝脏、血豆腐及肉类中铁的含量高，吸收也比较好。蛋黄中也含有铁。蔬菜中铁的含量较低，吸收差，但新鲜绿色蔬菜中含有丰富的叶酸，叶酸参与红血球的生成，叶酸缺乏易造成大细胞性贫血，也可引起混合性贫血。因此，饮食中既要摄入一定量的肉类、肝脏、血豆腐，也要食用新鲜蔬菜。肝脏中既含有丰富的铁、维生素A，也有较丰富的叶酸，维生素A对铁的吸收及利用也有帮助。专家建议孕妇每周吃一次动物肝对预防贫血是十分有好处的。

加强贫血孕妇的营养食谱是很有必要的，可参考以下几种营养食谱：

☆红枣桂圆蛋汤

原料：鸡蛋200克，桂圆肉50克，红枣30克，当归30克，红糖适量。

做法：桂圆肉、红枣、当归分别洗净，红枣去核备用。将鸡蛋煮熟去壳备用。将桂圆肉、红枣、当归放入锅中，加适量清水，用小火煮20分钟，再加入鸡蛋、红糖煮15分钟即可。

鸡蛋含有丰富的蛋白质、脂肪、维生素和铁、钙、钾等人体所需矿物质，其蛋白质是自然界最优良的蛋白质，具有养心安神、补血、滋阴润燥之功效。桂圆含有多种营养物质，有补血安神、健脑益智、补养心脾的功效，是健脾长智的传统食物，对失眠、心悸、神经衰弱、记忆力减退、贫血具有较好的疗效。红枣含有生物素、叶酸、泛酸、烟酸、胡萝卜素，以及磷、钾、镁等矿物质，有提高人体免疫力、防治骨质疏松和贫血、软化血管、安心宁神等作用，对孕妇更有补血的功效。

☆猪肝炒油菜

原料：猪肝50克，油菜200克，酱油、植物油、盐、料酒、葱、姜各适量。

做法：猪肝切成薄片，用酱油、葱、姜、料酒等浸泡备用；油菜洗净切成段，梗、叶分别放置备用。油入锅至热，放入猪肝快炒后起出，再待油热后加盐，先炒油菜梗，再倒下油菜叶一起炒至半熟，放入猪肝，并倒入余下的酱油、料酒，用旺火炒熟即可。

孕妇在饮食方面要注意荤素搭配，动物肝脏能帮助孕妇补铁，以满足贫血孕妇对铁的需求，保证胎儿健康生长。

专家提醒

对于贫血比较严重的孕妇，仅仅依靠食物补血是不行的。中度以上贫血的孕妇，口服铁剂治疗是十分必要的。孕期贫血除服铁剂以外，还可以服用小剂量的叶酸。孕妇服用小剂量叶酸不仅有利于预防贫血，还有利于预防胎儿患先天性神经管畸形和先天性心脏病，但叶酸剂量不要过大。妇女贫血的原因除铁营养不足以外，还与月经过多、功能性子宫内膜出血、子宫内置节育器、多次妊娠、多次流产等因素有关；慢性肠炎及消化吸收不良、疟疾、肠寄生虫感染及包括艾滋病在内的慢性感染性疾病也是造成贫血的原因，如孕妇有以上疾病，除了营养补充之外，必须及时到医院诊治。

孕妇不宜吃的食物

孕期并不是什么食物都可以吃的，不能吃的原因也是多方面的，主要表现为：刺激肠胃，引起宫缩，容易引起流产；某些成分进入胎儿血液易造成畸形；滋生内热，不利于胎儿生长；滑肠（滑肠类食物容易引起流产）。

那么，什么样的食物具有以上副作用，是孕期不能吃的呢？

☆香料及辛辣类食物

这些食物包括八角、茴香、桂皮、五香粉等热性香料。香料是很多妈妈做饭菜调味的制胜法宝，香香的味道能够引起孕妇的食欲。然而热性香料具有刺激性，容易造成肠道干燥、便秘。建议孕妇可以偶尔调剂一下胃口，但不要多吃。

有些孕妇在怀孕后特别喜欢吃酸辣的东西，为了肚里的宝宝，喜欢吃辣的孕妇可要有所收敛哦。辛辣的食物吃多了会刺激肠胃，特别严重的还可能引起流产、早产，如果肾脏功能欠佳，或者血压偏高者更应该注意。

☆饮料类食物

这包括：咖啡、红茶和可乐。

咖啡中的咖啡因是危害胎儿健康的隐形"杀手"，它容易引起流产或早产，还有可能使细胞发生变异，引起畸形；红茶不仅含对胎儿不利的咖啡因，还含大量的鞣酸，它与铁结合很难被吸收，孕妇若过多地饮用浓茶，可能引起缺铁性贫血，给胎儿留下先天缺铁性贫血遗患；而可乐型的饮料也含有咖啡因。以上饮料孕妇应少喝为妙。

☆酒及含乙醇（酒精）的饮料

乙醇通过胎盘进入胎儿血液可造成流产及早产，更会造成宝宝的先天异常。当然，除了白酒、黄酒、啤酒、红酒，还包括糯米甜酒及各种含乙醇的饮料，孕妇们都不要掉以轻心。

☆烟

对于孕妇来说，无论是吸烟还是被动吸烟，对胎儿都是不利的。烟中的一氧化碳和尼古丁可通过胎盘，可能将致胎儿在宫内缺氧，心跳加快，胎儿的畸形率也会增加，严重者可导致流产或胎儿死亡。

☆腌制菜

不管是肉类还是蔬菜，只要是腌制的，都不要多吃。这是因为过高的盐分会使孕妇体内潴留更多的水分，容易导致孕妇身体水肿，还可能引起妊娠高血压综合征。

☆螃蟹

虽然螃蟹含有较高的蛋白质，但中医认为螃蟹性寒，吃多了会伤脾胃，而且螃蟹有活血祛瘀作用，对胎儿不利。

☆生鱼片

由于缺少加温烹饪过程，生鱼片里的寄生虫和病菌可能会给胎儿带来伤害。而鲨鱼、鲭鱼王、旗鱼、金枪鱼等几种鱼中的汞可能会影响胎儿的大脑生长发育，馋嘴的孕妇还是不要冒这个险。同理，没有煮熟的田螺或生蚝里面的寄生虫与细菌也会影响胎儿的发育。如果孕妇实在控制不了口腹之欲，将它们做熟了再吃吧。

☆久存的土豆

说起土豆，好像没人不喜欢。但土豆中含有生物碱，存得越久其生物碱的含量越高。土豆吃得过多可能影响胎儿的正常发育，导致畸形，喜欢吃土豆的孕妇还是要挑新鲜的吃。

> **专家提醒**
>
> 孕妇们常为了宝宝的营养而吃很多滋补药膳，大补特补。其实，某些滋补品是不宜多吃的，例如，蜂王浆等因为含有激素类物质会刺激子宫，还会使胎儿体内激素增加，引起产后假性早熟，过多的激素也会使胎儿过大，给孕妇的分娩造成痛苦。
>
> 人参只适合体弱的孕妇少量进补，以提高自身免疫力并增进食欲。因为人参为热性食品，如果食用过多则会扰动胎儿，造成产后出血。同样道理，桂圆也是热性食品，也不宜多吃。还有些孕妇只知道产后吃大麦芽能回奶，但是怀孕期间是不能多吃大麦芽的，因为它有催生落胎的作用。

哪些食物能帮孕妇消肿

浮肿在孕期是很常见的，一般来说，这个时期孕妇的浮肿属于正常现象，主要是因为怀孕后孕妇的血容量会随着孕周的增加而不断增加，循环血容量增加，心脏排出的血量就会增高。同时，全身的毛细血管数目增多了，管径也增粗了，就会导致浮肿。

为孕妇准备一些既消肿又滋补的美食，不仅可使她们变得身体轻盈，还能改善胃口。可依以下食谱烹制食物，帮助孕妇消肿。

☆酒酿蛋包汤圆

原料：酒酿20克，无馅汤圆60克，鸡蛋1个，白砂糖适量。

做法：锅中加清水适量，煮至水开时，放入汤圆，待汤圆煮到开始上浮时加酒酿、打蛋入锅，再烧开即可放糖，熄火焖2分钟即可。

酒酿甘辛温，含糖、有机酸、维生素B_1、维生素B_2等，可益气、生津、活血、散结、消肿。这道食物可以使钠盐摄入降到最低，不仅有利于孕妇利水消肿，也适合哺乳的妈妈通利乳汁。

☆当归鸭肉米粉

原料：当归1钱，黄芪1钱，鸭半只，米粉200克，姜、米酒、盐各适量。

做法：将鸭剁成两半、氽烫、洗净备用，将当归、黄芪、米酒倒入锅中，加适量的水烧开，然后沥除药材，药汤留用。把鸭、药汤、姜、盐放入锅中，加适量水蒸1次，添水后再蒸1次，取出鸭肉放凉切片，米粉烫熟置碗底，浇鸭肉汤，铺上鸭肉即可。

此道菜肴定会让孕妇胃口大开。鸭具有滋阴清热、利水消肿的作用，很适合体质燥热、容易水肿的孕妇。

☆果汁鱼块

原料：净鱼肉300克，果汁120克，玉米粉30克，鸡蛋20克，植物油600克（实耗约50克），盐、湿淀粉各适量。

做法：将加工好的净鱼肉切成长3厘米、厚0.6厘米、宽1.5厘米的块放入碗内，加盐腌渍备用；把鸡蛋与湿淀粉放在碗里，加适量清水，搅拌均匀，将鱼块放入蘸上一层，然后再蘸上一薄层玉米粉；炒锅内倒入植物油，放旺火上烧到七成热，将鱼块逐一放入，炸至金黄色，熟后捞出沥油，放在盘内，炒锅内热油倒出，留点底油，放回火上，加入果汁炒匀；用湿淀粉勾薄芡、加尾油，淋

在鱼块上即可。

　　果汁使这道油炸食品的口感更好，不油腻，适合孕妇的胃口，而且所提供的能量可以很好地满足孕妇需求，加之少盐，故非常适合孕妇消肿。

> **专家提醒**
> 　　下肢水肿困扰着很多孕妇，水肿多见于体重较重、多胎者，若患有高血压，则孕妇发生四肢水肿的情况会更严重。水肿大多是因为孕期女性受激素变化的影响，此时，孕妇除了饮食控制外，利用夏日到泳池消暑玩水的机会，做做柔软操，也可帮助消除水肿。

孕期节食的原则

　　有些年轻的孕妇怕怀孕发胖，影响自身的体型，或怕胎儿太胖，分娩时比较困难，常常节制饮食，尽量少吃。这种做法对胎儿是不利的。孕妇切忌任意节食。

　　孕妇在怀孕以后，新陈代谢也跟着变得旺盛起来，与妊娠有关的组织和器官也会发生增重变化，胎儿的养育袋——子宫，要增重约670克，为给婴儿提供乳汁，乳房要增加约450克，还需贮备脂肪约4500克，胎儿重3000～4000克，胎盘和羊水重900～1800克。

这样来说，孕妇在怀孕期间要比孕前增重11千克左右。但是增加的这些分量都是正常的，也是必然的。所以这需要孕妇摄入很多营养物质，孕妇大可不必担心和控制。很显然，孕妇需要营养，胎儿生长更是不可缺少营养，孕妇如果在这个时候节食是有害无益的。

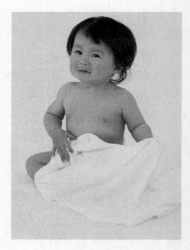

　　先天营养是决定胎儿生命力的重要环节，如果孕妇在怀孕期间营养供给不足，就会给胎儿带来严重后果。节食很有可能导致孕妇以下几类主要物质的缺乏：

☆蛋白质

　　孕妇缺乏蛋白质，就不能适应子宫、胎盘、乳腺组织的变化，尤其是在怀孕后期，会因血浆蛋白降低而引起浮肿，还可以使抗体合成减少，对疾病的抵抗力降低而容易导致多病；胎儿缺乏蛋白质，就会影响神经细胞的增殖，智力低下。

☆钙

孕妇缺钙，通常会表现在骨骼软化，有腰酸腿痛的现象；缺钙会影响胎儿骨骼、牙齿的生长发育，增加得软骨病的几率。

☆铁

孕妇缺铁，会出现贫血、头昏脑涨的症状，对胎儿也有不利影响。

☆维生素

孕妇缺乏维生素A，容易出现早产、死胎，而且身体抵抗力降低，容易发生产后感染；缺乏维生素B_1，会影响食欲和乳汁分泌，而下肢浮肿也加剧，易得脚气病；缺乏维生素C，可加剧便秘、贫血等孕期症状，并容易出现早产、流产。胎儿缺乏维生素，会使免疫力下降，影响健康生长发育，甚至可导致发育不全，如果再缺乏脂肪，加上心脏、肝脏内贮藏的糖原明显减少，胎儿就经不住出生时由宫缩和经过产道时受压迫的考

验，娩出后还容易发生低血糖和呼吸窘迫症；母体营养供给不足或缺少某种营养会导致胎儿畸形。

孕妇千万不可任意节食，否则就容易形成某种营养素的缺乏，或使相互间失去平衡。怀孕5个月后，每天至少需热量11340～11760千焦，这些热量可从饮食中获得。要保证充分的蛋白质，适量的脂肪、糖、钙、铁、维生素的供给，要多吃鸡、蛋、鱼、瘦肉、猪肝及乳类、杂粮、豆类、新鲜蔬菜、水果和海产品等。要合理搭配饮食，不挑食、不偏食，这样才能满足妊娠期营养的需求。

专家提醒

担心身体发胖没有必要，孕期胖了一点，只要生育后进行身体锻炼和适当饮食调整，就不会使身体发胖。顾虑难产也没有必要，只要胎儿的头能通过母亲的骨盆，身体的其他部位就能顺利通过。出现难产、异位产，主要是胎儿反应不好，在经过产道时不能反射性旋转身体的缘故，一般与胎儿发胖无关。

最易被孕妇忽视的营养

孕妇在怀孕期间需要全面的营养，如蛋白质、维生素、热能等这些营养元素都是孕妇容易注意到的，也能很好地从平时的膳食中得到补充。但是还有些营养是被孕妇忽视的，根据调查显示，最容易被孕妇忽视的营养是水、新鲜空气和阳光。

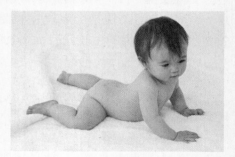

☆水

水占人体体重的60%，是人体体液的主要成分。饮水不足不仅仅是喉咙的干渴，同时还关系到体液中电解质的平衡和养分的运送。调节体内各组织的功能，维持正常的物质代谢都离不开水。所以，在怀孕期间孕妇要养成多喝水的习惯。有些孕妇常用其他饮品代替水，这种做法是不可取的，孕妇最好的饮品是白开水。因为孕妇在孕期体内的血液总量增加了，血液中水的需求量也相应增加，并且胎儿也需要足

够的液体，用于吸收营养和新陈代谢。孕妇在怀孕早期每天摄入的水量以1000～1500毫升为宜，孕晚期则最好控制在1000毫升以内。饮水方法应该是每隔2小时喝一次水，一天保证8次，以防缺水。

☆新鲜空气

随着机动车的增多，空气污染已经成为一种社会的公害，而这种公害靠我们自己是无法解决的。大部分孕妇都喜欢待在家里，还有些孕妇因为怕感冒，家中常年不开窗，这样会影响新鲜空气的流通，长此以往，会给孕妇的健康带来伤害。新鲜的空气也是孕妇必不可少的营养素。新鲜的空气在农村或市郊比

较容易得到，孕妇应该有意识地到公园或郊外呼吸新鲜空气，这样有利于促进机体新陈代谢，对胎儿的健康成长也是必不可少的。

☆阳光

阳光中的紫外线具有杀菌消毒的作用，更重要的是通过阳光对人体皮肤的照射，能够促进人体合成维生素D，进而促进钙质的吸收，防止胎儿患先天性佝偻病。孕妇长期不接触阳光，会患骨质软化病。这是一种比较严重的孕期并发症，患这种病的妇女，贫血消瘦，动作缓慢，体力疲惫，常可使胎儿因营养缺乏患上先天性佝偻病，孕妇还会难产，连累胎儿受损或死亡。

专家提醒

孕妇喝水有讲究，久沸的开水不能喝。反复沸腾后，水中的亚硝酸根及砷等有害物质的浓度相对增加，这样会导致血液中的低铁血红蛋白结合成不能携带氧的高铁血红蛋白，可能引起孕妈妈血液含氧量降低，威胁胎儿的安全。

孕妇要少喝冷饮。孕妇的肠胃对冷热刺激非常敏感，冷饮会使肠胃血管突然收缩，胃液分泌减少，消化功能降低，出现食欲不振、消化不良、腹泻等，严重者甚至会引起胃部痉挛，出现剧烈腹痛。纯净水经过多道过滤、沉淀而得，将其中的微生物、杂质都过滤掉了，但同时也将水中所含的矿物质过滤掉了。因为水中含有的钙、磷及其他微量元素对人体有重要的生理作用，而孕妇在这个时期对矿物质也十分需要，此时对孕妇来说普通的温开水更适合。

第四章 运动——获得轻松如此容易

很多孕妇在怀孕期间感觉身体笨重不灵活，因此对运动望而却步。其实，运动能使孕妇有一个更健康的体态，同时还能使孕妇的心情更加愉悦。而且，孕期适当合理的运动，能帮助孕妇获得轻松的产程，减少很多痛苦。因此，运动是孕妇孕期应注意的一个健康项目。

运动，让孕期轻松起来

孕妇在孕前和孕期进行一些运动是很重要的。这是因为，在怀孕前，运动可以使孕妇的身体在更健康的状态下怀上胎儿；而在怀孕期间，运动能增强孕妇的柔韧和力量，帮助孕妇应付身体承受的额外负担，使身体逐渐适应妊娠和分娩的需要，消耗多余的热量，不至于因为怀孕使体重增加过多。孕妇在怀孕期间，做些适量的运动，保持良好状态，会使分娩更容易、更轻松，产后也可在短期内恢复正常体型。

下面推荐几种适于孕妇在怀孕期间进行的运动。

☆散步

散步是一项非常适合孕妇的运动，也是一种十分简单的锻炼方式，经常散步能使心情轻松而快乐。孕妇经常散步，可以帮助消化，促进血液循环。在妊娠末期，孕妇散步可以帮助胎儿下降入盆，松弛骨盆韧带，为分娩做准备。在产程中散步，可促使胎头由枕后位或枕横位旋转成枕前位，使分娩更顺利，加快产程进展。孕妇在散步时，要选一双穿着舒适的平底鞋，可以由丈夫陪伴一起散步，心情尽可能保持轻松、愉快。

☆游泳

游泳适合原来就爱游泳的妇女。在怀孕期间，如果以前不会游泳，就没必要专门去学游泳了。游泳时，孕妇由于身体能被水的浮力支撑起来，不易扭伤肌肉和关节，同时能很好地锻炼、协调全身大部分肌肉，增强耐力。孕妇最好在温水中游泳，水太冷容易使肌肉发生痉挛。另外，如果发现胎膜破裂，就应该停止游泳。

☆孕妇体操

孕妇体操是专门为孕妇设计的，孕妇可以根据自身的情况，进行有目的、有计划的锻炼，这样有利于分娩和产后的恢复。其他一些运动也是有利于孕妇的，如一般的跳舞，只要不感到吃力，孕妇都可以根据自己的情况进行运动。

孕妇在怀孕期间保持身体和精神健康，对自己和胎儿都非常重要。适当的运动有助于身心健康，让孕妇在怀孕期间过得愉快而轻松，并为顺利分娩做好准备。

专家提醒

妊娠期不能剧烈运动。因此，不要拿出比赛的劲头来运动，那样会使自己处于紧张的状态。运动时要慢慢来，此时的运动主要是让自己心情放松。孕妇运动一定要有限制，大可不必像以往那样运动到大汗淋漓，不要让运动变成又一项令孕妇感到疲惫的事。有些运动要避免，如跳跃、负重运动、滑雪、骑马、滑冰等。怀孕是正常的生理过程，健康的孕妇可根据情况选择一种让自己既愉快又轻松的运动，但是还是有些孕妇不适宜做运动，如先兆早产、阴道出血及遇到某些特殊情况，尤其医生建议孕妇不要运动时，一定要听医生的话，不要强制自己做运动，那样不仅对怀孕没帮助，还有可能对胎儿造成伤害。

做好运动帮你顺产

现今的孕妇多数在孕期营养充足，但往往运动不足，这就很容易使体重增加过多，造成腹中胎儿过大，最后不得不采用剖宫产的方式分娩，所以孕妇要对体重进行监控。专家建议，孕妇最理想的怀孕体重在孕早期(怀孕3个月以内)增加2千克，中期(怀孕3～6个月)和末期(怀孕7～9个月)各增加5千克，前后共12千克左右。通常在34周左右，医院都要孕妇做骨盆测定，这个测定加上医生通过对腹部胎儿形状大小的触摸，以及胎儿体重的估算，就能判定孕妇是否能顺利地进行自然

分娩。如果医生认为宝宝的体重超过4千克，孕妇的难产率会大大增加，一般就会建议产妇以剖宫产方式分娩。

适量的运动可以帮助孕妇顺产。其中，孕妇体操就是很好的锻炼方式。孕妇体操不但有利于控制孕期体重，还有利于顺利分娩。这是因为体操锻炼可以增加腹肌、腰背肌和骨盆底肌肉的张力和弹性，使关节、韧带松弛柔软，有助于分娩时肌肉放松，减少了产道的阻力，使胎儿能较快地通过产道。孕妇体操分为以下几步进行锻炼。

☆脚部运动

孕妇把一条腿搭在另一条腿上，然后再放下来，每抬1次高度增加一些，然后换另一条腿，重复10次。两腿交叉向内侧夹紧、紧闭肛门，抬高阴道，然后放松。重复10次后，把下面的腿搭到上面的腿上，再重复10次。

胎儿体重日益增加，为了能轻松行走，孕妇需要使自己的脚腕关节变得柔韧有力。另外，脚部运动还有助于消除妊娠后期的脚部浮肿。

☆腹肌运动

单腿屈起、伸展、屈起、伸展，左右各10次。双膝屈起，单腿上抬、放下、上抬、放下，左右各10次。

腹肌运动主要是锻炼支持子宫的腹部肌肉。

☆骨盆运动

单膝屈起，膝盖慢慢向外侧放下，左右各10次。双膝屈起，左右摇摆至床面，慢慢放松，左右各10次。

骨盆运动是为了放松骨盆的关节与肌肉，使其柔韧，利于顺产。

专家提醒

孕妇体操可缓解孕妇的疲劳和压力，增强自然分娩的信心。孕妇在练体操时要注意合理安排运动时间、运动量，做好热身准备，防止过度疲劳和避免宫缩。另外，有习惯性流产史、早产史、此次妊娠合并前置胎盘或严重内科合并症者不宜进行孕期体操锻炼。

运动也是一种胎教

胎儿与母体血脉相连，孕妇适当地运动有利于胎儿的成长。孕妇血液循环的增强，也增加了对胎儿的氧气和营养供给，促进胎儿大脑和身体的发育。同时，运动也是一种很好的胎教。

适当运动可以使孕妇保持良好的心理状态，促进血液循环、增强心肌收缩力、增加氧气的摄取量、促进新陈代谢；利用神经内分泌系统功能的增强，可使消化液分泌增多，有利于食物的消化、吸收和利用；适当运动还能增进肌肉的协调性，帮助孕妇适应身体重心的转移。孕妇运动时保持良好的心理状态，对胎儿将来形成乐观开朗的性格有一定的作用。

孕妇利用运动对胎儿进行胎教的好处有以下几方面：

☆促进胎儿正常生长发育

运动不仅能增强孕妇抵抗力，还可增加胎儿的血液供氧，加快新陈代谢，从而促进胎儿生长发育。

☆利于胎儿吸收钙

孕妇去户外或公园里运动，可呼吸大量新鲜空气，接触阳光中的紫外线，还可使皮肤中脱氢胆固醇转变为维生素D，促进体内钙、磷的吸收利用。这既有利于胎儿的骨骼发育，又可防止孕妇发生骨质软化症。

☆避免胎儿肥胖

孕妇经常适当运动，可控制孕妇体重增长，减少脂肪沉积，既可防止生出巨大儿，又有利于孕妇自然分娩，为避免肥胖症、高血压及心血管疾病奠定了良好的先天物质基础。

☆帮助胎儿形成良好个性

孕妇在怀孕期间容易情绪波动，如果孕妇心情不好，胎儿的心情也会随之变化。运动有助于改善孕妇身体疲劳和不适感，保持心情舒畅，利于胎儿形成良好的性格。

☆促进胎儿的大脑发育

孕妇在运动时，可向大脑提供充足的氧气和营养，促使大脑释放脑啡肽等有益的物质。它们通过胎盘进入胎儿体内。孕妇运动会使羊水摇动，摇动的羊水可刺激胎儿全身皮肤，就好比给胎儿做按摩。这些都十分利于胎儿的大脑发育，出生后会更聪明。

专家提醒

孕妇适当运动，如做孕妇体操，可促进新陈代谢和心肺功能，加快血液循环，防止便秘和静脉曲张的发生，并可减轻日益增大的子宫引起的腰痛、腰酸及腰部沉重感。不仅如此，适当运动可使大脑运动中枢兴奋，有效地抑制思维中枢，从而减轻大脑的疲劳感。这样，可缓解孕妇对怀孕、分娩产生的紧张情绪，增加自然分娩的自信心。通过运动，还可增强孕妇腹肌、腰背肌和盆底肌的力量和弹性，使关节、韧带变得柔软、松弛，有利于分娩时放松肌肉，减少产道阻力，增加胎儿娩出的动力，为顺利分娩创造良好的条件。运动可使孕妇在分娩时减轻产痛，缩短产程，减少产道裂伤和产后出血。临床研究结果显示，坚持做孕妇体操的孕妇，正常阴道分娩率明显高于未做孕妇体操者，产程也往往较短。

孕期不同阶段应做不同运动

孕妇在怀孕期间做适量的运动可以消耗母体多余的血糖，降低得糖尿病的危险，而且能让胎儿发育更正常，所以孕妇做运动很重要，但有一个问题是要注意的，孕妇在运动前要先向医生咨询，在专门的指导下根据身体状况做运动，孕期的不同阶段应选择不同的运动方式。

☆孕早期适合有氧运动

专家建议，孕妇在怀孕4个月内要多做有氧运动。有氧运动的首选就是游泳，很多人以为孕妇游泳不安全，事实上，游泳对孕妇来说是相当好的有氧运动。根据身体情况而定，如果孕妇在怀孕前就一直坚持游泳，而且怀孕期间身体状况良好，那么从孕早期到后期都可以继续进行。孕妇游泳时，要选择卫生条件好、人少的游泳池，下水前先做一下热身，下水时戴上泳镜，还要防止别人踢到胎儿。除了游

泳，孕妇还可以做一些像快步走、慢跑、跳简单的韵律操、爬楼梯等有节奏性的有氧运动，但是，像跳跃、扭曲或快速旋转的运动都不能进行。

☆孕中期运动量加大

怀孕中期胎盘已经形成，所以不太容易造成流产。这个时期，胎儿还不是很大，孕妇也不会很笨拙，所以在孕中期增加运动量是适合的时期。对于不会游泳的孕妇，早晚散散步也是一种好运动，它既促进肠胃蠕动，还能增加耐力。耐力对分娩是很有帮助的。在阳光下散步是最好的，可以借助紫外线杀菌，还能促进胎儿骨骼发育。这时候所说的加大运动量，并不是增加运动强度，而是提高运动频率、延长运动时间。但需要强调的是，孕妇一定要根据自己的情况来做运动，不要强迫运动。如果孕前一直没有运动习惯的孕妇，就可以做一些轻微的活动。孕妇不要选择爬山、登高、蹦跳之类的剧烈运动，以免发生意外。

☆孕后期运动要慢

怀孕后期，孕妇体重增加，身体负担变得很重。这时候运动一定要注意安全，既要有利于自己的分娩，又要对胎儿健康有帮助，还不能过于疲劳。这时孕妇做运动要循序渐进，以稍慢的散步为主，再要加上静态的骨盆底肌肉和腹肌的锻炼，这不仅是为分娩做准备，也是让渐渐成形的胎儿发育更健全，更健康，增强他的活力。所以，这个时期在早晚做一些慢动作的健身体操是很好的运动方法，比如简单的伸展运动，或者坐在垫子上屈伸双腿，或者平躺下来，轻轻扭动骨盆……这都是很好的锻炼方式。孕妇每次做操时间在5～10分钟就可以，动作要慢，不要勉强做动作。

专家提醒
孕妇在运动时，脉搏不要超过每分钟140次，体温不要超过38℃，时间以30～40分钟为宜。孕妇运动开始时要根据自己感觉的舒适程度及时调整，找到适合自己孕期的一系列运动组合。如果在运动过程中出现头晕、气短，宫缩频率增加，某个部位疼痛，阴道突然有血丝或大量流血，要立即停止运动，及时向专家咨询情况是否正常，是否适合再继续做运动。

给孕妇的运动建议

运动的种类多种多样，运动的方式更是千变万化，但是并不是每项运动都适合孕妇，运动的方式也是决定孕妇运动的重要因素。那么，孕妇要怎样运动才合适呢？

☆ 适合的运动

孕妇可以在医生和专家的指导下，选择适合自己的运动。在怀孕的不同时期应该选择不同的运动。在运动的过程中也要听从专业人士的指导。

☆ 腹式呼吸

孕妇应该练习腹式呼吸。腹式呼吸，不仅能给胎儿输送新鲜的空气，而且可以消除紧张与不适，在分娩或阵痛时，还能缓解孕妇紧张心理，所以腹式呼吸也是孕妇不可缺少的运动。

☆ 运动因时而异

孕妇适合做何种运动、运动量的大小，也都要根据个人的身体状况而定，不能一概而论。如果孕妇怀孕前就一直有锻炼的习惯，在孕期可以继续选择锻炼，但开始的时候一定要慢慢来。在孕期的前3个月一定要小心，很多孕妇以为这个时候刚刚怀孕，肚子也不大，因此对运动没有什么忌讳，但事实上这个时候胚胎在子宫里还没有稳定，剧烈的运动很容易导致流产，因此这个阶段最好不要剧烈运动。在孕期的3个月到28周期间，孕妇可以适当进

行有选择的运动。而在怀孕的后期即28周后，孕妇不适宜再做运动，因为这时胎儿已经长得很大了，运动有可能造成过敏性宫缩，导致早产等问题。

☆ 避免的运动

孕妇一定要避免强烈的腹部运动，也要避免做和别人有身体接触的运动，以免被碰撞。孕妇不能进行跳跃性的，或者需要冲刺的运动，也要避免做快速爆发的运动，如打羽毛球、网球等；骑马或者潜水等运动也不适合孕妇，尤其是潜水，很容易使孕妇处于缺氧状态，导致胎儿畸形。

☆运动后的建议

孕妇在运动之后，不要马上躺下休息，应该放松身体，散散步，然后在椅子上安静地休息片刻，再进行其他活动。运动过后也不要马上喝水。

> **专家提醒**
>
> 如果孕妇患有心肺疾病，或以往发生过流产征兆，如先兆流产、早产、羊水过多、前置胎盘、阴道流血、子宫颈提前开口等，就不宜进行过多的运动了，以防引发意外。如果孕妇在运动中出现任何疼痛、气短、出血、破水、疲劳、眩晕、心悸、呼吸急促、后背骨盆痛等现象，或在胎动后数小时没有胎动，应该马上停止运动，立即去看医生。

孕妇不宜做出汗运动

适当的运动有益于孕妇和胎儿的健康，但孕妇在运动前一定要听取医生的意见，要清楚孕期的哪个阶段可以运动，哪些时候根本不能运动，以及适合孕妇的运动方式。孕妇适合做何种运动、运动量的大小，也都要根据个人的身体状况而定。剧烈的容易出汗的运动都不适用于孕妇。运动出汗，会导致孕妇的矿物质流失，这样不仅让孕妇感到疲惫，也会对胎儿有伤害。

☆避免剧烈运动

孕妇在怀孕的前3个月运动时一定要小心，这个阶段不要剧烈运动。对于孕妇来说，在孕期的前3个月选择运动要注意运动的类型，最好做一些不紧不慢的运动，如游泳、打太极、散步、比较简单的瑜伽等。一定要避免强烈的腹部运动，运动时更不要出汗，适量就可以了，大强度的运动会让孕妇感到疲惫。孕妇也不能进行跳跃性的或者需要冲刺的运动，要避免做快速爆发的运动。

☆多做呼吸练习

出汗的运动不适宜孕妇。出汗的运动往往都是因为运动的强度变大，时间过长，孕妇多吃不消。孕妇可以多做呼吸练习，这可以帮助孕妇放松和保持安静，也有助于在分娩过程中配合

宫缩。

孕妇可多进行浅呼吸练习，平坐在地板上，双腿在身前交叉，腰背挺直，用口呼气吸气，这样能让孕妇心情平静；深呼吸的练习也是很好的，孕妇可以双腿在身前交叉，以舒适的姿势坐在地板上，腰背挺直，用鼻孔深吸气，缓慢呼出，重复练习。

☆进行肌肉锻炼

孕妇还可以做一些肌肉锻炼，包括盆底肌肉锻炼，怀孕期间孕妇的盆底肌肉张力很可能被削弱，因此加强这些肌肉的力量，对孕妇及以后分娩都很重要。每天最好练习300～350次。孕妇要像憋尿那样用力收紧肌肉，尽可能地多坚持一些时间，然后放松，重复30次。感觉疲劳的时候可以休息一下。大腿肌肉锻炼是以青蛙的姿势坐在地板上，背挺直，将双脚的脚心相对，双手握着脚踝，尽量将双脚向身体靠拢，用双肘向下压大腿，坚持这种姿势数到10，然后重复15次。

> **专家提醒**
> 孕妇在运动期间不宜太疲惫，也不要运动到身体过热，也就是说孕妇不宜做出汗的运动。对于孕妇来说，运动的限度是以不累、轻松舒适为宜。此外，孕妇运动期间要多喝水，但不要只喝白开水，最好补充一些果汁等，而可乐及运动饮料都不适合孕妇。

孕妇可以练瑜伽吗

孕妇练习瑜伽可以增强体力和肌肉张力，增强身体的平衡感，提高整个肌肉组织的柔韧度和灵活度。同时刺激控制激素分泌的腺体，增加血流量，加速血液循环，还能够很好地控制呼吸。练习瑜伽还可以起到按摩内部器官的作用。此外，针对腹部练习的瑜伽可以帮助产后重塑身材。

孕妇练习的瑜伽和普通瑜伽是不同的，供孕妇练习的瑜伽比较舒缓，只是用来让孕妇舒展筋骨。孕妇练习瑜伽的方法很多，主要有以下几种。

☆蝶式

蝶式适合一般的初级练习者，在孕初期、孕中期、孕后期都可以练习，可以舒展髋部、骨盆和大腿内侧肌肉。方法是：上身直立坐，两脚脚板相对靠拢，两脚跟尽量靠近会阴部位，抬升胸骨并放松肩部，两膝如蝴蝶拍动翅膀一样上下运动，向下运动时使两膝尽量靠近地面。如要加强髋部肌肉的拉伸，上身向前舒展，头朝前方，但不要弯曲脊椎。这是练习骨盆抬升的一个很好的姿势。

☆桥式

桥式也适合初级练习者，孕初期、孕中期都可以练习，但不适合孕后期。主要是增强脊柱的力量和灵活性。练习方法是：平躺于地面上，两腿弯曲，脚跟尽量靠近臀部，双脚稍分开并相互平行，手臂放在身体两侧紧贴臀部，手心朝下。下颌不要朝上，以免对颈椎造成压力。先做一次预备呼吸，吸气，呼气，再吸气时收紧臀部，抬起骨盆，并慢慢向上抬起臀部，脊柱缓慢离开地面。每次抬起一段脊柱，直到臀部抬到最高的位置。整个练习当中臀部和大腿肌肉要收紧，这样可以在脊椎弯曲时保护背部下方的肌肉不受损伤。

☆猫伸展式

适合初级练习者，在孕初期、孕中期、孕后期都可以练习。猫伸展式是为了增加脊椎的灵活性，练习猫伸展式还可以舒展拉伸肩部肌肉。方法是：四肢撑地跪在地面上，两臂垂直于两肩之下，手指打开，两手中指互相平行，双膝位于臀部正下方，两腿稍分开。左腿向上抬起并向后伸直，左脚离地，脚尖朝下，左臀部放低，身体保持稳定后，举起右手臂，保持呼吸顺畅，不要屏息，尽量保持这个姿势，以感觉舒适为限度。收回左腿和右手，恢复正常呼吸，右腿和左手接着重复练习。孕妇在做猫伸展式时膝盖下面可以垫上软垫子，注意把握平衡，避免摔伤。

☆蹲式

蹲式锻炼可以伸展髋部和腿部韧带，按摩内脏器官，平和心境。变化姿势还可以舒展肩部肌肉。方法是：双脚平行分开站直，脚趾稍转向外，如果髋部不是特别灵活，可以把双脚分离至比臀部稍宽。吸气，手臂向前举到肩膀

的高度，手心朝下。呼气，弯曲双膝下蹲，臀部尽量挨近地面，双膝尽量分开。如果脚跟抬起，可以在脚跟下放木块、书或者电话簿。吸气，收缩股四头肌，然后利用大腿的力量带动身体站立起来。孕妇下蹲的时候脊柱要挺直，用全脚掌着地，要防止身体向后仰。

专家提醒
孕妇练瑜伽要根据自己的身体情况而定，并不是每个人都适合。在练瑜伽的过程中如果身体向前摇动，注意一定不要挤压到腹部，所有的动作都只是尽力而为，起到舒展筋骨的作用就达到了目的。有颈椎疾病的孕妇，练习时不要低头；有高血压的孕妇，手不要举过头顶。

孕妇骑车是一种锻炼

孕妇锻炼的方法有很多，有些妇女平时没有运动的习惯，怀孕之后更是懒得去运动了。孕期缺少运动不仅是孕妇肥胖的原因之一，也不利于胎儿生长。其实在日常生活中，孕妇通过其他方式一样可以达到锻炼的效果，比如骑车就是一种很好的锻炼方法。

孕妇在怀孕期间，要做适量的运动，但是运动也不要过于剧烈，所以骑车是一很好的选择。但是孕妇毕竟在运动方面必须有所限制，因此，孕妇在骑车时要注意以下几点：

☆骑女式车

孕妇骑车要骑女式车。因为骑男式车本来对女士来说就有些不方便，加上如果孕妇遇到紧急情况时，容易造成骑跨伤。孕妇骑女式车也方便上下车。

☆调节车座的角度

孕妇骑车时，要适当调节车座的角度，使车座后边略高一些，坐垫也要柔软一点。

☆骑车速度不要太快

骑车速度不要太快，防止因下肢劳累、盆腔过度充血而引起不良后果。同时，孕妇骑车时活动不要过于剧烈，避免因形成下腹腔充血而导致早产、流产。

☆要选择路况好的道路

虽然骑车是一种锻炼，但是孕妇骑车时间也不宜过长，如果是外出购物不要负荷太重。骑车不要上太陡的坡，或是在颠簸不平的路上行驶，因为这样容易造成会阴部损伤。

另外，车流量很大的街道，也不适于孕妇骑车。因为机动车所排放废气所含的微小颗粒容易对人的血管造成严重损害，增加骑车者患心脏病的风险。

☆孕晚期不宜骑车

怀孕晚期的孕妇肢体不灵活，应付紧急情况的能力差，骑车危险性比较大。一旦发生撞伤很可能引起软组织损伤、羊水早破，甚至早产，特别危险的是，外伤有可能引起胎盘早剥、阴道大出血，引起胎儿生命危险。所以，孕晚期不宜骑车。

☆特殊孕妇不要骑车

如果孕妇患有高血压、心脏病、糖尿病和肾炎，最好不要骑车。

专家提醒

孕妇在外出时，要选择安全的交通工具。孕妇不宜乘坐颠簸较大、时间较长的长途公共汽车，尽量坐火车或飞机。要注意孕妇会有晕车的现象，从而引起呕吐。如果孕妇是乘坐私家车出行，相对就比较舒适了，但也应该注意最好一两个小时停车一次，下车步行几分钟，活动活动四肢，这样有助于孕妇的血液循环。

万一孕妇摔跤，也不用慌张。因为胎儿生活在羊水中，羊水能保护胎儿免受损伤、缓冲外来压力使胚胎免受震荡、防止羊膜和胚体的粘连并提供胚胎自由生长活动条件，维持胚胎发育所需的液态环境。所以胎儿还是受到保护的。

爬行锻炼有利生产

孕妇平时多运动，不仅能保持良好的身体状态，有利于胎儿的生长发育，而且对日后生产有很大帮助。孕妇也可以专门练习一些有助生产的运动，比如爬行就是一种很好的锻炼方法。

孕妇在怀孕期间，随着胎儿的不断生长，腹部的负重也会增加，连带盆骨向前倾，造成背肌压力及折腰弯度增加，加上髋底骨关节放松，拉紧了底骨的韧带，生产时容易引起痛楚。如果孕妇在怀孕期间练习爬行，不仅可以平衡脊骨、上身及新受力点的活动，使生产时受力位置不会集中在一处，而且可以平衡整体关节及韧带的松紧，使盆体功能变佳，有利于孕妇自然生产。

☆服装

孕妇在爬行时穿一些宽松、舒适的衣物，不要穿过紧的衣服，让自己有束缚感，也对胎儿不好。

☆护膝

孕妇在爬行时可以给膝盖戴上护膝，这样可以保护膝盖，增添孕妇在爬行中的乐趣。

☆原则

孕妇爬行速度要慢一点，爬行也不能过快，一般一组爬行动作重复2～3次，间歇20～30秒。

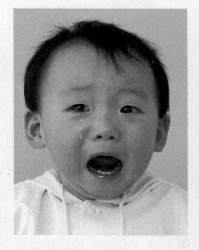

爬楼梯也是孕妇一种很好的运动方式，方便简洁，而且也有利于生产。爬楼梯同样可以产生运动的效果，加强孕妇的心脏功能，也可以活动骨盆。但是爬楼梯还是对孕妇有一些伤害的。根据研究发现，爬楼梯会增加脊椎的压力，会增加膝关节的摩擦，所以孕妇过度地爬楼梯，反而易造成腰酸及膝盖受伤。也有些孕妇因为这些原因就不爬楼梯，只下楼梯，以此来达到锻炼的目的。但是，依据人体力学的研究，每下一级阶梯，就会对膝关节造成一次冲击，膝盖受伤会更严重。所以，孕妇爬楼梯必须适度，一天爬不超过4层楼梯，而且只能上楼梯，尽量避免下楼梯。

孕妇要让骨盆活动，增加弹性，最有效的还是做下蹲练习。孕妇有目的地蹲一蹲，这样的运动就是最好的助生运动了。

孕妇水中健身收益多

很多孕妇都不知道在水中运动的好处，有的孕妇为了安全，还刻意避免水中的运动。其实孕妇只要得到科学的指导，并根据自身情况量力而行，那么在水中健身是十分安全的，也有利于胎儿和孕妇的健康。比如游泳就是很适合孕妇健身的一种水上运动。以下介绍水中健身的益处：

☆减少或消除妊娠反应

水的浮力能够帮助孕妇减轻支撑妊娠子宫的腰肌和背肌的负担，从而缓解或消除孕妇在怀孕期间常有的腰背痛症状。同时，孕妇在水中健身，可以减少胎儿对直肠的压迫，促进骨盆内血液回流，消除淤血现象，有利于减少便秘、下肢浮肿和静脉曲张等问题的发生。

☆有助顺产

孕妇在水中运动时，水对胸廓的压力可以使呼吸动作加强，能增加肺活量，这就有利于孕妇日后在分娩时长时间地憋气用力，缩短产程。孕妇在水中体位的变化，还有利于纠正胎位，促进顺产。同时，孕妇在水中进行腰、髋部针对性的训练可以加强腹直肌、腹外斜肌、腰肌的力量，有助于孕妇顺利分娩。

☆有利于准妈妈和胎儿的健康

孕妇在水中运动时，孕妇可以用两臂划水、打水或蹬水，这样全身都可以运动起来，再加上水对皮肤血管的"按摩"作用，既有利于增强孕妇的体质，又有利于胎儿更好地生长发育。

除此之外，在水中健身还有利于帮助孕妇保持健美的体型，对分娩后的体型恢复有很大的帮助。

专家提醒

怀孕早期是胎儿发育的关键期，胎儿也还不太稳定，所以孕妇水中健身最好是在怀孕3个月后。同时，孕妇水中健身必须征得医生的同意，在胎儿状况、自身的身体健康状况良好、无先兆流产的情况下才能开始节奏舒缓的水中健身。孕妇比较适合的是小负荷的运动，比如做一些在水中行走、划水、抬腿的动作。同时要注意，孕妇在水中健身时动作要比较轻柔，这样通过水流的按摩，孕妇的身体可以充分放松。孕妇在水中不宜做压迫腹部的动作，仰卧比较好，同时动作要恰当、动作幅度不能太大。

散步，孕妇的运动良方

孕妇的运动很大一部分原因是为了日后的生产做准备，所以并不需要孕妇一定要到健身房，或者是做一些专门的复杂运动，其实只要在生活中多用心，就能发现适合自己的运动方式。平时的生活也是在运动，比如孕妇每天爬爬楼梯、散散步就是很好的运动方式。

专家建议，孕妇因为生理情况特殊，即使运动也要因人而异，适可而止，一定要以不感觉到疲劳为基本原则。有些孕妇在怀孕前就不喜欢运动，那么大可不必在怀孕以后勉强自己参加过多的运动。否则，可能影响胎盘供血，进而导致对腹中的胎儿不利。

孕妇完全不运动是绝对不可取的，如果是怀孕以前就很喜欢运动的孕妇，还是应该坚持运动，只是要注意强度不要过大，不要过于剧烈，可以选择慢跑、散步、游泳等相对平缓的运动，而对于确实是不喜欢运动的孕妇，散步就成了必不可少的运动良方。散步有很多好处：

☆促进代谢

孕妇平时散散步，不仅可以呼吸到室外的新鲜空气，帮助调节自己的情绪，更重要的是散步能够提高孕妇神经系统和心肺功能，从而促进身体的新陈代谢，对孕妇的身体状况有很好的稳定作用。

☆有利于胎儿发育

散步是一种节奏相对稳定的运动方式，它可以使腿部、腹壁、胸部及心肌运动加强，血管容量增大，血液循环加快，对身体细胞的营养，特别是对心肌的营养有很好的促进作用，长期坚持散步，对促进腹内胎儿的生长发育大有好处。

专家提醒

孕妇散步注意以下两点：一是选好散步地点。如果条件允许，最好选择绿色植物较多，尘土和噪声较少的地点，比如公园、河边、小路边等，因为这些地方空气清新，相对来说氧气含量高，是散步的最佳场所。如果没有以上条件，可找一些车辆相对较少的街道散步，因为车辆的尾气不利于胎儿健康。孕妇千万不要为了图方便，胡乱找个地方走走，这样不仅起不到锻炼身体的目的，相反还会对身体有害。

二是选好散步时间。孕妇早上散步一般选择日出之后，因为日出前空气中的有害物质较多；晚上一般选择7点以后，此时路上车辆相对较少。尤其要避开车辆高峰时刻，此时空气污浊，污染严重，不论是对孕妇，还是对腹中的胎儿，都有不利的影响。

孕妇的阳光"孕"动

阳光是孕妇必不可少的伙伴，阳光中的紫外线具有杀菌消毒的作用，更重要的是通过阳光对人体皮肤的照射，能够促进人体合成维生素D，进而促进钙质的吸收，防止胎儿患先天性佝偻病。

孕妇在阳光中运动主要有以下好处：

☆营养能量

阳光中的营养能增强孕妇骨骼、肌肉的强度和柔韧性，同时增强了体质，为日后顺利自然分娩及产后承担照料宝宝的重任创造条件。

☆振奋精神

孕妇在户外的运动更能减轻身体的疲劳和不适，在阳光中运动可以让孕妇保持精神振奋和心情舒畅。

☆消耗体能

孕妇在阳光中运动可以消耗体内过多能量，控制孕期体重，减少产后肥胖及生产巨大儿的几率。

☆促进血循环

孕妇在阳光中运动可以促进孕妇血液循环，提高血液中氧的含量，有助于给子宫内胎儿提供充足的营养，促进胎儿的生长发育。

☆刺激发育

在阳光中运动更能刺激胎儿大脑感觉器官、平衡器官及呼吸系统等的协调发育。

在阳光中最适合的运动就是孕妇体操了。孕妇体操，包括热身运动、哑铃操、垫上运动和放松运动等几部分，着重锻炼手臂、腰背、骨盆及腿部。随着腹中胎儿的生长发育，孕妇的身体负担也越来越重，会出现腿部浮肿、腰背酸痛、便秘等症状。在阳光中做孕妇体操，不仅可以锻炼肌肉、关节和韧带，还可以缓解身体的疲劳和不适，又为日后的自然分娩做好了准备，而且运动时血液循环加速，促进了母体及胎儿的新陈代谢，也有利于胎儿的生长发育。

专家提醒

阳光可以增强孕妇的抵抗力，预防各种感染。因为阳光中的紫外线有杀灭病原微生物的作用。另外，紫外线可增加钙的吸收，而钙除了能增强骨骼和肌肉的强度、改善心肺功能外，还能增强气管、支气管的纤毛运动，促进呼吸分泌物如痰液的清除，有利于呼吸道炎症的消除。在增强机体免疫力方面，钙是血清调理素的刺激物，能加速人体抗体的合成，诱导并增强巨噬细胞对病原菌的吞噬作用，对入侵到机体内的病原微生物有杀灭作用。

孕妇运动注意事项

孕妇运动最担心的是运动过程中的安全问题，其实孕妇只要注意以下事项就可以减少运动的危险。

☆运动的环境

运动的环境对孕妇来讲是很重要的，孕妇在孕期需要新鲜的空气来供给胎儿氧气。下午4点至7点是空气最不好的时段，孕妇要尽量避免这个时段在户外运动。孕妇不要在太热或太冷的环境下进行运动，因为孕妇体温过高或过低，对胎儿的发育都会有伤害。孕妇尽可能选择到花草茂盛、绿树成荫的地方运动，这些地方空气清新、氧气浓度高，尘土和噪声都较少，对母体和胎儿的身心健康大有好处。

☆选择合适的运动服

孕妇在孕期运动时，要注意衣服样式应该宽松，穿合脚的平底鞋，不要穿过紧的衣服或者不适合的鞋子运动，这样可以减少运动中不必要的伤害。

☆做好运动前的准备

孕妇在运动时要循序渐进，整个过程包括运动前的热身、伸展及运动后的调息阶段，孕妇千万不可忽视运动前的热身，这是避免运动中受伤的重要环节。运动前要喝足量的水，以满足运动所需。

☆运动要适量

孕妇在运动时要避免须过分跳跃、弹跳或大幅度动作的运动，以免损伤胎儿，这样的运动会使孕妇跌倒的几率增加。孕妇在怀孕超过4个月后避免以仰卧姿势进行运动，因为这个时候随着胎儿体重的不断增加，胎儿的重量会影响血液循环。此外，孕妇在怀孕期间的生理改变会导致韧带松弛，伸展时须小心避免过分拉扯肌肉及关节。

☆运动后要注意

孕妇在运动过后要注意保暖，运动过程中孕妇身体会发热，运动后不能急于减衣，以免着凉。运动后可以采用沐浴冲澡的方式来清洗身体。孕妇在洗头发时，如果自己不方便，可以请人帮助清洗，但要采用头往前倾的姿势冲洗头部。

专家提醒

如果孕妇患有心脏病或是泌尿系统疾病，或曾经有过流产史，或患有妊娠高血压，则不适于运动。如果孕妇怀双胞胎，就不要随意运动了。如果孕期检查表明是前置胎盘、阴道出现了不规则出血、提前出现宫缩等现象，是绝不能有运动念头的，此时必须静养，来不得半点含糊。

孕妇可以选择游泳、走路、健身单车或力量训练。室内健身中心环境较户外舒适，而且多数有专业教练提供运动指导，是较理想的训练场所，也保证了孕妇的安全。

产后第二天开始的健身操

自然分娩的产妇，产后第二天就可以开始进行产后健身操了。而如果是剖宫产的产妇，就需要在拆线后伤口不感疼痛时，再做室内产后健身操。

☆腹式呼吸运动

在生产过后，产妇都想让腹部尽快平坦起来，这时就可以先尝试腹式呼吸运动。

方法：产妇平躺，双手置身体两侧，闭口，用鼻吸气使腹部凹陷，同时双臂慢慢高举至头顶，再慢慢用嘴吐气，松弛腹部肌肉，手臂还原。

☆抬头运动

有些产妇在生产过后，颈部或背部肌肉感到紧张，遇到这种情况就可以尝试抬头运动。

方法：产妇平卧，双手托头部，试着用下

巴靠近胸部，保持身体其他部位不动，再慢慢还原。

☆胸部运动

产妇生产过后，最怕看到自己不复往日迷人的胸部。欲使胸部恢复弹性，预防其松弛下垂可以多做胸部运动。

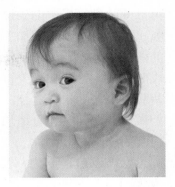

方法：产妇平躺，手平放两侧，将双手向前直举，双臂向左右两侧伸直展开，然后上举两掌相遇，两臂向下伸直平放，最后还原。

☆腿部运动

产妇为了让子宫和腹肌尽快收缩，并使腿部得到锻炼，腿部运动也是少不了的。

方法：产妇平躺，双臂置于体侧，双腿屈起，使大腿尽量靠近腹部，也可单腿交替做，最后慢慢放下。

☆俯卧屈膝运动

这组运动是为了锻炼臀部曲线的，坚持俯卧屈膝运动，可以有效促进产妇臀部肌肉的恢复，防止臀部下垂。

方法：产妇俯卧，双臂弯曲枕于头下，双腿或单腿向上弯曲放平，有节奏地运动。

专家提醒

产妇在做健身操时，要注意不要在饭前或饭后一小时内做操，尽量在每天上午和下午各做一次，每次以5～15分钟为宜，坚持两个月后，健身次数可由少到多。整个健身过程最好躺在比较硬的垫子进行，注意不要勉强或过于劳累。如果在运动过后有出汗的现象，就要及时补充水分。

产后锻炼调适快乐心情

产妇在经历了妊娠的辛苦和分娩的高度紧张之后，应当得到充分的休息和丰富的营养，以保证身体的复原。很多产妇都会采取长时间卧床的方式来调养身体，其实这并不是一种全面有效的好方法。因为有些产妇缺少必要的活动，反而延长了身体恢复的时间。适当的锻炼是非常必要的，这样能更快更有效地调节身心。

一般来说，健康产妇在产后的第二天就可以开始进行卧位的头部活动，配合以深呼吸。第二、三天可增加上肢运动，如仰卧位的两臂的内收、外展动作，外展时吸气，内收时呼气。第四、五天再增加下肢的活动，两膝可交替地进行屈伸，大腿也可在膝关节处做屈伸，同时还可增加一些坐位的练习和提肛的练习。

生产以后，产妇都想尽快恢复往日的动人形象，有些产妇便急于开始锻炼。适当的锻炼的确有助于身体恢复，但是要注意，产妇锻炼必须遵照循序渐进的原则进行。

☆自主活动

产妇应该自己进食、梳洗，这样也是锻炼的一种，或在室外走走都可以让身体得到一些锻炼。

☆保证睡眠

产妇应该保持良好的情绪和充足的睡眠，尽量避免剧烈的运动。

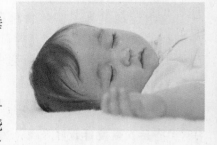

☆锻炼要适度

在生产的第二天产妇就可以做一些简单的锻炼了，在产妇休息几天后，可以开始绕房间缓慢行走，做基本的骨盆运动。适应了这种锻炼方式后，可以再推着宝宝一起走，但是要注意，不管什么锻炼都不要使心跳加快，要以适度锻炼为原则。

☆逐步延长锻炼时间

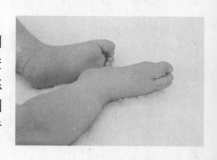

产妇可以慢慢把散步的时间延长到10～15分钟，在医生的建议下，选择一种安全的健美运动。也可以同时开始进行腹肌练习，但在产妇感觉恢复了一定的力量和控制度前，一定要保持在一开始较低的水平进行锻炼，不能急。

产后针对乳房松垂的运动

乳房不是由肌肉组成的，锻炼不能改变它们的形状和大小，但增强胸肌，即锻炼胸大肌和胸小肌，可以从里层给予乳房尽可能好的支撑，使乳房娇挺，改变产后乳房松垂。增强背部、肩部和腹部的力量和柔韧性也会帮助产妇保持挺直的姿势，让乳房挺起，预防乳房进一步的下垂。

☆热身运动

做热身运动可改善肌肉的柔韧性，降低运动时受伤的风险。如果是刚开始锻炼，热身运动的时间应稍微长一些。首先是踏步，同时将手举过肩部在头顶交叉，再缓缓回原位，反复做几次；然后大幅度甩动手臂，一边步行热身，最后向左向右旋转肩部。

☆门前展胸运动

产妇可以打开门，在门前站立，双脚与肩同宽，双手在身后抓住两边门框，轻轻向前挺胸，整个身体成一条直线，坚持30秒。做这一动作时注意脚跟不能抬离地面，重心前移时双肩放平，不要耸肩。

☆墙边撑胸运动

产妇面向墙壁站立，双脚与肩同宽，双臂举至与胸同高，直伸出去，将手掌平放于墙面上，弯曲双肘，胸部贴近墙壁，双肘朝下猛推墙，使身体

127

返回原来状态。做这一动作时注意只用双臂用力，身体挺直不动就可以了。

☆直立扩胸运动

产妇两脚站立与肩同宽，身体直立，两臂沿身侧提至胸前平举，挺胸，双臂后展，坚持30秒。做这一动作时注意扩胸时呼气、收臂时吸气。

☆地板丰胸运动

产妇平躺仰卧于地板上，双膝自然弯曲，双脚平放在地上。然后提臀、收腹、腰部贴在地上，抓起哑铃，双手展开平放于地，手心向上。举起哑铃于前胸正上方，坚持3秒钟放下。如果家里没有哑铃，可以用装满水的矿泉水瓶代替，但注意重量不宜过重。

☆床上俯卧撑

产妇身体平直俯卧床上，双手撑起身体，收腹挺胸，双臂与床垂直。胳膊弯曲向床俯卧，但身体不能着床。每天做几个，之后可以逐渐增加。

☆放松运动

放松运动与热身运动是相同的简单动作，可以让身体活动慢慢地减弱。

专家提醒

产妇做运动时一定要根据自己的身体恢复情况而定，产后6个月内一定要注意运动强度，不要做太过剧烈的运动，锻炼时从轻微运动开始，循序渐进，必要时咨询妇产科医生。如果正在哺乳时进行健胸计划，应尽量在锻炼前哺乳，避免过度剧烈的手臂运动，还应大量喝水以防止脱水。

产后美腿运动

在生产过后，产妇都为浮肿的双腿发愁。要解决问题，先要正视问题，所以产妇首先要做的一件事就是面对自己双腿，找出原因。在生育之后，产妇的腿最可能发生以下的状况：

☆双腿浮肿

在生产过后，产妇的大腿和小腿都可能会发生浮肿。分娩之后，如果身体还没有完全恢复，体内如果还有炎症，就很有可能会产生双腿浮肿的现象。浮肿也跟人的体质有关，一般而言，水肿体质的人下半身比上半身更容易发胖，同时还伴有便秘、手脚冰凉、出汗少、低血压等特征。

☆双腿变粗

在怀孕时，孕妇为了胎儿健康成长，会大量补充高热量的营养品，这就可能导致产妇全身发胖，双腿自然也会跟着变粗。生产后，一般通过运动和节食，随着全身的整体瘦身，腿部曲线也会随之改善。

☆双腿肌肤粗糙

产妇在整个妊娠期和分娩时，都会对身体的内分泌系统造成一定的影响，因而对皮肤也会产生作用。有些人的皮肤可能因此而变得光洁细腻，而有些人则可能变得暗淡粗糙，双腿也因此变得粗糙。

其实产妇大可不必为双腿的这些现象苦恼，只要坚持锻炼，做一些运动，双腿很快就能恢复以前的魅力。以下是两种保养双腿的方法。

☆套袜保养

产妇可以在产后使用弹力绷带或医用弹力套袜，这是最为简便实用的保养方法。这样做可以压迫下肢静脉，迫使血液向心脏回流，从而消除或减轻下肢肿胀、胀痛等症状。在怀孕后期，采用此方法护理双腿也可以减轻水肿程度。

☆双腿健美操

产后做双腿健美操也是很不错的锻炼方法。在产后第五天至满月，都可以适当运动双腿，以锻炼腿部肌肉，改善下肢静脉血液的回流。锻炼时取坐位于地，两下肢伸直并拢，腰部插直，两手臂伸直放到身后，手指伸开支撑地面，吸气时脚尖尽量上翘，呼气时脚尖尽量伸直；然后仰卧，两下肢伸直略分开，两臀放在身体两侧，吸气时左脚伸直，与上身成直

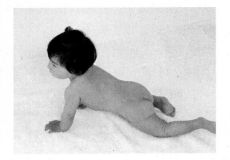

角，足尖翘起，两只脚交替进行。

合理运动消除妊娠纹

　　怀孕期间就已形成妊娠纹的人，在产后做一些像体操之类的运动，达到紧缩皮肤的目的，从而使皮肤恢复以往弹性，让妊娠纹消失。

　　消除妊娠纹可以先从轻松的体操开始，再配合身体的复原状况，慢慢增加体操次数和种类。产妇只要每天花5分钟，并且持之以恒，就会有意想不到的效果。

☆弯曲、伸直两膝

　　产妇仰卧，两手伸直放在身体旁，接着弯曲两膝，并轻轻地抬高两脚；这时一边吐气，脚尖朝向天花板伸直，好像要抬高臀部一般，接着再一边吸气，一边慢慢地恢复之前的姿势。

☆仰卧起坐系列

　　产妇仰卧，两手放在肚脐上，一边吸气，一边鼓起腹部，然后再一边吐气，一边收腹；接着两手伸直放在身体旁，接着弯曲两膝，并轻轻地抬高两脚，一边吐气，一边抬起头来，眼睛往肚脐方向看，静止一会儿后，再慢慢地恢复原来的姿势，并吸气。

☆紧缩胸部扩胸运动

　　产妇上半身挺直，然后扩胸，再两手往上举；手臂呈水平状，手肘弯曲成直角，慢慢地吸气；慢慢地一边吐气，一边将两手靠拢在脸前，注意手肘不可朝下垂。反复做30次就能达到很好的锻炼效果。

☆两手两膝着地系列

　　产妇两手两膝着地，两手张开比肩膀稍宽，指尖轻松地朝向内侧，一边吸气，一边将身体重量放在两手臂上，并扩胸；恢复身体重心，接着一边吐气，一边弓起背部，眼睛注视肚脐方向，缩起胸部。两个动作为一组体操，每次做10组。

还可以两手两膝着地，一边吐气，一边稍微弯曲膝盖，做俯地挺身，在喘口气之后，接着一边吐气，一边弓起背部，眼睛注视肚脐方向，缩起胸部。等熟练之后，膝盖再做大弧度弯曲。

产后不宜依赖腹带收腹

许多产妇为了保持优美的体形，在产后带上腹带，穿上紧身的内裤，认为这样就可以把撑开的胯骨收回去。产妇的这种想法可以理解，但是腹部是人体大血管密集的地方，把腹部束紧后，静脉就会受到压力而引发下肢静脉曲张或痔疮，所以产妇产后不宜依赖腹带收腹。

腹带能有效束缚腹部脂肪，在一定程度上达到美体的目的。但是，腹带在这方面的功效是有限的，因为它既不能使腹部脂肪减少，也不能恢复腹部肌肉的弹性。

如果产妇用腹带收腹，这样会造成动脉不通畅，血管的供血能力有限，会导致心脏的供血不足，脊椎周围肌肉受压，妨碍肌肉的正常活动及血液的供应。长期束腰会引起腰肌劳损等症状。

另外，如果产妇用腹带收腹时勒得太紧，还会造成腹压增高，生殖器官受到的盆底支持组织和韧带的支撑力下降，从而引起子宫脱垂、子宫后倾后屈、阴道前壁或后壁膨出等症状，并且容易诱发盆腔静脉淤血症、盆腔炎、附件炎等妇科病，在影响生殖器官的同时，还会使肠道受到较大的压力，饭后肠蠕动缓慢，出现食欲下降或便秘等症状。

如果产妇是剖宫产，一般在手术后的7天内用腹带包裹腹部，这是促进伤口愈合的需要。但是，腹部拆线后就不宜长期用腹带。另外，因为身体过瘦或内脏器官有下垂症状者，腹带有对内脏起到举托的功效，待脏器举托复位后应该将腹带松解。腹带的使用一定要正确，腹带使用不当反而会对产妇的健康不利。由于怀孕时骨盆韧带和结缔组织受怀孕子宫的过度牵拉，容易导致产后松弛，如果腹带绷得过紧，就会使腹内压力明显升高，影响食欲，严重时还会造成内生殖器官下垂，给产妇的生活带来诸多不便，出现产后尿失禁等现象。

如果产妇是正常的分娩，就应该加强锻炼，经常做抬腿、仰卧起坐运动及一些产妇操，不宜长期使用腹带，同时母乳喂养能促进妈妈体形的恢复。

专家提醒

产后应运用科学方法收腹。

由于女性在怀孕和生育过程中，腹肌过度的伸张，会造成腹部松弛。松弛的腹肌如不能很好的还原复旧，多余的脂肪最易堆积，形成腹部隆起下坠，这是产后女性最易导致身体变形的地方。

可通过练习收腹操科学收腹——产妇躺在垫子上，双手侧分于体侧，平放于地板上，保持身体稳定性；双腿并紧，从垂直于地板，慢慢向下放，直至下腹有紧张感，然后依次回收左、右腿，腿收回时，尽量碰胸，另一侧腿不可贴在地板上。

不同生产方式，运动方式各不同

对于产妇来说，不同的生产方式，运动方式也各不相同。自然分娩的产妇，产后第二天就可以进行产后健身操锻炼了。而如果是剖宫产的产妇，就需要在拆线后伤口不感疼痛时，再做室内产后健身操。

自然分娩的产妇在运动时，可以尽早做产后健身操，这样有助于体力恢复、排尿及排便，避免或减少静脉栓塞的发生，且能使骨盆底及腹肌张力恢复，避免腹壁皮肤过度松弛。产后健身操应包括能增强腹肌张力的抬腿、仰卧起坐动作和能锻炼骨盆底肌及筋膜的缩肛动作。

剖宫产的产妇，为免伤口疼痛或不小心扯裂，运动方式最初是以呼吸为主,等到伤口愈合之后，再进行较大动作的肢体伸展。

☆产后深呼吸运动

产妇仰躺床上，两手贴着大腿，将体内的气缓缓吐出；两手往体侧略张开平放，用力吸气，然后一面吸气，一面将手臂贴着床抬高，与肩膀呈一直线。

两手继续上抬至头顶合掌，然后暂时闭气；接着一面吐气，一面把手放在脸上方，就像做膜拜的姿势，最后两手慢慢往下滑，手掌互扣、尽可能下压，同时吐气，吐完气之后，双手放开回复原姿势，反复做5次。

☆下半身伸展运动

产妇仰躺，双手手掌相扣，放在胸上；右脚不动，左膝弓起，将左腿尽可能伸直上抬，之后换右脚，重复做5次。

☆腹腰运动

产妇平躺在床上，在旁边辅助者以左手扶住产妇的颈下方，辅助者将产妇的头抬起来，此时产妇暂时闭气，再缓缓吐气；辅助者用力扶起产妇的上半身，产妇在此过程中保持吐气，最后上半身完全坐直，吐气休息，接着再一面吸气，一面慢慢由坐姿回到原来的姿势，重复做5次。

专家提醒

自然产妇如有后遗症产生，像感染、大出血等，则必须等情况稳定后，经医生允许才能开始运动；剖宫产妇，因为经过手术处理，身体恢复过程较复杂，所以运动的方式相对于自然产妇要更讲究，千万不可马虎。不管是哪种运动方式，在运动时如发现有出血现象，应立即停止运动，待出血停止后再恢复。倘若出血过多，则必须去看医生，经允许后才能再继续运动。产后关节韧带仍很松弛，尤其是喂母乳的产妇更明显，所以在运动上应尽量避免过度屈伸关节，防止造成拉伤或扭伤。在从事有氧运动前后，一定要做热身和缓和运动，以保护产后脆弱的体质。

第五章　心理——成功孕育的阳光心态

当我们把大部分的精力都放在孕妇的营养和运动保健上时，其实往往忽略了一个最重要的方面——心理健康。孕妇的心理随着孕期的发展是在不断地发生着变化的，而一个良好的心态对胎儿的成长是非常有利的。健康的心态也是一个非常好的营养剂，是孕妇健康和快乐的源泉，也是宝宝智力发育和良好气质形成的推动力！

孕前，心理准备必不可少

每一位孕妇都应该懂得，从怀孕的那天起就意味着责任随之而来。孕妇的身体将发生很大的变化，精神上和体力上也会有很大的消耗，随之而来会出现很多麻烦、不适的状况和一些烦恼，但孕妇心中要充满幸福、信心和自豪，要用积极的态度去战胜困难，排除烦恼。有了这样的精神状态就会很快地适应身体的变化，不遗余力地奉献出自己的精力、创造力和责任感，做好胎教工作应承担的义务，为孕育胎儿准备优裕的物质基础和完美的生理心理环境，让这个幼小的新生命在身体里健康成长。

在孕前，孕妇的心理准备是必不可少的。

☆妊娠反应的心理准备

孕妇要做好怀孕以后出现妊娠反应的心理准备。虽然大多数的孕妇在怀孕以前就做了些心理准备，但是没有预料到的是孕后的种种不适会如此令人难受，如头晕、乏力、嗜睡、恶心、呕吐等，有的甚至不能工作，难以进食。可这只是孕妇经历的第一步，孕妇更是要做好心理准备。要减轻这些妊娠反应所带来的不适应症状，孕妇可以在早晨起床后，先吃一些饼

干或点心，吃完后休息半小时再起床，无论呕吐轻重，都不要不吃东西，饮食上要选择清淡可口的蔬菜、水果，少吃油腻、太甜的食物，以少量多餐为好。孕妇在呕吐发作的时候，可以做深呼吸来缓解症状，但嘴里有呕吐物时，不要吸气。如果孕妇呕吐严重，就要找医生诊治了。

☆剔除不必要的顾虑心理

很多孕妇在怀孕后有一些顾虑，一是怕怀孕后影响自己优美的体型；二是难以忍受分娩时产生的疼痛；三是怕自己没有经验带不好孩子。其实，孕妇的这些顾虑都是没有必要的。毫无疑问，怀孕后，由于生理上一系列的变化，体型也会发生较大的变化，但只要坚持锻炼，产后体型就会很快得到恢复。事实证明，凡是在产前做孕妇体操，产后认真进行健美锻炼的孕妇，身体的素质和体型都很快地恢复了原状并还有所增强。另外，分娩时所产生的疼痛也只是短暂的，只要能够很好地按照要求去做，同医生密切配合，就能减少痛苦，安全地分娩。

专家提醒

孕妇在怀孕前后都要保持乐观情绪。未来宝宝的健康与母亲孕前和孕后的精神健康有着密不可分的微妙关系。乐观的心态、健康的心理对未来宝宝的成长大有助益。所以，夫妇双方在决定要孩子之后，要努力调整自己的情绪，以一种积极乐观的心态面对未来，把忧愁抛在脑后，让希望充满生活中的每一天。在打算怀孕的日子里，夫妇双方尽可能放松身心，多找些乐子，多做一些有趣有益的活动，尽量减轻生活所带来的心理压力，让彼此都宽心、开心、顺心、安心。要相信，如果你们整日开心快乐，就会带来一个同样开心、快乐的孩子；相反，如果你们整日愁眉苦脸，就可能会带来一个同样愁眉苦脸的孩子。

你是何种性格的孕妇

性格是影响一个人情绪的一个很重要的因素，不同的性格会有不同的心情晴雨表。孕妇情绪更是敏感多变，所以需要细心地呵护。在孕期的不同阶段，孕妇的心情会有不同的表现。孕妇的不同性格也会让她在孕期有不同的心理反应。性格不稳定、情绪控制差、敏感、多疑、压抑、悲观的孕妇在孕期较易出现紧张、焦虑、抑郁等不良情绪；而情绪稳定、控制力强、自信心与自尊心强、乐观的孕妇心理稳定性高，孕期心理健康，状态好。为了让孕妇快乐多一点，也让胎儿健康多一点，孕妇可以先认识一下自己的性格，再找到对症的好办法扫去阴霾，让孕期变得更加轻松。

☆内向稳定型

这类性格的孕妇主要表现为被动、谨慎、有思想、安宁、克制、可靠、温和、镇静等。

这种性格的孕妇非常好的一点是情绪稳定，很少出现太大的波动；而缺点是不太主动与别人沟通，孕期孕妇的情绪会比平时波动大一些，所以如果自己一个人承载会有很大的压力。这就需要孕妇多把自己的情绪和别人分享一下，比如多参加一些孕妇的聚会，把自己的孕期心情向大家倾诉，还可以同有经验的孕妇探讨自己担心的问题。

☆内向不稳定型

这类性格的孕妇表现为心境波动、焦虑、冷静、庄严、悲观、严峻、文静、固执己见、不好交际等。

此种性格的孕妇最容易发生心理问题了，因为孕妇本身的情绪波动大，又不善于和别人沟通和倾诉，自己内心的焦虑和痛苦没办法得到有效化解，所以情绪很难调整过来。这就需要孕妇有意识地控制自己的情绪，一旦心情特别坏，尽量做一些或者想一些其他的事情，学会与别人倾诉、沟通。
同时家人也要留意这类性格的孕妇，此性格孕妇比较敏感，情绪变化也较大，所以可能有时会发发脾气，家人要时常观察她的思想状况，如果遇到不太好的情况，要及时交流开导，让她心情好起来。

☆外向稳定型

这类性格的孕妇表现为社会化、开朗、健谈、易响应、悠闲、活泼、无忧无虑、善于领导等。

这种性格的孕妇是心态最好的，性格开朗情绪稳定，很善于调节自己。一般都不会出现太大的心理问题，即使出现问题，也能很快调整过来，孕妇往往有一套自己调整情绪的办法。

☆外向不稳定型

这类性格的孕妇表现为易怒、不安定、进攻好斗、易激动、善变、冲动、乐观主动等。

此类孕妇虽然性格开朗活泼，喜欢与人交往，有不高兴的事喜欢倾诉，但是情绪不稳定，波动大。这时孕妇要对自己的情绪多加控制。

> **专家提醒**
>
> 心理学家发现，一件不可控制或不可预见的事情对人的威胁最大，而如果相信某些事是可控制的，就会减轻心理负担。妊娠对孕妇来说有很多事情是不可控制和不可预见的，所以多了解一些孕产的知识，比如通过看书、听讲座等方式学习相关知识，对于减轻孕妇的焦虑十分有效。无论是哪种性格的孕妇，在孕期都要控制好自己的情绪，以利于胎儿健康生长。

如何进行孕前心理调试

孕前心理调试对孕妇来讲很重要，孕妇的心理会决定胎儿将来的健康、情绪及生长发育，所以一旦孕妇发现自己有不好的心理之后，要尽快地调试。帮助孕妇调试心理的做法有如下几种。

☆建立自信

孕妇应该多学习有关孕育的知识，多和一些有经验的妈妈交流，讨教一些经验，增加对自身的了解，同时增强生育健康宝宝的自信心。孕妇保证自己在妊娠期营养良好，不涉烟酒，避免病毒感染，不滥用药物，就不易出现难产或胎儿畸形，不必杞人忧天给自己增添烦恼，要对胎儿和自己都充满信心。

☆放松思想，保持心情愉快

孕妇要明白，生育能力是女性与生俱来的能力，生产也是正常的生理现象，一般孕妇都能顺利自然地完成，即使存在一些诸如胎位不正、骨盆狭窄等问题，现代的医疗技术也能顺利地采取剖宫产的方式将婴儿取出，最大限度地保证母婴安全。分娩要经过短暂的阵痛，这是自然现象，如果害怕，情绪过分紧张，给自

己带来的痛苦反而会更大，孕妇要多想想生产完后拥抱孩子的喜悦。孕妇还要懂得，生男生女是自然选择，不以人的意志为转移，如果因为渴望生某一性别的婴儿而满腹焦虑，不仅于事无补，还容易导致流产。

☆保持心胸开阔

孕妇不要太计较家人的态度，要避免生闷气和发怒。对于孕妇来说，也应该理解丈夫心理上的变化，他既为将要当上爸爸，成为一个真正的男人而喜悦，同时也为担负起丈夫和父亲的责任而惶惑。再加上孕妇身体的不适、情绪的波动等因素，丈夫也会感到无所适从，焦虑不安。因此孕妇应给丈夫以一定的关怀和理解，与丈夫一道为共同创造温馨家庭而努力。孕妇要尽量少看有恶性刺激的电影、电视，以免引起过度的情绪波动。

☆运动很重要

不管是孕妇自己还是家人，都应该努力为孕妇营造一个安定舒适的环境，并且多参加户外活动。孕妇多运动，对孕妇和胎儿都有好处。适当运动可以缓解背痛，使肌肉结实，尤其是背部、腰部、大腿部，从而使孕妇有较好的体形，运动还可使肠部蠕动加快，减少便秘的发生。

> **专家提醒**
>
> 孕妇适量运动很重要。孕妇在运动的时候还要注意选择好运动的地点和时间。如果条件许可，尽可能到花草茂盛、绿树成荫的地方运动，这些地方空气清新、氧气浓度高，尘土和噪声都较少，对母体和胎儿的身心健康都有好处。同时孕妇还应注意陶冶情操，多欣赏大自然的美景，在临产前，在医生的指导下进行胎教或做一些有利健康的活动，如编织、绘画、唱歌、散步等，不要闭门在家，整日躺在床上，把注意力集中到对未来的担忧上。

怎样看待孕期的紧张心理

孕妇在怀孕期间难免有紧张的心理，特别是在临产前，孕妇不仅焦急，还很紧张。过去有不少人认为分娩是女性的生死大关，因为过去卫生条件差，医疗设备落后，造成分娩的死亡率很高。而现在不同了，医疗条件有了很大改善，如今产妇分娩，发生意外事故的极少，先进的医疗水平、完善的医疗设备，完全可以保证母子平安。所以，孕妇不必紧张，更不必担心，只是要到医院分娩，不要相信一些不科学的偏方，更不可迷信。对于那些有妊娠后期合并症的人，最好提早入院，医生会针对孕妇的情况，采取必要的医疗措施，以保证安全分娩，也可以及时消除孕妇的紧张心理。

孕妇要和丈夫共同努力，把怀孕期间这些紧张心理通通赶走。以下几种方法很有效：

☆转移注意力

平时孕妇可以通过参加各种活动来减少对怀孕的担忧情绪。孕妇根据自身特点及爱好，开展各种各样的活动，如散步、钓鱼、跳舞等，这样可以转移注意力，安定情绪，消除怀孕时的紧张心理。

☆多了解孕育知识

孕妇可以在丈夫的陪同下听一些有关孕妇的健康讲座，多了解一些有关生育的常识，这样会帮助孕妇消除对生育的恐惧。

☆找人倾诉

孕妇在怀孕期间，情绪波动很大。孕妇不管有什么苦闷都应该找人倾诉，不能闷在心里，这样会加重紧张心理。孕妇可以向丈夫或是知心朋友讲讲自己的苦闷，畅谈过后往往会发现自己有些时候真是杞人忧天。

☆抚摸子宫

宫颈疼痛容易引起孕妇紧张，孕妇平时可以轻轻地按摩腹壁，这样可以缓解疼痛，使孕妇情绪安定。

☆创造优雅的生活环境

孕妇可以把自己的居室布置得优雅、舒适，摆放些鲜花，或是到风景宜人的大自然放松一下，这样都可以使孕妇的身心得到放松，从而缓解怀孕时的紧张心理。

专家提醒

孕妇保持生活规律、饮食科学的良好生活方式，对缓解心理紧张是很有帮助的。孕妇要注意适当休息，除保证晚上有充足睡眠外，白天也要有一定时间的短暂睡眠，特别午休是很重要的。妊娠期饮食要清淡而又富有营养，蛋白质、维生素及矿物质等营养物质的量要比孕前有所增加。要根据自己的胃口和喜爱，适当搭配，品种花样更多些，以增加摄入量，保证膳食营养更合理。烟、酒均对孕妇和胎儿有害而无利，一定要戒除。

孕期最易产生的不良心理

孕妇在怀孕后通常会变得脆弱敏感，不是担心胎儿长不好，就是担心自己得病，常因一点小事对丈夫发脾气，弄得丈夫也不知所措。孕妇的这些情绪反应都是妊娠期间的心理不适引起的，在妊娠早、中、晚期，很多孕妇都会出现不同的心理变化，了解孕妇的心理，有助于孕妇顺利地度过孕期。

☆孕早期常见心理问题

在孕早期，孕妇通常会担心自己是否有能力孕育一个健康聪明的小宝宝。如果接触了对胎儿不利的因素，如电脑、装修材料、药物、噪声、宠物、病人，是否会引起胎儿畸形？有时孕妇因为意外地怀孕了，更是慌张，会担心目前还不宜养育一个宝宝，如住房或经济条件不理想、正在忙于学习或事业发展等问题。因此在"孕"与"不孕"的选择中矛盾、烦恼。没在最佳时机怀孕也是孕妇担心的，如年龄太大、受孕季节不好等，会不会生不出一个优秀的宝宝？近期有过精神创伤，会影响胎儿的正常发育吗？孕妇还会经常担心自己在怀孕期间生病，会不会生孩子后身体状况不如从前？生了孩子后丈夫还会爱我吗？有能力教育好宝宝吗？这些都是孕妇在孕早期常见的担忧。

☆孕中期常见心理问题

孕中期时，有些孕妇认为自己的状态在这个时期很稳定，一般不会出什么问题，不一定非去医院检查。这是不良的心理。还有的孕妇为了确保自己和胎儿的健康平安，很少活动，就连家务活都不敢插手了。丈夫、家人和朋友一直过度呵护，孕妇的心理依赖性增强了。虽然距分娩还有一段时间，但孕妇已开始感到内心的压力了。

☆孕晚期常见心理问题

孕晚期，孕妇会担心能不能顺利通过分娩关？生孩子时会不会出现生命危险？自己会不会早产？生孩子时会不会疼痛难忍？孩子生出来会不会不健康？孩子是不是漂亮、聪明？是男孩还是女孩？这些都是孕晚期孕妇不良的心理。

专家提醒

当孕妇出现担心、紧张、抑郁或烦闷等不良的心理后，应该尽量去做一件高兴或喜欢的事，如浇花、听音乐、欣赏画册、阅读，或是去郊游。自然美感引起的情感，会使孕妇提高对生活的兴趣。洗温水浴或适度做家务活，也会通过促进血液循环消除孕妇的不良情绪。孕妇可以把自己的烦恼向密友倾诉，不应把自己封闭在家里。孕妇要定时体检，不可在心理上过分放松。因为孕期可能会出现妊娠高血压综合征和贫血等症状，因此，一定要按时到医院接受检查。适当地活动、做一些用力平缓的家务。适量的运动，可增强孕妇的肌肉力量，对日后分娩有一定帮助；适量的运动，可振奋精神，对于保持稳定、健康的心理状态也大有益处。当孕妇对分娩隐约产生恐惧时，学习一些分娩知识，和家人一起为未出世的宝宝准备一些必需品。这样会使孕妇心情好转，从对分娩的恐惧中逐渐摆脱，甚至转而变为对宝宝出生后幸福生活的急切盼望。

孕妇应怎样摆脱消极情绪

有些女性怀孕后，情绪变得很消极，这样是很不好的，会影响胎儿的生长发育，所以孕妇要尽快通过自己转变或求助别人来化解消极的情绪。

孕妇要摆脱消极情绪，首先要稳定情绪，尽量营造良好的环境，注意不要过多地食用肉、鱼、巧克力、甜食等。因为，过量地食用这些食物会使孕妇体液酸性化，血中儿茶酚胺水平增高，从而出现烦躁不安，爱发脾气，容易出现伤感等消极情绪。

孕妇摆脱消极情绪的方法有以下几种：

☆告诫法

孕妇在怀孕期间，要经常告诉自己不要生气，不要着急，宝宝正在看着呢。这样可以控制孕妇自己的情绪，让自己保持平和的心态。

☆转移法

让孕妇产生消极情绪的往往都是些生活上的小事，所以有时孕妇摆脱消极情绪的最好办法就是离开那种使孕妇不愉快的情境，也就是说，可以通过一项孕妇喜欢的活动来转移消极情绪，如听音乐、看画册、郊游等，这样可以使孕妇的情绪由焦虑转向欢乐。

☆释放法

对于孕妇来说，这是相当有效的情绪调剂方法，孕妇可以通过写日记或向身边的朋友诉说自己的处境和感情，使烦恼烟消云散，从而得到令人满意的"释放"。

☆社交法

很多孕妇的消极情绪都是由闭门索居造成，如果孕妇长期呆在家里，只会使孕妇郁郁寡欢，因此，孕妇也应该广交朋友，将自己置身于乐观向上的人群中，充分享受友情的欢乐，从而使消极的情绪得到积极的感染，从中得到满足。

☆协调法

孕妇可以每天抽出30分钟的时间到住家附近草木茂盛的宁静小路上散散步、做做体操，心情会变得非常舒畅，尤其是美妙的鸟鸣声更能帮助孕妇消除消极情绪，使孕妇深受感染而自得其乐。

☆美容法

孕妇也可以在安全的情况下，经常改变一下自己的形象，如变一下发型、换一件衣服、点缀一下周围的环境等，使自己时刻保持良好的心境。

孕期心理与胎儿发育的关系

　　胎儿的神经行为发育受多种因素影响，如怀孕期孕妇营养状况的好坏、孕期长短及孕期孕妇情绪的好坏等，都对胎儿有着不同程度的影响，特别是孕妇的情绪，所以孕妇在孕期一定要保持一个好的情绪，为胎儿创造一个好的生长环境。

　　胎儿神经行为是指胎儿出生后对周围事物的感知和认知能力。研究发现，即使是已经足月的胎儿，如果孕周的增加也有利于胎儿神经行为发育。孕周每增加一周，胎儿神经行为发育的成熟度提高一个等级的可能性就增加了约12%。胎儿中枢神经系统的快速发育是从怀孕6个月开始，直至出生后2岁，孕晚期是胎儿神经系统分化成熟的重要时期，因此胎儿在母体子宫内的时间越长，胎儿的神经行为就越成熟。孕期血红蛋白是孕妇营养状态的一项重要指标，良好的孕期营养有利于胎儿脑细胞的发育和胎儿神经行为发育的成熟，血红蛋白每增加一个单位，胎儿神经行为发育的成熟度提高一个等级的可能性就增加了6.6%。

　　孕妇的心理状态不但直接影响孕妇本身器官的正常功能，而且还间接影响宫内胎儿的发育情况。所以孕妇的心理情绪是很重要的。孕妇的情绪的好坏与胎儿发育密切相关。如果孕妇心情舒畅，那么胎儿就会比较安宁；如果孕妇情绪烦躁不安，胎儿也随之躁动不安，胎动

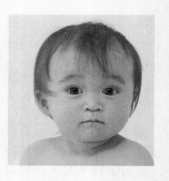

的频率和强度都会成倍地增加。

如果孕妇长期处于忧虑的精神状态，可造成胎盘血液循环不良，影响胎儿发育，会导致新生儿体重轻、智力低下等问题；而孕妇的恐惧、紧张情绪又常使血管痉挛，影响血流，产生高血压，诱发妊高征的发生，还可引起胎儿畸形，如兔唇等；分娩期孕妇情绪过度紧张，会引起子宫不协调的收缩，使产程延长，导致人为的难产。

因此，孕妇一定要保持心情舒畅，情绪稳定，平时要保证足够的睡眠和休息，可以多听听轻松的音乐，欣赏美术作品，看一些轻松愉快的小说，多散散步，多运动等，以此来调节自己的情绪。同时，孕妇的丈夫及家庭其他成员，要照顾好孕妇，使她能心情愉快地适应整个孕期的变化。

专家提醒

压力过大容易导致孕妇流产。孕妇和胎儿的心律是一致的，孕妇妊娠期间的情绪变化将直接影响未来宝宝的性格，并对未来宝宝的想象力、创造力、心理承受能力和解决问题的能力产生影响。孕期的压力状况间接导致产前忧虑、产后抑郁症。所以，孕妇一定要注意调节自己的情绪，不要让压力影响到胎儿的发育。

怀孕后如何减轻心理负担

怀孕之后，在一段时间内，孕妇既有即将成为母亲的喜悦，同时又有过多的担忧和困惑，比如：自己会不会生一个畸形儿？怎样抚养好这个小生命，使他聪明又健壮？分娩到底痛不痛？这时孕妇的心理负担就是不可忽视的问题了。

要想减轻孕妇这些心理负担，可从以下两方面着手：

☆孕妇自己调整

孕妇要保持乐观稳定的情绪状态，不要有过多的顾虑，无端的猜想只会让孕妇的心理负担更重。孕妇要认识到，怀孕是件喜事，要想着胎儿以后可爱的形象，同时不要把生产想得那么可怕，不必为此背上思想包袱，以免加重心理负担。孕妇自己要保持有规律的生活，饮食也要科学。生活和行为方式是受心理支配的，有了足够的思想准备，才能有意识地调整自己的行为方式，使之适应优生胎教的需要。孕妇除了保证晚上有充足睡眠外，白天也要有一定时间的短暂睡眠，饮食要清淡而又富有营养，蛋白质、维生素及矿物质等营养物质的摄入量要比孕前有所增加。孕妇要注重运动对心理的安抚作用，适量的运动不仅有利于胎儿生长，更能使自己的情绪放松。

☆家人的爱护

要想减轻孕妇的心理负担，最主要的责任就落在丈夫身上。丈夫要善待妻子，不仅在身体上照顾好她，为她分担家务，陪她上医院检查，还应该关心她心理的变化，在孕妇心理沉重的时候，注意及时安慰她，陪伴她，为她解闷。另外，家人也不要给孕妇过多的心理负担，比如某些有"重男轻女"思想的人家，一定要让孕妇生男孩，而导致孕妇心理负担更重，这是很不利于孕妇情绪的。家人应该关心、爱护孕妇，让孕妇卸下孕期的包袱，保持轻松的状态。

专家提醒

因为怀孕，夫妻间的相互需求会出现新的变化。在怀孕期间，孕妇的依赖与脆弱会本能地充分体现，她会比以往更加需要丈夫的关心和体贴，并希望丈夫经常陪伴与照顾，以帮助自己排解内心的不安与担忧。因此她可能表现出对丈夫过多要求，出现挑剔与责怪，而使丈夫一时手足无措。丈夫如果不能及时了解与适应这些变化，给妻子以相应的关心与照料，夫妻关系就会暂时紧张。同时，孕妇常常以自我为中心的意识相对增强，可能会表现出对丈夫的忽视，丈夫也应对此给予理解。在现今的社会状况下，孕妇往往成为全家上下重点关注的对象。由于家人对孕妇过多的感情注入，常常会滋长孕妇的依赖性，使其对他人的需求升级，如果处理不好，婆婆、姑嫂会感到自身位置被扭曲而导致相互关系的不和睦。

孕期要克服恐药心理

很多孕妇在孕期都有一种"恐药心理"，认为吃药一定对胎儿不好。但是谁也不能保证，孕妇在怀孕的十个月里都不患头疼脑热、肚痛拉稀及各种不可预测的疾病。除了患上那些确认为有损胎儿、不利优生的疾病，如严重病毒感染、严重脏器疾病、严重营养不良及消耗性疾病，应该进行人流、引产中止怀孕外，对于一般性疾病还是应该及早诊治，及时对症用药，以防病情加重而不利于优生。

其实孕妇是把"孕期不能乱用药"误解为"孕期不能用药"，这样会使一些原本可以通过及早正确用药而治愈的普通感冒、腹泻、外伤、咳嗽、便秘等疾病丧失治疗时机，拖成大病、重病，这才真正有损腹中胎儿的健康。药理研究证实，青霉素、氨苄西林等药对胎儿没有致畸作用。相反，对于普通的细菌感染早期如果不使用抗生素抗感染，将引起孕妇高烧不退，甚至可能发生毒血症、缺氧、休克，不但会造成胎儿先天异常，更可能因此而流产、早产或胎死腹中。

孕妇在用药时，要克服恐药心理，避免服用以下几种药物：

☆孕早期

孕妇在怀孕早期，普通的感冒、腹泻等一般用药，如果剂量使用得当，就不会有明显影响。但四环素不能用，因受精卵对其较为敏感，极易引起流产。

☆孕中期

这时孕妇对各种药物都敏感，应禁用的有：肾上腺皮质激素，如氢化可的松；香豆素类抗凝血药，如双香豆素、华法林；催眠镇静药，如沙立度胺（反应停）；安定药，如地西泮（安宁）、氯氮䓬（利眠宁）；中枢解痉药，如苯妥英钠；水杨酸类药，如阿司匹林；抗寄生虫病药，如奎宁、氯喹；抗组胺药，如氯苯甲嗪（敏克静）；四环素类抗生素；抗肿瘤药；放射性药物。其他还有已证明对胎儿有致畸作用的链霉素、磺胺及其增效剂、利福平、呋塞米（速尿）、保泰松、普萘洛尔（心得安）等。如果孕妇误用上述药物，可能导致胎儿缺肢少指。

☆孕晚期

孕妇在怀孕的晚期应禁用四环素类药物和麦角碱类药物、奎宁、奎尼丁、峻泻药等。前类药物可使胎儿牙齿黄染，导致新生儿溶血性黄疸；后类药物则能收缩子宫，引起流产。

孕期忌大悲大喜

　　孕妇在怀孕期间千万不可大悲大喜。不管是大喜还是大悲都会对胎儿造成或多或少的影响。孕妇情绪如果过于高昂，会影响自己的休息，而导致体力不支；孕妇情绪过度悲伤，带来的不利影响更大，不仅对于自身，对胎儿也是一种伤害。

　　孕妇自我情绪调整和人为地对感官进行刺激都是胎教的很好方法。其实，从怀孕之日起每个孕妇已经在自觉或不自觉地开始了胎教，这就是孕妇自己的情绪，对新生命的渴望，对饮食、起居的安排与调整。如果孕妇对早孕反应过于敏感和紧张，往往会对怀孕早期的正常生理变化产生焦虑和不安，甚至反感和厌恶。这种情形非常不利于胚胎早期健康形成，不利于胎儿的身心健康和发育。胎教并非单纯指胎儿直接从母亲那儿接受教育，而主要是指母亲的心理状态对胎儿生长发育的影响，倡导通过调整孕妇身体的内外环境，免除不良刺激对胚胎和胎儿的影响，以使胎儿的身心发育更加健康、成熟。在人的胚胎发育期内，母亲的心态与胎儿的生长发育关系密切。母亲的心态，还将直接影响胎儿出生后的外表、生理功能、智力、情绪及行为等。

　　如果孕妇焦虑持续相当长的时间，就会表现为坐立不安，消化和睡眠也会受到影响，甚至会使胃酸分泌过多，发生溃疡病。孕妇妊娠高血压综合征也与焦虑和情绪紧张有关。焦虑还可使胎儿胎动频率和强度倍增，胎儿长期不安，影响健康发育，出生后可有瘦小虚弱、体重较轻、躁动不安、喜欢哭闹、不爱睡觉等表现。孕早期孕妇情绪悲伤，肾上腺皮质激素分泌增加，可能导致流产或娩出畸形儿。孕妇如果受到强烈的精神刺激、惊吓及忧伤、悲痛时，自主神经系统活动加剧，内分泌也发生变化，释放出来的乙酰胆碱等化学物质可以通过血液经胎盘进入胎儿体内，影响胎儿正常的生长发育。孕妇情绪过于悲伤，有可能会影响食欲，导致孕妇消化吸收不良，同时，身体各器官都会处于消极状态，对胎儿产生不良影响。所以怀孕期间孕妇要避免受到大的刺激，切忌大悲大喜。

专家提醒

孕妇在怀孕期间，情绪要尽量平稳，不要受到大的刺激，除了孕妇自己要注意外，家人也要共同参与创造一个安静、舒适、清洁的环境，保证孕妇的情绪稳定。孕妇要加强自身修养，学会自我心理调节，善于控制和缓解不健康情绪，不要去回忆以往那些不愉快的往事、想那些办不到的事，应多去想想一些的开心事。面对逆境和困难，都不要惊慌。家人要多给孕妇一些良性的心理刺激。

孕期常见的焦虑心理

孕妇在怀孕后，身体的内分泌系统处于不断的变化之中，加之孕妇自己和家人对妊娠的关注，常常会使孕妇处于焦虑之中，这样会导致孕妇精神状态变差，严重者还会出现以情绪不稳、冲动、行为异常为主要表现的妊娠期精神障碍。

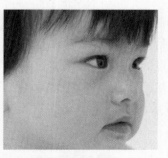

焦虑心理是孕妇妊娠期精神障碍的主要表现。孕妇差不多都有这样的心理，如怕分娩时疼痛、怕自己难产、怕胎儿性别不理想及家庭生活琐事所带来的压力等因素而导致焦虑心理。孕妇的焦虑情绪主要表现为怀疑自己的能力，夸大自己失败的地方，容易紧张，常常感到不安，并且依赖性很强，而孕妇自己的独立性很差，身体方面则会变得行动刻板、睡眠不宁、注意力不集中等，严重者可发展为病态——妊娠焦虑症。

孕妇在怀孕期间的焦虑心理危害很大。孕妇的焦虑情绪不但危害孕妇的自身健康，也对胎儿产生极为不利的影响。孕妇在怀孕后胚胎发育第四周，神经系统开始发育，到6～7个月时，胎儿的大脑已经基本上发育和成

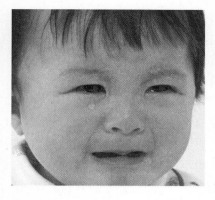

人一样了，各个感觉器官也逐渐形成，对来自母体的各种刺激都能做出反应。孕妇因焦虑情绪所引起的一系列生理变化，可通过胎盘传递给胎儿，影响胎儿的健康发育，甚至影响婴儿出生后的智力发展，严重者可导致胎儿畸形甚至流产。

怎样排解孕妇的这种焦虑心理，是孕妇自己及其家人都要注意的问题。具体可以根据以下方法来解决孕妇的焦虑心理：

在丈夫知道妻子怀孕后，绝大多数丈夫都会千方百计为其增添营养，以保证孕妇和胎儿的健康，但很多人都会忽视孕妇的心理营养，不会管理孕妇的心理情绪，其实孕妇在孕期除了饮食方面的营养，更需要有愉快的心情和稳定的情绪，千万不可有焦虑心理。

在怀孕期间，孕妇的生理变化容易引起情绪波动，如妊娠早期常因妊娠反应恶心、呕吐，而导致疲乏、心烦意乱、焦虑不安；还有不少孕妇越临近产期，越惧怕分娩时的疼痛，也会有焦虑情绪。这时孕妇都渴望得到丈夫和家人的关怀和理解。丈夫应经常抽空陪妻子散散步、听听音乐等，通过一些愉快轻松的休闲活动，尽量减少家庭琐事对孕妇的劣性刺激，而导致其焦虑。

> **专家提醒**
> 孕妇在孕期的焦虑心理主要还是要靠自己解决。首先，孕妇自己一定要了解焦虑情绪的危害，学会克服这种不良情绪，树立足够的自信，不涉烟酒；其次，孕妇的思想要放松，千万不要胡思乱想，做一些没有科学根据的推断，这样会加重焦虑心理。

从容面对他人的帮助

孕妇从怀孕的那天起，就会变得敏感，对自己的情绪也把握不准。而且有些孕妇总是担心这担心那的，做事也是慌慌张张的；有的孕妇虽然怀孕却并不想被特殊照顾，所以当他人给自己帮助的时候，常常会出现情绪过激的表现。其实这是不应该有的行为，孕妇应该从容面对他人的帮助，不要把他人的好心帮助拒之门外。

有些在上班的孕妇通常会遇到这种情况，同事们只要看到她站起来就

赶紧招呼："别动，有什么事告诉我。"领导见了孕妇，也总是问："是不是该休产假啦？别累坏身体。"还有的丈夫对孕妇关心的表现就是，家务一律不许孕妇动。孕妇的母亲更是紧张，时常叮嘱孕妇什么也不要干，把孕妇当成瓷娃娃似的。有些孕妇面对这些就会表现出烦躁不安的情绪，其实接受别人的帮助并没有错，尤其是他人出于好意而在孕妇刚好又需要帮助的时候。但当帮助过分时，孕妇感到不快也是可以理解的，孕妇还是要从容地面对，千万不要急躁。最礼貌的拒绝方式是对别人说："谢谢，我可以自己来。"对于此种礼遇，孕妇应该站在他人的角度考虑，大家也是为了表示关心，并不代表嫌弃，怎能伤害好意？孕妇保持愉快、放松的心情才更加能够保证孕妇顺产。

有的孕妇在怀孕时坚持工作到临产，同样在这一过程中会遇到很多困难，他人的帮助也是必不可少的。对于同事，孕妇要有原则，自己分内的工作一定要自己干，但不要拒绝同事给孕妇其他方面的帮助，如搬椅子、登高取物等；对于上司的询问，孕妇可以微笑地表明自己完全能够胜任工作，并以自己的实际工作证明自己的能力，

这样在产假结束后重返工作岗位时将处在比较有利的位置。所以孕妇对于他人的帮助不要一概而论，对有些人的好心帮助要理解，并接受。如果孕妇在孕期过分拒绝人们的帮助，那么生完孩子后孕妇会发现，独自面对哇哇乱叫的宝宝是多么孤立无援。

专家提醒

发现孕妇突然阵痛该怎样帮助她呢？

这时应该马上把孕妇引入居室，床上垫上清洁的布毯，让孕妇慢慢躺下；然后带上准备好的住院生活用品，送产妇住进医院，还要准备好有可能在半路上急产时的用品，如干净的塑料布等。

高危孕妇的心理特征及护理

对孕妇和胎儿都具有较高危险性的妊娠称为高危妊娠，它包括一切可能危害母婴健康或导致难产的妊娠。高危孕妇就是具有发生高危妊娠因素

的孕妇。因为高危妊娠对孕产妇具有较高的危险性，所以医务人员及孕妇应尽早识别高危妊娠因素，积极做好孕期保健，防患于未然。

高危孕妇的心理特征包括以下几方面：

☆疑虑心理

高危孕妇最主要的担心就是自己本次妊娠是否顺利，胎儿发育是否正常，有无异常情况，是否会发生难产或其他意外等。

☆紧张心理

高危孕妇都会有紧张的心理。如有前置胎盘的孕妇，担心会不会因为生产大出血，而产前出血会不会危及胎儿等，甚至会想到会不会引起胎儿死亡。

☆依赖心理

高危孕妇的依赖心理，表现在发现自己产道畸形、胎位不正或内外科疾病，就认为自己反正早晚要剖宫产，产前检查只要胎儿好就可以了，平时也就不注意自己的情绪了，这是不可取的。

☆恐惧心理

有胎儿胎心胎动异常、妊高征等高危孕妇常常担心胎儿会发生意外，担心用药治疗会影响胎儿发育，害怕胎儿畸形，担心恐惧分娩所带来的疼痛等。

对于高危孕妇的护理，加强高危孕妇的宣教工作是很重要的，帮助高危孕妇解除恐惧、紧张心理，避免语言不慎造成孕妇误解和情绪紧张。还要指导高危孕妇孕期应该注意什么，避免一些什么问题，使他们对自己的高危因素有一定了解、有信心配合医生做好治疗和预防。对高危孕妇的护理，应遵循的原则是早发现、早预防、早治疗，在围生期中采用高危评分法，分析可能引起的孕妇、胎儿和新生儿发病、死亡的各种因素，及时识别这些因素，确定高危的程度。

对高危妊娠要做出正确的诊断和处理，要使高危孕妇了解有病不治会影响胎儿，要恰当掌握用药剂量、时间、给药途径。如贫血、妊高征的早期经过治疗，可以转危为安。左侧卧

位简便易行，对治疗、控制妊高征可以收到良好的临床疗效。对臀位及其他胎位不正的孕妇，要适当地纠正胎位。高危孕妇一般都会表现为多虑、敏感，除进行必要的检查外，还要指导孕妇进行自我监护，提高自我监护能力。同时也应重视家庭成员及丈夫的作用，取得他们的配合，这对治疗、纠正高危因素有其积极作用。丈夫可以在医生的帮助下学会听胎心，帮孕妇数胎动，使孕妇从被动保健变为主动保健。

专家提醒

　　高危孕妇的情绪变化会影响激素分泌和血液化学成分变化，从而对胎儿产生影响。丈夫要协助妻子控制好情绪，保持心情乐观和愉快。良好的心理护理，合理监护、治疗，开展一系列必要的转化工作，即可将高危妊娠转化为低危或无危，使高危孕妇顺利、安全地度过孕期。

别将抑郁“传染”给宝宝

　　宝宝也会抑郁吗？答案是肯定的，宝宝也会因为情绪不好而变得抑郁，宝宝的抑郁是因为母体的关系，如果孕妇长期处于抑郁的状态，宝宝也会跟着抑郁，所以孕妇要调整好自己的心理。

　　有些孕妇常常感觉到头痛。其实清晨头痛与忧郁有关。如果孕妇每天早上醒来时有头痛感，就应该注意检查一下血压是否有不正常的情况，因为高血压与清晨头痛之间有一定的关系。忧郁情绪与引起清晨头痛有明显的关系。有抑郁症的人或感觉自己长时间精神振作不起来的人，除了服用一些治疗抑郁症的药物外，睡觉前应尽可能学会放松，按时起居，加强身体锻炼，这对减少清晨头痛的发生都有一定的作用。

　　为了预防抑郁，孕妇可以为自己准备一套心理体操。

☆温馨的环境

　　孕妇可以为自己布置一个温馨的环境。在房间的布置上，孕妇可以做一些小小的调整。孕妇可以适当地添一些婴儿用的物品，让那些可爱的小物件随时提醒你：一个生命即将来到你的身边！同时，孕妇还可以在一些醒目的位置贴一些美丽的画片，比如把你喜欢的漂亮宝宝的照片贴在你的卧室里，这样可以让孕妇心情舒畅。

☆和胎儿对话

孕妇可以通过语言传递心声给宝宝听，孕妇每天只要花几分钟的时间同宝宝说几句悄悄话，比如"宝贝，我爱你"，"你知道吗？我是你的妈妈"，还有利用外出散步的时间，孕妇也可以悄悄地告诉他"外面的天气真好！阳光明媚"；准爸爸也一起来跟宝宝对话，这样可以增进母子、父子的感情。

☆多听音乐

孕妇可以听一些轻松平缓的音乐，音乐不仅能促进胎儿的身心发育，对孕妇自身也能起到一定的放松作用，以此来赶走不好的情绪。孕妇在听音乐时，可以同时想象音乐正如春风一般拂过自己的脸庞，或感觉正沐浴在阳光里，这样宝宝也能感受到孕妇的好心情。

专家提醒

笑是人生极大的享受。孕妇可以多和幽默的人接触，可以多为自己创造开怀大笑的机会，可以欣赏一些喜剧，看一些幽默、风趣的文章，但是孕妇不要大喜大悲，能使自己心情愉快就可以了，千万不要过度。

孕妇也可以在孕期记心情日记。孕妇每天都写上一段日记，记录一下每天的心情，这将是一份长久的纪念，将来的某一天，妈妈也许会与宝宝一起来重温这些精彩的片断，这些珍贵的细节，将使妈妈们获得更多的快乐。

临产前的心理护理

孕妇到了临产前大多会出现各种不同的心理变化，比如紧张、恐惧等，此时加强产妇的心理护理，消除产妇对分娩的紧张、恐惧心理，对顺利分娩非常重要。

产妇要意识到分娩是一种自然的生理现象，大部分产妇都能顺利完成。产妇在进入产程后不必过分紧张和恐惧，更不要因疼痛而大声叫喊，这样会过分消耗自己的精力和体力，到真正临产时就没有力量了，精神过度紧张的孕妇反而更容易发生原发宫缩乏力和产程延长的情况，结果会导致剖宫产的机会增大。

孕妇进入产程的特点是阵发性腹痛伴宫颈口的扩张，因为分娩前恐惧和焦虑常常困扰她们，恐惧和焦虑等心理问题又会影响产程的进展和母婴安全，并加重分娩时的疼痛和不适。孕妇对疼痛的恐惧、自我控制能力的丧失，以及各种未曾预料到的反应及治疗，是妇女分娩压力的主要来源，直接影响了分娩的进程，并对产妇心理产生影响。身边的亲人、陪护人员如护士等要根据自己的语言、态度、行为来消除产妇紧张、恐惧、不安的心理，稳定产妇的情绪，以减轻她的痛苦。正确指导临产妇对疼痛做好充分思想准备，并做出适宜应激的关键在于做好耐心细致的心理护理。

☆分散注意力，正确指导孕妇呼吸

因为大脑高度注意某一刺激时可以抑制对其他刺激的反应。医护人员可以利用这一特点，选择一个实际的或想象中的事物作为注意点，指导产妇将注意力集中于此点，使其注意力从宫缩引起的疼痛和不适上转移开，增加对疼痛的耐受力。然后正确指导孕妇呼吸。呼吸控制的技巧是指在分娩过程中，根据宫缩的强度、频率和持续时间主动地调整呼吸频率和节律的方法，缓解由于分娩所产生的压力；增强产妇的自我控制意识，但要注意的是预防过度通气。

☆放松心情

让产妇放松是消除肌肉和精神紧张、缓解疲劳，使身心恢复平静的一种方法。医护人员可以指导产妇通过有意识地进行身体某一部分或某几部分肌肉的收缩—放松训练，而最终达到可以有意识地放松紧张部位肌肉的目的；当产妇某一部分肌肉紧张时，医护人员可以触摸产妇的紧张部位，并指导其放松。产妇可以通过想象某一美好的事物，驱除头脑中一切杂念，以达到一种身心平静的状态。音乐也能让产妇放松，选择产妇喜欢的舒缓音乐，指导其完全沉浸于音乐之中，从而达到身心平静状态。

> **专家提醒**
> 产妇要在临产前进行全面检查，让医生认真观察产程、宫缩持续时间及间隔时间、胎头下降情况、胎心是否正常，以及临产妇的精神状态、大小便情况等。亲属及医护人员如发现异常要及时处理，对产妇提出的要求，要尽量、耐心地去满足，使产妇懂得只有与医护人员密切配合，保持体力，才能保证胎儿的安全娩出。

剖宫产常见的心理

剖宫产是一种万不得已的分娩方式，说它是万不得已，是因为剖宫产利少弊多。在正常情况下，一般产妇都会是自然分娩，剖宫产的比例很小。然而，近年来，据有关统计资料显示，剖宫产率有逐年增加之势，原因很多，其中重要原因就是与产妇要求剖宫产心理有密切关系。

剖宫产常见心理有以下几种：

☆对自然分娩的恐惧

很多孕妇在孕晚期就开始担心分娩困难了。产妇在分娩时要消耗一定的体力，分娩时子宫收缩和胎儿压迫使子宫壁受压，子宫肌缺血缺氧，由此会出现程度不同的分娩痛。其实，剖宫产由于麻醉药的止痛作用，分娩痛是减轻了，但剖宫产在某种程度上存在着一定的风险，如麻醉意外；若膀胱充盈或肠道充气，术者稍不慎便易伤及膀胱或肠管，另外，在手术的过程中也可能伤及胎儿，或术后牵拉胎儿致胎儿骨折；少数病例尚可发生羊水栓塞；术后产妇出血和产后感染率也是很高的，还会引起术后肠粘连。产妇要权衡利弊，最好能自然分娩。

☆担心胎儿低智

有的产妇担心分娩时，胎儿头部受挤压而影响胎儿智商。可事实上恰恰相反，自然分娩根本不会造成对胎脑的影响，因为胎儿在经过产道时，颅骨会产生自然重叠以适应产道环境，防止脑组织受压；相反，剖宫产会使胎儿因从宫腔直接取出受到气压骤变的影响而产生损伤。因为在剖宫产时，胎儿胸部未受挤压，呼吸道的水、黏液均滞于肺，易发生胎儿吸入性肺炎，造成胎儿缺氧，有损于胎儿大脑发育，因而影响胎儿智商。

☆怕影响体态

有的产妇担心自然分娩会损害体形，而选择剖宫产，事实上，经阴道分娩非但不会损及体形，而且还会增强形体美。女性形体美的标准之一在于有丰满的臀围，阴道分娩时由于骨盆韧带松弛，使盆围、臀围增宽，显得更加丰满。而剖宫产不会使臀围增加，且术后的腹壁留下长长的瘢痕，削弱了性感美。另外，剖宫产由于出血过多，术后往往进补过多，由此会使体态臃肿，使产妇的身材在短时间内更难恢复。

☆怕影响性爱

有些产妇担心若选择阴道分娩，由于胎儿娩出会导致阴道扩张，使其失去原有弹性，由此会引起性敏感度降低而影响性爱。一部分由阴道分娩的产妇，产后可能出现性能力低下，但这主要是由以下几大因素所致：一是由于娩后体内性激素水平骤降，唤不起性欲；二是分娩时阴道壁神经受压，性刺激敏感降低；三是产后产妇由于哺乳、护理婴儿所致精力不足。随着产妇身体复原，性激素水平回升到原水平，性功能也随之恢复。

> **专家提醒**
>
> 有些孕妇怕吃二遍苦，也会选择剖宫产，比如有的产妇担心选择自然分娩的过程中生产困难，然后再需要开刀。其实，这种情况产妇是大可不必忧虑。产妇采取什么样的分娩方式，最好遵医嘱，医生会根据产力（子宫收缩力）、产道（以骨盆为主）和胎儿（大小、胎位，是否畸形）等三个条件决定分娩方式。

让你的孕期"一路好心情"

每个人都有一片心情的天空，而对于孕妇来说，怀孕期间的心情天空，更是复杂多变，会更加敏感。但是孕妇要注意，不好的心理状态，会给自己和胎儿带来一些或多或少的危害，所以孕妇要为了让自己快乐多一点，为了让胎儿更健康地生长发育，要和准爸爸一起积极行动起来，找准孕妇在孕期情绪不好的原因，然后对症下药，扫去阴霾，让孕期一路好心情。

首先，孕妇要有意识地控制自己的情绪，一旦心情开始变坏的时候，就要尽量做一些或者想一些令自己开心的事情，尽量让自己心情舒畅。同时，孕妇如果遇到特别担心或害怕的事，就应该把它说出来，说给丈夫、父母或者好朋友听，让他们帮忙分析，那时事情就远没那么可怕，孕妇也会卸下思想包袱。

如果孕妇的性格本身属于内向不稳定型，丈

夫要时常观察孕妇的思想状况，一旦发现不太好的情况，就要及时地交流开导孕妇，让她心情好起来，千万不能置之不理，任由她的坏心情一直发展下去。另外，孕妇心情不好时，喜欢冲家人发脾气，或者以平时不太容易接受的方式来发泄，这时家人尤其是丈夫应该明白这是她的情绪不稳所致，不是故意与家人过不去，作为丈夫更应该理解她、包容她，让她心情平和下来，这时丈夫体贴的表示和坚定的信念是让孕妇心情由阴转晴的最好办法。

为了能有一个好心情，孕妇也可以自己寻找一些减压的方法，比如平时多与人交流，不要长期呆在家里，也可以多和其他有经验的孕妇聚聚，多交流彼此的感受。还可以进行一些自己感兴趣的运动。比如散步、游泳、孕妇体操等都是很好的放松方式，这样既可以加强自己的体力，为以后分娩做准备，又能促进胎儿生长发育。

专家提醒

妊娠，从一开始的妊娠反应，到胎儿生长的不适应感，直到胎儿出生，中间一定有很多事情是不可控制和不可预见的，孕妇在怀孕期间遭遇坏心情也是常有的事，关键是要做好自我调适，多了解一些孕产的知识，通过看书、听讲座等方式学习相关知识，这对于减轻孕妇的坏心情十分有效。

分娩后的心理恢复

分娩是很多孕妇都惧怕的一件重大事件，尤其是在心理上，孕妇更是难以用平静的心态去面对。经过"痛苦"的分娩后，产妇的心理又要怎么样恢复呢？

分娩后，产妇不仅要使身体尽快恢复，更重要的是去调整自己的心态，去适应胎儿出生后的各种关系的变化。所以在分娩过后，产妇往往要承受巨大的身心压力，加上身体尚处于虚弱状态，因此很容易受环境刺激的影响。一些小事，如丈夫离开一会儿或室内有噪声，都会使产妇出现情绪失调症状，这是很正常的现象。另外，初为人母的产妇会很担心宝宝，只要宝宝一哭，母亲不管睡

得多香，也得起来喂奶，给宝宝换尿布。哄宝宝时，产妇更是要做到不急不躁。

分娩后的情绪波动是生物因素和社会心理因素相互作用的结果，而这些因素的协同作用，也正是产妇从这种状态中得到恢复与改善的重要保证。此时，产妇面对一系列生理变化，或多或少会出现一些不适症状，产妇可以听从专家的建议让自己及时减轻不适感，心里也会更踏实。

☆阴道出血

一般产妇在分娩后的前3天，除了第一天出血量多一些，从第二天开始，阴道出血量会明显减少，与月经量相仿。为了减少产后出血，产妇要早排尿、早活动，一般在产后4小时开始排尿，产后6小时就可以下床适度活动。或者轻轻按摩下腹部，以促进子宫收缩。此外，母乳喂养也是促进子宫恢复、减少产后出血的办法之一。

☆腹部阵痛

胎儿娩出后，胎盘排出体外，子宫缩小，子宫底降至脐下一指水平，以后每天下降1～2指，相当一部分产妇对这种变化感觉不明显。但有些产妇在产后第一天给宝宝喂奶时，由于子宫收缩得比较强烈，会感觉到下腹部阵痛，这属于正常现象，产妇不必惊慌。

☆会阴伤口疼痛

因部分产妇会阴扩张性较差或者胎儿过大等原因需要行会阴侧切术。即使无会阴侧切，胎儿在通过阴道、会阴时也会对局部组织造成一些损伤。为了减少疼痛，产妇可以在局部用毛巾热敷，采取侧卧位能缓解疼痛。必要时可在医生的指导下服用一些止痛剂，并且保持心情舒畅。

☆乳房胀痛

分娩后2～3天是母乳分泌的过程，为了避免乳房胀痛，专家建议母乳喂养，及早开始喂奶，让宝宝早吸吮，产后30分钟内即可哺乳。正确的母乳喂养不仅有利于乳汁分泌和婴儿发育，同时可以避免发生乳胀或减轻乳胀现象。一旦出现乳房胀痛，可做局部热敷，轻轻拍打，将乳汁挤出。产妇一定要注意乳房的清洁卫生。

如何做好哺乳的心理准备

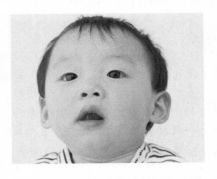

产妇要做好哺乳的心理准备。初为人母的产妇的心情是十分复杂的，既兴奋快乐又焦虑不安，而最大的担心和不安常常是怕自己无奶哺喂婴儿或奶水不足。孕妇这种心理状态对产后哺乳是十分不利的，产妇应该以正确的心态面对哺乳。

乳汁的产生是在大脑皮层支配下受神经-内分泌调节的，产妇应该对哺乳充满自信，这是产妇母乳喂养成功的基本保证。孕妇从怀孕开始就应主动学习有关母乳喂养的最基本知识和有关信息，参加孕妇母乳喂养知识讲座，或向有母乳喂养经验的母亲请教取经。最关键的是，孕妇要从理论和现实中认识到母乳是婴儿最理想的营养品，是其他任何乳类都无法取代的。而孕妇也不要担心自己奶水不足，几乎每个健康的孕妇都有足够乳汁哺育自己的宝宝。这样会使孕妇对母乳喂养产生极大兴趣和强烈愿望，树立哺喂婴儿的信心。如果产妇对母乳喂养还是会有一些疑虑，就要主动向医生请教，进一步坚定母乳喂养的信心和勇气。

做好哺乳的心理准备，还应注意在怀孕期间就要避免任何导致孕妇担忧、恐惧及疼痛的刺激，以免影响产后乳汁的分泌。帮助孕妇正确认识"九月怀胎，十月分娩"是正常的生理过程，而怀孕、分娩不是病，这样可以减轻和避免孕妇对分娩常有的恐惧和精神负担，提高对分娩阵痛的承受力，使孕妇

以轻松、愉快的精神状态，迎接宝宝的降临，承担起哺乳这个神圣而光荣的使命。

母亲奶水的多少主要是由婴儿吸吮的情形决定的。吸吮会刺激母亲体内泌乳素和催产素的分泌，产生更多的奶水。产妇如果发现自己的奶水供应减少，可以通过一些方法提高哺乳技巧，改善喂哺状况。如果产妇的奶水减少，宝宝长得不好或体重减轻，就应该及时看医生，有时宝宝体重减轻可能是有健康问题。产妇也应该注意尽可能让宝宝多吃一些。产妇每次喂奶时，两边都喂，这样可以确保宝宝充分获得母乳，同时充分刺激母乳的分泌。正确的哺乳方式是，用一手托住乳房，大拇指在上方，其余四指在下方，手要放置乳晕之外，宝宝应把整个身体面向母亲的身体，而不应只是把头转过来面向乳房。

专家提醒

有专家指出，人在生气时体内可产生毒素，此种毒素可使水变成紫色，且有沉淀。因此建议产妇不要在生气时或刚生完气就喂奶，以免宝宝吸入带有"毒素"的奶汁。在喂奶时，不要逗宝宝笑，若宝宝吃奶时被逗笑，吸入的奶汁可能误入气管，轻者呛奶，重者可诱发吸入性肺炎。产妇也不要常穿化纤的内衣哺乳。穿化纤内衣的最大危害，在于化纤内衣的纤维容易脱落而堵塞乳腺管，造成无奶的恶果。

克服产后的"婴儿忧虑"现象

产妇在产后的最初几天，都会很情绪化，因为刚出生的宝宝会时刻牵挂着她的心，产妇会为他的健康而快乐，也会为他的每一点不适而担心。此外，产妇自己的身体恢复的情况、与家人的关系紧张程度、生活环境的改变都会影响产妇的心情。

孕妇在怀孕期间，激素的分泌大量增加，血液中的黄体素也随之增加。这些化学物质使孕妇变得情感丰富，情绪波动也变大。产后激素的突然流失，也会使产妇变得情绪化。另一方面，生产后的生理负荷虽然不存在了，但晋升为人母后所带来的压力会大大的增加，产

妇一定要控制自己的情感，避免受外界干扰。在这期间，产妇的表现会与平时很不一样，前一分钟，很可能会与他人大笑不已，而在下一分钟，很可能会因为一些芝麻小事哭个不停，而且家人的一举一动都会令她不安。这种情感上的巨大起伏，通常在生产后只维持数天，这种情况称为"婴儿忧虑"。

如果产妇在产后没有处理好自己的情绪，长期情绪不稳定，感到心理压抑，那就不仅仅是"婴儿忧虑"，而有可能形成"产后抑郁症"，所以产妇要克服这种现象，具体方法如下：

首先，产妇要放下思想上的包袱。医学界认为，有些产后抑郁是产妇性格上的原因，或取决于产妇对周围一切的疑虑。有时会发生由于丈夫言语不当、周围人谈话中无意的刺激而引起产妇自责、多疑，导致产妇不安、忧郁，这都是由于产妇思想包袱过重，给自己的压力太大。

其次，产妇要消除不必要的担心。有些产妇因为新生儿生理性黄疸、自己没有育儿经验、怕家人怨自己没有生男孩等原因而发生抑郁。其实，新生儿黄疸、生男或生女等这些问题都是十分常见的，产妇没有育儿经验，可以通过请教专家来解决。产妇不必为太多事情担心，应该尽快地恢复身体。

最后，产妇的家人尤其是丈夫要多关心她的心理变化。家人对产妇及新生儿无微不至的关怀，可以减轻产妇精神上的负担，也可以避免产后抑郁的发生。

专家提醒

产妇产后要保持精神愉快、开朗，对任何事情都不要钻牛角尖。可以认真地观察宝宝，但不要精神敏感、草木皆兵，需要给自己适应宝宝的时间，对自己不要太苛刻，不要要求自己马上做到一百分。产妇要注意清洁卫生，可化些淡妆，喷些香水，这样会使自己精神饱满。屋内可放些鲜花，经常开窗通风，保持清洁整齐。适当参加一些简单运动，有助于产后恢复。

第六章　胎教——促进胎儿发育的良好方式

随着人们生活水平的提高，越来越多的人开始关注胎教了。这是关系着优生优育的重要环节，专家认为，胎教的形式是多种多样的，而不同的胎教和胎儿的发育与准妈妈的自身特点相关。心静，则是胎教的重点，对胎儿及准妈妈具有非凡的意义。

成功胎教的基本要素

《列女传》中记载太任怀周文王时讲究胎教的事例，一直被奉为胎教典范，并在此基础上提出了孕期有关行为、摄养、起居各方面之注意事项。如采用除烦恼、禁房劳、戒生冷、慎寒温、服药饵、宜静养等节养方法，以达到保证孕妇身体健康，预防胎儿发育不良，以及防止堕胎、小产、难产等目的。

对于现代家庭胎教，了解和把握胎教需要掌握相关的基本知识。

☆什么是胎教

现代医学认为胎儿具有惊人的能力，为开发这一能力施行的胎儿教育即为胎教。美国著名的医学专家托马斯的研究结果表明，胎儿在6个月时，大脑细胞的数目已接近成人，各种感觉器官已趋于完善，对母体内外的刺激能做出一定的反应。这就给胎教的实施提供了有力的科学依据。

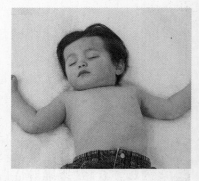

广义的胎教是指为了促进胎儿生理和心理上的健康发育和成长，确保孕产妇能顺利度过孕产期所采取的精神、饮食、环境、劳逸等各方面的保健措施。因为没有健康的母亲，亦不会生出强壮的宝宝。有人也把广义胎教称为"间接胎教"。

狭义胎教是指根据胎儿各感觉器官发育成长的实际情况，有针对性地、积极主动地给予适当合理的信息刺激，使胎儿建立起条件反射，进而促进其大脑功能、躯体运动功能、感觉功能及神经系统功能的成熟。

换言之，狭义胎教就是在胎儿发育成长的各时间，科学地提供视觉、听觉、触觉等方面的刺激，如光照、音乐、对话、拍打、抚摸等，使胎儿大脑神经细胞不断增殖，神经系统和各个器官的功能得到合理的开发和训练，以最大限度地发掘胎儿的智力潜能，达到提高人类素质的目的。从这个意义上讲，狭义胎教亦可称为"直接胎教"。所以，胎教是临床优生学与环境优生学相结合的实际具体措施。

☆胎教环境

胎教是让胎儿在母亲子宫里时享有好的环境，使孩子生下来后聪明、个性稳定，EQ、IQ都比较高。要达到这一目的，就必须创造良好的胎教环境，使孕妇生活在舒适如意的环境中，保持健康的精神及心理状态，避免不良因素的刺激。

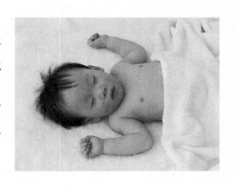

☆胎教方法

现代医学证实，胎儿确有接受教育的潜在奇能，主要是通过中枢神经系统与感觉器官来实现的。孕26周左右胎儿的条件反射基本上已经形成。在此前后，科学地、适度地给予早期人为干预，可以使胎儿各感觉器官在众多的良性信号刺激下，功能发育得更加完善，同时还能起到发掘胎儿心理潜能的积极作用，为出生后的早期教育奠定良好基础。因此，孕中期正是开展胎教的最佳时期，万万不可错过。

专家提醒

时至今日，胎教有了很大的发展，而古代胎教与当今胎教到底有什么不同呢？古人胎教所含的内容包括怀孕期间正确的母体保养、坐息规律、饮食等，也包括看图、听诗、听音乐。这些东西和我们今天应该注意的都是差不多的，只不过形式可能要换换了。不同的是，古人没有今天这么多的信息来源，没有狂轰滥炸的多媒体。而当今的准妈妈却可以通过报纸、杂志、电视、电影、音乐等多种途径放松心情，了解胎教的方法。不过受孕期间，不能看限制级的影片。

胎教应从何时开始

胎教应该从什么时候开始呢？从怀孕开始吗？实验证明，一切有生命的物体，对外界的刺激均能做出一定反应。而对于有计划孕育的准父母来讲，胎教应从计划怀孕前开始。

☆怀孕前后的心态及营养胎教

为了孕育一个聪明健康的宝宝，准妈妈应该从准备怀孕前就调整好自己的心理和营养，因为胎儿生活在母体这个不断变化的物理、化学环境之中，孕妇的行为举止尤其是情绪变化都会波及胎儿。

孕妇如能营养适度，心情愉快，适当活动，生活得很有规律，就能为胎儿的健康发育创造良好的环境。否则，孕妇经常心境不佳、忧愁苦闷、急躁烦恼、悲伤愠怒、恐惧紧张……就会使胎儿脑血管收缩，减少脑的供血量，从而影响脑的发育。过度的紧张恐怖甚至可以造成胎儿大脑发育畸形。

☆怀孕后的反应能力胎教

医学家用内镜观察到，胎儿生长到3个月就有一定的反应能力。如果隔着母体触摸胎儿的头或身体的其他部位，胎儿就会做出相应的反应。用一根小棒碰他的眼睑，胎儿就会眯一下眼睛；碰他的手，手便会握成半个拳头。

☆怀孕后的安全胎教

准妈妈应注意用药，这是因为母体和胎儿血液交换，只隔着两层很薄的扁平上皮细胞，这个像筛子一样的屏障，只能挡住较大分子进入胎体，却挡不住药物分子的通过。尤其当胎儿器官形成时，药物分子能打乱其分化和组合的程序，造成胎儿畸形。所以，孕妇在怀孕3个月之内用药应特别谨慎。

一些研究还认为，怀孕3个月后，孕妇服用土霉素、四环素可抑制胎儿骨骼生长；注射链霉素、卡那霉素可影响胎儿听力；服用磺胺类药物尤其是长效磺胺，可引起核黄疸；服用地西泮（安定）、甲丙氨酯（安宁）可使胎儿发育迟缓。

此外，孕妇还须防止外伤和预防传染病（特别是风疹），因为这二者都会影响胎儿正常发育。

胎儿在子宫内能否听到声音

胎儿在子宫内能听到声音吗？对此，国外很多学者进行了研究。日本国立冈山医院名誉院长山内逸郎医师，就曾经用自己的身体做实验。他先用啤酒填满胃，再将小型麦克风涂上奶油置入胃中。奶油在胃中溶解使啤酒黏稠，形成与羊水相同的状态，然后进行录音。结果发现，即使在胃中也可清楚地录下音乐与电视的声音。

另有一位女性像山内医师一样，实验自己的声音在腹内听起来的效果。据说，声音的跳跃虽然很剧烈，但强弱却被极清楚地录下来，尤其是大喊"不！"或"危险！"的声音，感觉更是清楚。从这些实验来看，胎儿必然能敏锐地感觉到母亲声音所传达的情绪。

还有人做过以下几个有趣的实验，这些实验都证明了宝宝在未出生前已经具备了听力，而在子宫内是能听到声音的。

☆实验一

让新生儿吸吮一个与录音机相连的奶嘴，婴儿以某种方式（长吸或短吸）吸吮就可听到自己母亲的声音。孩子们通过辨别声响，表现出对自己母亲的声音特别敏感，这说明他们对母亲的声音很熟悉。

☆实验二

人们选择在怀孕的最后5～6周时让孕妇给胎儿朗读《戴帽子的猫》，

历时5个多小时，当胎儿出生后进行试验，实验装置与实验一相同。先准备两篇内容完全不同的儿童读物，一篇是婴儿在母亲体内听到过的《戴帽子的猫》，另一篇是婴儿从未听到过的《国王、小耗子与奶酪》。婴儿通过不同的吸吮方法才能听到这两篇不同的儿童读物。结果发生了让人非常惊喜的事情，这些婴儿完全选择了他们出生前听过的《戴帽子的猫》。

☆实验三

莱德·格尔曼是一名轰动世界的年轻人，当他知道5个月以后的胎儿具有听力，并可以进行学习时，他就开始设想怎样才能够让自己同他的未出世的孩子建立联系，后来他发明了"胎儿电话机"。这种电话机有点像录音机，它可以将录下的声音通过母亲的腹壁传递给胎儿，并可以随时记录胎儿在子宫内对外界各种声音刺激的反应，把这些微弱的子宫内声音再放大，就可以了解胎儿对声音的反应。

莱德·格尔曼每天不间断地将这种电话机放在妻子腹部子宫的位置，通过话筒直接与胎儿讲话唱歌。结果他发现，当胎儿喜欢听某种声音时她会表现得安静，而且胎儿会逐渐移向妈妈腹壁，而听到不喜欢的声音时头会马上离开，并且用脚踢妈妈，表示她不高兴。

经过一段时间的观察与训练，莱德·格尔曼已经知道了他的宝贝喜欢听什么声音和不喜欢听什么声音了。格尔曼常常很兴奋地对他的朋友说："我的孩子生下来不久，当她一听到我的声音就会掉转头来对着我，我简直无法形容她这样做使我多么高兴。"格尔曼发明"胎儿电话"的消息传开以后，世界各地许多人打电话给他，感谢他的贡献。

早在1998年前后，中国科学院声学研究所的邵道远为解开声音在子宫内的传播之谜，就做过一个人体透声的实验，证明了胎儿在子宫内可以听到音乐。

实验者把麦克风包裹在等同于孕妇脂肪厚度的猪肉里，而后在肉的周围播放音乐。实验结果发现，从肉里接收到的音乐，高频声音损失比较多，原来比较明朗亮丽的音乐变得比较沉闷。之后，他们又找了4位准备做堕胎手术的孕妇，把一个很小的麦克风放置在子宫中胎儿的附近。这样从空气中传到孕妇腹部里的音乐就全部被记录了下来。这两个实验的结果是一致的：2000赫兹以下的声音比较容易保真地传到孕妇腹部里面去，2000赫兹以上

的声音损失比较大，所以听起来高频声就弱了，这个声音就发闷了。这个实验就可以证明，音乐是能够传入孕妇体内的。

音乐胎教

音乐胎教即在孕期播放一些名曲或孩子喜爱的乐曲，让母亲和胎儿同时欣赏。音乐胎教的方法由来已久，其实就是利用了胎儿能听到声音的理论，以音波刺激胎儿听觉器官的神经功能。那么，进行音乐胎教应注意哪些内容呢？

☆有计划地进行

从孕16周起，便可有计划地实施音乐胎教。每天1～2次，每次15～20分钟，选择在胎儿觉醒有胎动时进行。一般在晚上临睡前比较合适，可以通过影碟机直接播放，影碟机应距离孕妇1米左右，音响强度在65～70分贝为宜。

☆音乐胎教的声音控制

进行音乐胎教的时候应使用传声器，直接放在孕妇腹壁胎儿头部的相应部位，音量的大小可以根据成人隔着手掌听到传声器中的音响强度调节，亦即相当于根据胎儿在子宫内所能听到的音响强度来调试。

对于腹壁厚的孕妇，音量可以稍大一些；腹壁薄的孕妇，音量应适当小一些。胎教音乐的节奏宜平缓、流畅，不带歌词，乐曲的曲调应温柔、甜美。

☆提升音乐胎教的效果

胎儿收听音乐的同时，孕妇亦应通过耳机收听带有心理诱导词的孕妇专用乐曲，或选择自己喜爱的各种乐曲，并随着音乐表现的内容进行情景的联想，力求达到心旷神怡的意境，借以调整心态，增强胎教效果。

专家提醒

据专家介绍，胎儿在母亲肚子里长到4个月大时就有了听力，长到6个月时胎儿的听力就发育得接近成人了。如果孕妇在这个时期进行胎教，确实能刺激胎儿的听觉器官成长，促进孩子大脑发育。但许多孕妇进行胎教时，却是直接把耳机、音箱等放在肚皮上，让胎儿自己听音乐。这是不正确的。因为此时胎儿的耳蜗虽说发育趋于成熟，但还是很稚嫩，尤其是内耳基底膜上面的短纤维极为娇嫩，如果受到高频声音的刺激，很容易遭到不可逆性的损伤。

体操胎教

通过监测可以看到，经过8个月生长的胎儿已经会睁开眼睛，打哈欠，用力蹬几下腿，还会把手伸到嘴里吮着拇指。这一切都表明，胎儿在宫内已经有了运动的能力。此刻，尽管胎儿还不需要呼吸，但横膈也要像呼吸时那样上下运动；胎儿还不需要进食，但也要吞一些羊水，吞吐时会引起一系列小的、规律的跳动。

对于以上情况，孕妇进行适当的体操胎教是非常重要的，可以提高孩子将来的适应能力。

曾有报道，一个孕妇在怀孕期间进行了专门的体操胎教，结果孩子出生后2～3个月便可以进行各种翻身、抓、握、爬、坐等动作，还可以自己转动袖珍收音机的旋钮等。可见，胎儿期的体操胎教有助于培养出心灵手巧的孩子。

那么，孕妇该如何进行体操胎教呢？

孕妇仰卧在床上，头部不要垫高，全身尽量放松。接着用双手捧住胎儿，按从上至下、从左至右的顺序抚摸胎儿。反复10次后，用食指或中指轻轻触摸胎儿，然后放松即可。准爸爸也可协助孕妇做相似的动作。

体操胎教受益的不仅是胎儿，还有孕妇自己，比如妊娠中往往会因为太过于保护身体，以致产生运动不足的现象。有些人会因为顾及胎儿而吃得太多，发生过胖的情形。一般而言，体重超重容易患妊娠高血压综合征、浮肿等形形色色的疾病，也比较容易难产。

通常锻炼生产时必要的脚、腰及腹部的肌肉，能使生产顺利地进行。妊娠体操可以说是为

了训练肌肉而发明的体操。在妈妈教室里，不仅会教授孕妇体操，还会有呼吸法的指导。

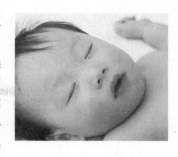

虽然体操胎教的好处很多，孕妇在进行体操胎教的时候也应考虑到自己和胎儿的安全，以下基本原则应坚持做到：①不要在太热或太冷的环境下进行活动。孕妇体温过高或过低，会伤害胎儿发育。②避免做需过分跳跃、弹跳或大幅度动作的运动，以免跌倒损伤胎儿。③怀孕期超过4个月后避免以仰卧姿势进行训练，因为胎儿的重量会影响血液循环。④运动要循序渐进，整个过程应包括运动前的热身、伸展及运动后的调息阶段。⑤怀孕期时的生理改变会导致韧带松弛，伸展时须避免过分拉扯肌肉及关节。

专家提醒

在进行体操胎教的前两周里，胎儿一般不会有什么明显的反应，但是当孕妇的手法逐渐娴熟，并能与胎儿配合默契后，胎儿便能做出比较明显的反应。胎儿的反应速度及程度是千差万别的，遇到胎儿"拳打脚踢"时，表示胎儿不高兴或不舒服，应停止锻炼。

现代医学证明，传统观念中的一些孕妇的禁忌是错的，尤其是认为孕妇不宜进行体力劳动，以免动了所谓的"胎气"。专家认为，孕妇适当运动不但安全，并且有利孕妇与宝宝的健康。

营养胎教

营养其实也是胎教的重要内容，很多人觉得营养的补充应从怀孕开始，事实上营养的补充从怀孕之前开始效果是最好的。经调查发现，妇女孕前体重与新生儿的出生体重相关。许多出生体重低的婴儿，往往是母亲孕前体重较低，或孕后体重增加较少。有的妇女生出巨大婴儿，常与孕前或孕后营养不合理有关。因此，对于孕前的合理营养不可忽视。

☆良好的饮食习惯

首先，要养成良好的饮食习惯。吃东西要多样化，不偏食，不忌嘴。其次，加强孕前营养，注意合理饮食。

☆注意蛋白质等营养物质的摄入

从准备怀孕开始，应特别注意蛋白质、矿物质和维生素的摄入。孕前夫妇可以根据自己的家庭情况和不同季节，有选择地科学安排好一日三餐，严防孕前发生贫血。大量医学资料证实，孕前妇女发生营养不良，怀孕后更容易导致严重贫血。而孕妇如果贫血，其胎儿也常常营养不良，可能出现低体重儿、早产，甚至死胎，很不利于优生。

☆不可盲目减肥

有的女性孕前肥胖，担心怀孕后体形不良，因而限制进食，这样做会使体脂消耗，酮体增加，对胎儿的健康发育不利。因此，不应限制进食和盲目减肥，以免影响优生。

怀孕前后一定要尊重科学，多吃富含维生素和蛋白质的荤食。专家还提出了以下几条营养胎教的基本原则：

☆吃完整的食品

完整食品指未经细加工过的食品，或经部分精制的食品。因为"完整食品"中含有人体所必需的各种微量元素（铬、锰、锌等）及维生素B_1、维生素B_6、维生素E等，它们在精制加工过程中常常损失，如果孕妇偏食精米、精面，则易患营养缺乏症。

☆不宜过多喝茶

这是因为茶叶中含有大量的咖啡因，咖啡因具有兴奋作用，饮用过多会刺激胎动增加，甚至危害胎儿的生长发育。日本专家的调查也证实，孕妇若每天饮5杯浓红茶，就可能使新生儿体重减轻。此外，茶叶中还含有多量的鞣酸，鞣酸可与孕妇食物中的铁元素，结合成一种不能被体内吸收的复合物。孕妇如果过多地饮用浓茶，还会引起贫血的可能，也将给胎儿留下缺铁性贫血的隐患。

☆不宜素食

临床有过这样一个案例：有一位年轻的妈妈，在结婚之前吃了3年的素食，而且怀孕前后也坚持吃素。在孩子满周岁的时候，这个妈妈突然发现自己的孩子和同龄的孩子相比，面色苍白，身材矮小。别的小孩有着自己的喜怒哀乐，可以和父母进行一些情感交流，而她的孩子不时流着

涎水，有时呼之不应，还常常手舞足蹈，傻乎乎地发笑。孩子的父亲带着孩子到医院就诊，孩子被诊断为维生素B$_{12}$缺乏所致的恶性贫血及神经系统发育障碍。

专家提醒

怀孕前后应注意食物的选择，避免食用被污染的食物。有些腌、腊制品及罐头等加工食品，不如同类新鲜食物营养、卫生。食用蔬菜时，应注意清洗干净，水果应去皮后再食用。平日，尽量饮用白开水，避免饮用各种咖啡、饮料、果汁等饮品。另外，家庭炊具尽量使用铁锅或不锈钢制品，避免使用铝制品及彩色搪瓷制品，以防铅元素对人体细胞产生伤害。

维生素B$_{12}$缺乏可导致恶性贫血及神经纤维化，是引起婴儿生长发育落后的疾病之一。维生素B$_{12}$主要存在于动物肝脏中，奶、鱼、肉和蛤蚧中也有一定的维生素B$_{12}$，而植物性食物中基本不含。维生素B$_{12}$缺乏症患儿除有贫血症状外，还有呕吐、嗜睡、生长落后、肌张力低下、智力发育落后或停滞等症状，还会出现异常运动，表现为颤抖、抽搐、舞蹈病或肌阵挛。及时补充维生素B$_{12}$治疗，可纠正其症状，但会留下智力低下后遗症。

触觉胎教

触觉胎教就是指通过胎儿的触觉进行胎教，比如抚摸胎儿或轻轻拍打胎儿，目的是通过隔着孕妇的腹壁对胎儿施以触觉上的刺激，以促进胎儿的大脑发育。这种胎教方法的作用已通过妇产科专家的实验所证实，有的孕妇也发现，抚摸胎头会增加胎儿的心率，胎儿对触觉刺激有着较灵敏的反应。

专家通过B型超声显像仪可以观察到，孕16周的胎儿已经开始在母亲腹中蠕动；18～20周时孕妇自己能感觉胎动。胎动是胎儿主动运动的表示，也是胎儿对外界刺激作出反应的表现。胎动的频率和强度，显示胎儿的健康状况。此刻如果能用动作和声音与胎儿进行交流，这对胎儿出生后的社会适应能力必将有很大好处。

法国心理学家贝尔纳·蒂斯认为，父母都可以通过触摸动作和声音，与腹中的胎儿沟通信息，这样做可以使胎儿有一种安全感，使他感到舒服和愉快。有人做过实验和观察，发现在母腹中经常被父亲抚

摸过的胎儿，出生后翻身、抓、握、爬、坐等各种动作的发展，都比没进行过"体操锻炼"的早一些。

准爸爸应该经常抚摸宝宝，用手轻轻抚摸准妈妈腹部时，可以告诉宝宝是爸爸在抚摸他，和未出世的小宝宝建立亲密的联系。

在抚摸或轻轻拍打胎儿时，要注意胎儿的反应。如果胎儿对抚摸、推动的刺激不高兴，就会用力挣脱或者蹬腿反对，这时应马上停止抚摸或推动。如果胎儿受到抚摸后，过一会儿才以轻轻的蠕动作出反应，这种情况可以继续抚摸，一直持续几分钟后再停止抚摸，或改用语言的、音乐的刺激。

> **专家提醒**
>
> 触觉胎教成功的宝宝不易发生感觉统合失调，出生后在体格发展和大动作掌握方面更是胜人一筹。不过，需要注意的是有习惯性流产、早产史、产前出血及早期宫缩的孕妇最好不要对宝宝进行触觉胎教。

视觉胎教

很多人都知道，新出生的婴儿视觉并不非常敏感，他们的视野比较狭窄，一般仅能看到眼前较近处的东西，能够在距离自己15～30厘米处分清自己母亲的表情变化。新生儿视觉上的缺陷，至少还部分残留着在子宫内生活的痕迹，新生儿的近距离视力，恰好与子宫内的长度相当。

视觉胎教的好处是能扩展胎儿的视野，提高胎儿的视觉发展。有些孕妇会对着自己的腹部进行光线的照射，这种做法有时会使胎儿感到不愉快。而他们感觉不愉快的表现是将脸背过去，也会出现惊慌不安。现代医学用超声波观察发现，用电光一闪一灭照射孕妇腹部，胎心率即出现剧烈变化。

因此，胎儿进行视觉胎教的时机选择是非常重要的！

专家研究发现，从妊娠第四个月起，胎儿对光线已经非常敏感。研究人员在对母亲腹壁直接进行光照射时，采用B超探测观察可以见到胎儿出现躲避反射，背过脸去，同时有睁眼、闭眼活动。因此，有人主张在胎儿觉醒时可进行视觉功能训练。这说明胎儿发育过程中，视觉也在缓慢发育，并具有一定功能。

　　而胎儿发育到第五个月的时候，他们依然会对光线非常敏感，可在胎儿觉醒时进行视觉功能训练。

朗诵胎教

　　怀孕20周的时候，胎儿的听力功能已经完全建立起来了，此时孕妇说话的声音不但可以传递给胎儿，而且胸腔的振动对胎儿也有一定影响。因此，孕妇要特别注意自己说话的音调、语气和用词，以便给胎儿一个良好的刺激印记。

　　此时，孕妇可以有选择地朗诵一些优美的散文给胎儿听，准爸爸最好也参与进来。因为男性的低音是比较容易传入子宫内的，久而久之，也不失为一种良性的音波刺激。父母可以给胎儿起一个中性的乳名，如"平平"、"乐乐"等，经常呼唤之，使胎儿牢牢记住。如此，婴儿出生后哭闹时再呼之乳名，便会感到子宫外的环境并不陌生，而有一种安全感，很快地安静下来。

　　同时，准父母要将腹中的胎儿想象成一个懂事的孩子，经常和孩子说话、聊天、唱歌，这样不仅能增强夫妻之间的感情，还能将父母的爱传递给胎儿，对胎儿的情感发育有着非常大的好处。当然，对话的内容不宜太复杂，最好在一段时间内反复重复一两句话，以便使胎儿大脑皮层产生深刻的记忆。

第七章　肌肤——孕期美丽从这里开始

孕妇怀孕期间，肌肤的变化也是非常明显的。一方面是内分泌的变化，另一方面是因为很多孕妇在怀孕期间放弃了原来的保养肌肤的方法，这两方面的因素都造成了肌肤本身的自我防护能力降低了！那么，如何在孕期也能拥有美丽的肌肤呢？其实，并不是所有的孕妇都会遭遇这种肌肤的明显变化的，孕期肌肤的美丽其实是可以做到的！

孕期的护肤要点

孕妇在感受胎儿带给自己喜悦的同时，因为身体激素的变化，也为皮肤问题苦恼，因此孕妇也要注意保养皮肤。由于孕妇特殊的生理状况，在美容护肤时有很多地方需要特别留意，要掌握必要的孕妇美容常识，使女性能保持怀孕前所具有的魅力。

孕妇最关心的护肤问题主要是孕期皮肤干燥粗糙、易生暗疮，妊娠斑会影响美感，还有一个重要问题就是妊娠纹。所以孕妇护肤时要注意以下几点：

☆肌肤油腻

油腻是孕妇面对肌肤问题普遍的苦恼，这是因为孕妇怀孕后，新陈代谢缓慢，皮下脂肪增厚，汗腺、皮脂腺分泌增加，全身血液循环量也跟着增加，面部油脂分泌旺盛的情况会加重，因此皮肤会变得格外油腻，"T"形区域就更为显著了。

关于孕妇肌肤油腻的问题，解决方案也是不少的。其中主要是孕妇要保持皮肤的清洁，但是不能用作用太强的洗面乳刺激肌肤，而且不要每天多洗几遍脸。在饮食上要多摄取含优质的动物蛋白和维生素A、维生素B、维生素C等食物，蔬菜、水果不仅可以补充孕妇必需的营养，还能使孕妇肌肤颜

色更加美丽。孕妇营养摄入要均衡，平衡的食物能使孕妇的头发、皮肤和体内各器官得到很好的保护。

☆干燥粗糙、易生暗疮

孕妇由于孕激素的关系，皮肤失去了以前的柔软感，而略呈粗糙，甚至会很干燥，有些区域会出现脱皮现象，脸部的色素沉淀也增加，会给孕妇带来生暗疮的苦恼。

面对这类肌肤问题的解决方案是：干性皮肤的孕妇不要频繁地洗脸，不要使用刺激性强的面乳，多使用能给皮肤增加水分的护肤品，涂抹在干燥区内并轻轻地加以按摩。选用婴儿润肤膏或润肤露，防止皮肤干燥，并能保持酸碱度平衡。孕妇在洗浴时不应浸泡太久，否则容易造成皮肤脱水。要尽可能少用普通肥皂，可以使用不含皂质、pH值属中性的沐浴露或婴儿香皂。在沐浴后，应在全身涂抹润肤油。同样，要特别注意饮食营养平衡，增加镁、钙等矿物质的摄取，如肉类、鱼、蛋，还要增加必要的脂肪酸和维生素，如绿色蔬菜、水果、坚果、谷物、牛奶、鱼油、豆类等；在每天的饮食中，要减少含兴奋剂食物如咖啡、酒、茶的摄取，多喝水。

☆妊娠斑

怀孕后孕妇的脸上、身体上冒出不少的各种斑，绝大多数是可以在结束生产后自然消失的。孕妇想让自己在产后恢复得不错，要保证良好的睡眠，多吃富含优质蛋白质、维生素B、维生素C的食品。

☆妊娠纹

妊娠纹也是孕妇很苦恼的肌肤问题。对付妊娠纹，孕妇身体各部分都应该随时擦油，擦油的目的是避免产后腹部及腿部留下产痕，尤其是腹部、臀部及大腿的上部等处。孕妇可以用护理油、按摩膏等来进行按摩，它们在孕期和产后都可使用，能有效地减缓肌肤松弛，预防或抚平妊娠纹。

怀孕后还能去美容院吗

孕妇怀孕后，因为激素的变化，皮肤会有一些改变，大部分孕妇都会发生，只是轻重不同而已。孕妇在乳晕、阴部及肚皮中央都会出现明显的色素沉淀现象，面部会出现妊娠斑，大部分斑在孕妇生产后会消退。由于孕妇激素的增高，使血管产生变化，在怀孕2～5个月时，会在脸、颈、上胸部、手臂等处，出现小小像蜘蛛般的血管痣，手掌则可能出现红斑。有些孕妇会在脸部长青春痘，或是原来的青春痘变本加厉。种种肌肤问题都让孕妇在怀孕后失去一些光彩，所以很多人都想去美容院保养肌肤。孕妇对此有许多疑问，到底能不能去美容院呢？孕期去美容院美容并非完全不可以，但为了保证孕妇和胎儿的健康，孕妇做美容时，一定要牢记安全第一，谨慎再谨慎。

☆做美容时间不要过长

孕妇去美容院做美容时，千万不要长时间保持平卧的固定姿势，必须根据自身的情况，与美容师协调好，要随时活动一下身体。

☆避免有害保养品

孕妇去美容院后会因为肌肤的改变而使心情变好，但是要注意专业的美容漂白可能会使用到影响胎儿发育的内分泌制剂，如可的松、雌激素等，一定要杜绝使用。

☆清洁很重要

孕妇去美容院的护理要以清洁为提前，尽量让自己放松。不要尝试使用电流的护理方式，因为即使电流很小也会传遍全身，会对胎儿造成不良影响。

☆按摩要小心

足部反射疗法和压点式按摩必须暂停。孕妇要享受放松解压的护理，可以采用舒缓按摩的方式，轻柔的手法同样可以达到良好的效果，而且不会使孕妇产生不良反应。

☆禁止的护理

对于孕妇来说，桑拿是完全禁止的项目，因为超过53℃的高温会增加孕妇小产的机会。对于香熏护理，怀孕1～3个月的孕妇绝不适合，就算怀孕3个月后要使用香熏油也应小心选择，以免对胎儿造成不必要的伤害。

专家提醒

孕妇在怀孕期间，毛发会受激素影响而暂时加快生长速度，增加数量，但是如果用电疗的方法清除体毛，反而会令孕妇更加烦躁，对胎儿也有不利影响。

在怀孕的最后2个月，孕妇自己可以配制按摩油，在腹部轻轻按摩，以防止出现妊娠纹，配制方法如下：2滴苦橙花油、5滴黄春菊油或4滴乳香油、1滴玫瑰油，放进10毫升基础油(杏仁油、葡萄核油或核桃仁油)中，然后打开一个维生素E胶囊，和匀即可。

给肌肤排毒

孕妇在怀孕期间，因为胎儿的生长需要足够的营养，再加上孕妇需要充沛的体力来支撑整个妊娠期，孕妇都会吃大量的营养品，因此在体内会积存一些毒素，再加上孕妇在怀孕期间一系列的生理反应，也会导致孕妇肌肤状况变差，所以需要给肌肤排毒，用最自然的状态迎接新生命。

☆食物排毒

食物是孕妇给肌肤排毒的最好方法，在排毒的同时还可以兼顾美食。

具有排毒功效的食物有很多。一日之际在于晨，孕妇在经过一个晚上的睡眠后，吃什么对身体排毒很重要。优质酸奶含有大量有益乳酸菌，可以改善便秘、调节肠胃，是肠道的健康清道夫，也是早餐最合适选择之一。全麦面包、燕麦等粗粮中含有的纤维素可促进肠道蠕动，帮助排出体内毒素。全麦食品含有丰富的B族维生素，能使孕妇白天精力充沛。薏仁玉米粥也是适合孕妇吃的，薏仁能够促进体内血液循环、水分代谢，有助于改善水肿性肥胖，薏仁还是均匀肌肤肤色的天然保养品。蔬菜和水果是必不可少的排毒食物，蔬果易于消化，积聚能量用于抵抗病毒，能提供人体维持生命状态所需的大量维生素和矿物质。而大量饮水可以起到将毒素排出体外的辅助作用。

☆护肤排毒

孕妇可以挑选一些刺激性不大的护肤品来净化排毒，通过"清洁、中和、排出"三步排出皮肤毒素。现代护肤品都把排毒作为肌肤护理的基础，强抗氧化成分是它们的显著特色，如小麦芽、绿茶、红石榴、芦荟等天然蔬果提取物等。红石榴中就含有最强的两种抗氧化剂——多酚和花青素，具有抗炎抗刺激作用。而现代护肤理念认为，抗刺激是抗老化的关键因素。定期使用具有强大吸附作用的清洁面膜，吸走肌肤深层的杂质，让肌肤享受到柔软和纯净。

☆运动排毒

孕妇要经常运动，这样能使皮肤光洁，富有弹性。因为运动能够加速人体新陈代谢，毒素就在身体不断代谢的过程中通过汗液排出。像游泳、跑步、爬楼梯等有氧运动都是理想的排毒运动。孕妇也可以做一些简单的瑜伽，促进血液循环、柔韧关节。瑜伽是一种注重身心和谐统一的运动，能帮助排毒。

克服肌肤干燥

孕妇自从怀孕后，会发现自己的身体发生了种种变化，皮肤更是比往常要敏感，而且肌肤会感到很干燥，所以这时就需要对皮肤进行一些精心护理，克服肌肤干燥。

☆乳液保湿

孕妇要克服肌肤干燥，肌肤保湿最重要。孕妇可以使用保湿乳液，以保证皮肤光滑柔软，孕妇在选择保湿乳液时一定要认真挑选，要看其成分对胎儿是否有伤害。

☆多喝水，空气保湿

对于肌肤的干燥问题，孕妇要多喝水来补充需求，这样对皮肤干涩现象也很有帮助。如果孕妇在密不透风的办公大楼上班，而且空调开放的时间又长，那么孕妇就要在办公室放一个加湿器，或者用清水喷雾的方式增加空气湿度。另外，孕妇要尽量抽些时间到室外通气的地方，让皮肤能够"呼吸"新鲜空气。

☆摄取营养，滋润肌肤

孕妇要从食物中获得充足的营养。孕妇皮肤干燥，就可以摄取蔬菜类及鱼类等富含不饱和脂肪酸或亚麻油酸的食物。孕妇可以遵照医生推荐的孕期食谱，这不仅对孕妇自身的健康和胎儿的发育有利，也是滋养皮肤的好办法。

☆选用正确的沐浴液

孕妇用清水沐浴是最安全可靠的，因为清水沐浴不会引起肌肤的任何不良反应。但过多的沐浴会刺激孕妇的肌肤，反而会使肌肤更加干燥。在怀孕期间，孕妇的肌肤变得更加娇嫩，因此应特别注意不可过多地沐浴。孕妇沐浴可以选用刺激性小的沐浴液，或者干脆用婴儿沐浴液或沐浴露。

☆避免长时间紫外线照射

即使是在冬天阳光并不强烈的情况下，孕妇也要避免长时间照射紫外线。紫外线的长时间照射，会对肌肤造成伤害。在怀孕期间皮肤黑色素本来就比较活跃，孕妇应尽量避免长时间暴露在紫外线下。孕妇防晒要避免使用任何含有香精或酒精成分的保养品，因为这不但容易对孕妇敏感的肌肤造成刺激，也会增加对紫外线的敏感性。

专家提醒

孕妇应该尽量穿着宽松、透气的棉质衣料，避免穿着合成纤维的衣料。有的孕妇喜欢穿着裤袜，希望那样会使自己的大腿和小腿更加紧绷，然而从皮肤护理方面来看，穿裤袜容易造成大腿内侧、臀部等部位的皮肤因为透气不佳而干涩无光泽。孕妇还经常会遇到乳房周围皮肤瘙痒的问题。孕妇在穿戴胸罩前，在这些部位洒上一些不含香味的爽身粉，就可以减轻胸罩对肌肤的刺激。

和色斑说再见

有些孕妇的脸部、颈部等部位会出现一些色斑，我们通常把这种现象称为孕斑，这是皮肤深处的色素沉着所致。一般这种情况会在生产完后就会消除，但是有些孕妇因为这些色斑而心情不好。其实色斑也是可以消除的。

因怀孕而损坏娇好的容颜，这对爱美的孕妇来说多少会有一点遗憾。孕妇在怀孕期间随着孕周的增加，脸上往往容易出现深褐色的色斑。色斑的发生与孕妇体内的雌孕激素升高是密切相关的，因此如何调节人体的激素平衡，纠正人体的内分泌紊乱是防斑治

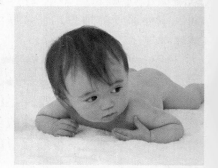

斑的关键。

为了达到防斑治斑的目的，生活调理与药物治疗应当双管齐下。

在生活上，主要就是要从吃抓起。孕妇不宜吃油腻的食物，烹调方法也应注意，尽量避免煎炸食物，以免引起上火，导致便秘，而加重内分泌的失衡。

孕妇发现自己有色斑之后，就应该尽早用药物治疗，而且选择药物尤其要谨慎，应以无毒副作用的中成药为主。比如，六味地黄丸和维生素C配合就是一个很好的典范，临床上因其具有祛斑美容的效果，因而素有"美容组合"的雅称，对孕妇无任何毒副作用，可以放心使用。六味地黄丸是一个补肾滋阴的经典名方，现代研究发现它对于调节人体内分泌和改善自主神经功能紊乱、促进皮肤血液循环、维持人体内环境稳定都有很好的作用，从而可以达到祛斑美容的效果。

在怀孕期间，孕妇一定要警惕一些化妆品对胎儿造成的伤害，特别是有些祛斑产品，由于其中含有汞，因而对胎儿的影响特别大。因为汞是一种对人体健康有害的重金属，但由于汞的某些化合物具有增白美容效果，一些不法厂商为牟取暴利，不顾消费者的健康，将汞用于祛斑美白化妆品中。这些产品的美白祛斑效果都是暂时的，一旦停用，斑又会出现。而且这种化妆品对皮肤的伤害较大，长期使用对人体的神经、消化、泌尿系统等，也有严重危害。汞还可以通过胎盘，对胎儿的健康产生危害，导致胎儿中枢神经系统发育异常。

专家提醒

女性怀孕时，由于体内激素和内分泌的变化，会使皮肤出现色素沉着或长出斑点，分娩后，大部分可以自行消退。因此，建议孕妇在怀孕期间最好不用祛斑产品。如果分娩后一段时间，色斑仍然不见消退，再选用祛斑产品也不迟。选用祛斑产品时，一定要看包装上是否注明了特殊用途化妆品批准文号。凡是在商品名称中冠以"祛斑"字样，或在说明书中表明有祛斑功能，而未标此文号的化妆品，应该认定为不合格产品。

呵护肌肤远离过敏

有些孕妇在怀孕期间会有过敏现象，皮肤过敏是最常见的过敏现象。因为有些女性以前从未有过敏情形，到怀孕时才首次出现，因此很容易失去警觉。无论是否已确定为过敏体质，每位孕妇都要了解过敏的常识，精心呵护肌肤，远离过敏现象。

☆穿着以棉质为佳

孕妇的穿着应该以宽松为原则，腰带勿过紧，以免皮肤受压迫而发生过敏现象。尽量避免穿毛料衣物及使用地毯，因为毛料会刺激皮肤，且毛絮及地毯中的灰尘会引起哮喘发作，所以衣物应该改用棉质为佳。孕妇在皮肤痒的时候记住不要抓挠，因为这对抓伤的部位伤害很大，将来该部位再过敏的几率很高，且抓伤后痒的范围更扩大，会形成恶性循环。皮肤过敏的孕妇最好在还没出现过敏症状就找医生开止痒药膏，一痒就擦，这样能在最短时间控制症状。

☆杜绝过敏原

孕妇要保持生活环境干净，需要丢弃的食物必须密封，以免引来蟑螂，因为蟑螂的排泄物会引起过敏。要避免接触灰尘，室内湿度最好保持在60％以下，必要时可使用除湿机。孕妇不要养猫、狗等宠物，猫的毛皮屑比狗还容易引起过敏，而且此类过敏原会在家中停留长达3个月之久，外出时要注意花粉也可能引起过敏。

☆食物的控制

有些孕妇会对食物过敏，以往吃某些食物发生过过敏现象，在怀孕期间应禁止食用。不要吃过去从未吃过的食物或霉变食物。在食用某些食物后如发生全身发痒、出荨麻疹或心慌、气喘，或腹痛、腹泻等现象，应考虑到食物过敏，立即停止食用这些食物。但是在没确定是什么食物过敏时，不建议对食物特别限制，以免影响孕妇营养的摄取。

一般比较容易引起过敏的食物包括海鲜、贝壳类、坚果类、花生，甚至某些水果也可能会引起过敏。要特别提醒的是，酒类要禁止饮用，麻油鸡、羊肉、姜母鸭等食物也都应避免食用。

怀孕期间可以使用香熏精油吗

　　香熏精油是指从花、叶、水果皮、树皮等所提取出的一种挥发性油。香熏精油一般具有植物特有的香味，同时也有着一定的药理功效。有些孕妇听说香熏精油可以美容，想买一些来保持孕期的美丽，但许多的精油使用方法中都有标注"禁止孕妇使用"，让孕妇感到困惑。那么，怀孕期间可以使用香熏精油吗？

☆是否可以使用

　　精油使用方法中标注"禁止孕妇使用"，主要是因为纯度过高的精油具有一定的微毒性，虽然对于一般正常人并无严重的伤害，但是对于代谢系统与吸收系统都很敏感的孕妇与胎儿，却有一定危险。如某些精油有调经的功能，对于孕妇有引发流产的危险；如果曾经流产，也最好不要使用。当然并不是所有的精油都不适合，有些精油甚至还能对孕妇有相当大的帮助，能减轻孕妇怀孕期间恶心、背痛及脚和足踝水肿等问题。

☆不能使用的精油

　　一般来说，怀孕期间不能使用含激素类或通经类成分的精油，包括罗勒、桦木、雪松、快乐鼠尾草、丝柏、牛膝草、茉莉、杜松、马郁兰、没药、玫瑰、肉豆蔻、薄荷、迷迭香、龙艾、百里香、肉桂、艾草、山金车、圆叶当归、甜茴香、冬青等。同时，孕妇在怀孕初期，即前4个月也最好不要使用任何精油。

☆精油的使用

　　如果孕妇希望通过精油来达到美容或舒缓压力

等目的，应根据个人情况向专业人员咨询，并选用未经掺兑的高品质纯正精油。孕妇怀孕4个月后，可以使用精油调和植物油来按摩身体，或以精油熏香，可选用柑橘、檀香、天竺葵、香橙、薰衣草等。茉莉仅被使用于怀孕的最后数小时，可以促进子宫收缩。

☆注意事项

无论是熏香还是按摩，都只能使用微量精油，还应经过稀释的步骤。如按摩时，精油用量只能到按摩油的1%；泡澡时用3～4滴精油，以基础油稀释后再加入洗澡水中。按摩时，在肩颈、腰间尾椎、腹部等处一定要轻柔，不要用力，如果孕妇有孕吐、恶心、腹泻、阴道出血、腹部疼痛、高血压或深层静脉血栓形成等问题，最好不要进行按摩。此外，在使用熏香法时，要将窗户打开，让室内的空气流通。

> **专家提醒**
>
> 使用精油的确有一定的好处，但一定要了解精油使用的禁忌，才不会造成遗憾。许多精油含有具有毒性的酮，而酮向来是孕妇及胎儿的禁忌，不宜长期和高剂量使用。因此，孕妇在使用精油时必须格外小心，要了解所要使用精油的特性，如果标注"孕妇禁用"等字样最好不要使用。

改变怀孕后肌肤易疲倦的现象

怀孕后的女性经常感觉到疲倦，而肌肤也随之变得更加敏感。肌肤和人一样，也容易出现疲倦的现象。当肌肤疲倦出现后，肌肤原来的弹性及水嫩随之消失了，表现出的则是很容易浮肿的状态。

那么，如何改变怀孕后肌肤容易疲倦的现象呢？

☆营养的补充和摄入

人的皮肤需要各种维生素和氨基酸，如果缺乏这些营养，可能会患上各种疾病，使皮肤老化。如缺乏维生素B_2可引起脂溢性皮炎，毛囊角化；缺少维生素A可引起皮肤干燥，脱屑，长毛囊性小角刺，皮肤显得粗糙；缺乏维生素P，人体对阳光的耐受力低，易患皮炎；缺乏维生素B_1，有些人可出现面部浮肿或脚气等。

因此，怀孕期间应注意饮食，保证足够的营养。如今人们有一种偏见，以为不缺吃、不缺喝就没有营养不良的问题，其实偏食就是个大毛病，要食用一些含蛋白质比较多的食品，如肉、蛋、奶和豆制品，这样能使皮肤下的肌肉丰满并有弹性，防止皮肤松弛，推迟皱纹出现。

同时，人体皮下脂肪中含有一定量的不饱和脂肪酸，这是维持皮肤柔细和富有弹性的重要物质，但这种物质容易被氧化，产生过氧化脂，使皮肤衰老松弛，失去弹性。因此，必须多食含维生素E高、抗氧化作用强的食物，如豆油、葵花籽油、花生油等。

☆不可忽视的水分补充

人们很容易忘记水对皮肤美的重要性，怀孕期间尤其如此。事实上，皮肤失水时，变得又干又紧，皮肤湿润时，既松软又柔嫩，所以要多喝水，少吃咸的东西。利尿物质对于皮肤是十分重要的，必须减少水分在细胞组织中停留的时间，促进水分在体内的循环流动，这样能排除杂质，保持皮肤的清洁与新鲜。花草茶已被证实是温和、有效的利尿剂。

☆热度是皮肤的大敌

这是因为热度会蒸发人体的水分，致使皮肤变得干枯和衰老。最好的办法是增加空气的湿度，在热源附近放置水分调节器，或者在居住环境中种养一定数量的植物，它们能增加室内的湿度、降低温度。

☆杜绝不良的习惯

酗酒与吸烟对皮肤的危害极大，会增加皮肤中的杂质，使脸上出现斑点，变得干枯，容易起皮，肤色不匀。抽烟时，含着烟卷的嘴唇要收拢，嘴唇周围一定会形成皱纹，唇膏渗进皱纹里，也会加深皱纹。

专家提醒

有些孕妇经常眼睛肿肿的，一脸倦容，这是因为循环负荷加重，容易引起浮肿现象。将两块湿海绵冷冻20分钟，轻轻搭在眼睛上，可以迅速消除肿眼泡。此外，具有润滑作用的滴眼液对疲惫的眼睛是一种良好的活力剂，最好同时补充大量的水分，因为在脱水状态下，滴眼液无法发挥作用。

拯救出油出痘的肌肤

有些新妈妈在刚生完宝宝后发现脸上会冒出痘痘来，这种情况该如何是好呢？

产后的新妈妈身体内部的激素分泌发生改变，有些新妈妈面部的"T"

形区过多地出油，冒出痘痘、斑点，甚至出现脱发。这种情况很多新妈妈觉得是正常的现象，过段时间自然就好了。其实不是这样的，一旦新妈妈出现了这种状况，应及早引起注意，不能耽搁，不然会留下后患。

☆痘痘问题会影响到宝宝

有些女性在生完宝宝后，痘痘会选择在嘴旁"安家落户"，而且特别有肿痛的感觉，甚至以往肌肤如玉的新妈妈也会遭此袭击。中医学认为，产后长痘痘除了内分泌变化这个原因外，还有可能是情绪压力及睡眠受到影响造成的。另外，也不能排除坐月子时恶补过头等因素。特别是本身身体属性就偏燥热的新妈妈，如果进补不当，也会令身体内"火"气冲天，这样不仅会令自己有"面子"问题，更会通过奶水影响到宝宝！

对于这种情况，新妈妈一定要注意做好以下几条：①产后要勤洗脸，同时要选择性质温和的洗面奶，还要注意用温水。②选择一款补水又不含油分的面霜。③多喝开水、多吃含有维生素C的水果蔬菜，注意肠胃是否排泄正常，保持睡眠充足。④现在的生活条件很好了，日常饮食营养的积累也比过去好得多，所以生产以后也不需要恶补了。

☆做好防晒与控油的工作

很多女性，尤其是一些油性皮肤或容易长痘的人都有一个很大的疑问：防晒与控油如何才能两全？万一外出旅游被晒得皮肤红痛，又有什么紧急解救办法？

专家表示，工艺比较落后的防晒霜确实存在控油的隐患问题，它们的防晒成分往往比较厚腻，而且会加入一些乳化剂等添加剂，容易造成皮肤毛孔堵塞。但最新的防晒霜产品都改进很多，配方中容易生粉刺的矿物油也减少很多，涂在脸上感觉也不是很厚，如果皮肤性质为中性、干性或混合性皮肤，则不太会出现控油的困扰。

如果严格按照防晒的要求，为达到防晒效果，每平方厘米的皮肤上要涂到一定克数

的防晒霜，这样一来，皮肤上的防晒霜必定会涂得很厚。事实上，一般女性不可能做到如此细致，而皮肤科专家也不特别建议这样做，因为防晒霜毕竟只是防晒的手段之一，如果出门时戴顶大帽子、撑把遮阳伞或戴副墨镜，效果要比使用防晒霜好多了。只有在没法采取上述手段时，才需要全面依赖防晒霜。

> **专家提醒**
> 　　新妈妈在选择洗面奶的时候应注意所选用的产品是否适合自己。其实过强的泡沫洁面液会带走脸上的水分及皮脂，所以最好选用不含泡沫、性质较温和的洗面乳洗脸。洗脸时水温最好在20℃左右，过热会令皮脂水分流失，过冷又无法达到清洁的效果。

全面修复肌肤，消灭妊娠斑

孕妇在怀孕期间体内激素水平会发生变化，如血液中雌激素、孕激素或促黑色素细胞激素水平增高，从而使黑色素细胞活性增加，黑色素增多。沉着的色素常常于妊娠早、中期间出现，并逐渐加重至足月生产，这种黑色素的沉淀被称为妊娠斑。

专家认为妊娠斑是由于孕期内分泌的变化引起的，产后会慢慢减轻或消失。在怀孕及产后期间的细心呵护，能使孕妇减少很多烦恼，帮助消灭妊娠斑。

☆避免阳光直射

日光的照射会加重妊娠斑的颜色，因此，孕期应注意避免日光的直射。

☆避免使用过多化妆品

怀孕期间皮肤比较敏感，如果过多地使用化妆品，会刺激皮肤，引起过敏症状。可选用对皮肤刺激小的护肤品，不宜浓妆艳抹。

☆避免长时间日晒

美容专家们认为，孕妇应该尽量避免长时间日晒，在室外活动时最好能以物理方式防晒，比如使用有防紫外线作用的遮阳伞、戴遮阳帽、着长袖上装等。孕妇不宜使用防晒化妆品，尤其是化学防晒剂配方的产品，以免化学成分对皮肤产生刺激。

☆对付油脂分泌过多

妊娠期中，很多女性面部油脂分泌旺盛的情况会加重，皮肤变得格外油腻，"T"形区域更甚。美容专家们建议孕妇使用一些具有去油作用的化妆品，令肌肤感觉清爽自然。总之，怀孕后皮肤很敏感，要使用温和、纯净的高品质化妆品。

☆注意空调环境与室外活动对肌肤的影响

妇幼专家们提出，室内的空调环境与室外活动均会影响皮肤水分的平衡状态。孕妇可以选择保湿率超过人体皮肤保水率的天然保湿护肤品。随着胎儿的生长，孕妇的睡眠肯定会受到影响，面色变得憔悴，出现黑眼圈，所以，使用眼霜对眼部进行保养是有必要的。

☆冷热水交替冲洗加速妊娠斑的消失

祛除妊娠斑，专家推荐了一种简便易行的方法：冷热水冲洗。坚持用冷水和热水交替冲洗脸上长斑的部位，能促进相应部位的血液循环，加速黑色素分解。

> **专家提醒**
>
> 用食物防治妊娠斑，最主要的是补充维生素。多吃富含维生素C的水果，如猕猴桃、西红柿、草莓等，以及富含维生素B₆的乳制品，非常有效。
>
> 另外，还可自制中药面膜。将柿子树的树叶磨成粉末，取30克，与30克白凡士林充分混合，制成外搽膏剂。每天睡前涂于长斑处，次日晨起后洗净。需连搽半个月至1个月才能奏效。或者用鸡蛋2个、茯苓粉30克，取蛋清调入茯苓粉，再加适量水调成糊状涂于面部，20分钟后用清水洗去。

抵抗肌肤衰老

孕妇在怀孕期及其后的哺乳期，是衰老最快的时期。有些孕妇对胎儿的安全非常关心，对自身的健康却忽视了。在这一时期，孕妇如果在营养摄取上不加以注意，则孕妇自身的健康很容易受到影响，导致衰老。

一般来说，易导致衰老的常见食物有以下几种：

☆含铅量高的食品

孕妇食用过多含铅量高的食品，会引起记忆力衰退、痴呆、智力发育障碍等疾病，而且还会使孕妇的脸色灰暗，过早衰老。因此，孕妇最好少食用含铅量高的食品。含铅量高的食品有爆米花、松花蛋、罐装食品、饮料等。此外，近海的海产品受到环境的污染较严重，含铅量也较高。

☆腌制类食品

在腌制鱼、肉、菜等食物时，加入食盐的食物容易产生亚硝酸盐。亚硝酸盐在人体内酶的催化作用下，易与体内的各类物质作用生成亚胺类的致癌物质，孕妇吃多了有患癌症的风险，而且能促使人体早衰。

☆高脂肪高胆固醇食品

高脂肪高胆固醇食品，如动物内脏、蛋黄、奶油蛋糕、人造奶油、黄油、猪油、肥肉等。孕妇如果过多地摄入这些食品，可能引起肥胖症、高血压、动脉粥样硬化、心血管疾病等，而且内脏脂肪的沉积也会加速器官的老化。

☆霉变食物

当谷物、油类、花生、豆类、肉类、鱼类等发生霉变时，会产生大量的病菌和黄曲霉素。孕妇如果食用这些食物，可能发生腹泻、呕吐、头昏等症状，而且会促使人早衰。

☆水垢

茶具等用久后会产生水垢，水垢中含有较多的有害金属元素，如镉、汞、砷、铝等，如不及时清除干净，孕妇饮用时可能会引起消化、神经、泌尿、造血、循环等系统的病变而引起衰老。

☆过氧脂质

一些煎炸过的食物，煎炸所用的废油，长期晒在阳光下的鱼干、腌肉等含油脂多的食品，在空气中都会逐渐变质而产生过氧脂质。研究认为，长期摄入含有过氧脂质的食品对人体有很大的破坏作用，可导致衰老。

☆烟酒

孕妇如果吸烟，烟中所含的尼古丁、焦油及一氧化碳等为胆固醇的沉积提供了条件，使孕妇动脉硬化而衰老。酒精饮料会使孕妇肝脏发生酒精中毒而发炎肿大，使孕妇出现早衰现象。

专家提醒

研究认为，食用油在高温下可能会释放出含有丁二烯成分的烟雾，长期大量吸入这种物质不仅会改变人的遗传免疫功能，而且易患肺癌。为了避免这种危害，在制作菜肴时，食用油加热最好不要超过油的沸点，以热油为宜，以免烟熏火燎损害健康。

产后呵护肌肤的基本原则

刚刚生下宝宝后，孕妇体内的激素会发生改变，将使孕妇的肌肤出现角质层过厚、"T"形区多油、长痘痘、腿部粗糙浮肿、妊娠纹、脱发等"产后肌肤综合征"。不过现在爱美的孕妇不必恐慌了，只要掌握产后呵护肌肤的基本原则，坚持保养操作，这些肌肤问题很快就能得到解决，肌肤一样可以获得美丽新生。

☆补水保湿去角质

由于受到内分泌的影响，孕妇产后面部皮肤水分蒸发加快，皮肤角质层缺乏水分，于是开始出现肌肤衰老的迹象。因此，产后呵护肌肤要先去角质。

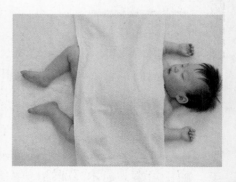

产后可以在按摩及洗脸后去角质，一般来说，鼻周、额头、下巴部位的油垢角质最多，可以使用适量的天然角质乳或角质霜，轻轻揉擦脸部的粗糙角质。在去角质的时候需要注意，要按照皮肤生长的方向去除，不可太用力，也不要一下子去得太多，否则可能会引起皮肤焦伤或脱皮、敏感等情况，反而不好。

☆清心祛火去除痘痘

产后，痘痘常会出现。因此，产后应尽快恢复正常的护肤程序，特别是要勤洗脸，同时要选择性质温和的洗面奶或香皂；要选择补水又不含油分的面霜；要多喝水，多吃富含维生素C的水果蔬菜，并注意肠胃排泄是否正常。

☆多补蛋白防下垂

很多人在怀孕后罩杯都会升级，但可惜的是，胸部在哺乳后会恢复原来的CUP，而且会变得容易下垂，这是胸部缺乏弹性的表现。产后三个月是新妈妈重新塑身的黄金时间，补充蛋白质则能很好地实现预防下垂的愿望！比如，哺乳期间不能在胸部涂抹塑胸产品，但可以在这个时期多多补充蛋白质和胶质，比如多吃猪蹄和牛筋。

☆保持滋润防妊娠纹

怀孕时因子宫变大而使腹部表皮层承受大幅度的拉扯，真皮受到扩张的压力，脂肪组织开始断裂，并且出现轻微发炎及红肿，这体现在肌肤上的症状就是妊娠纹。新妈妈出现妊娠纹的位置大多在下腹部、肚皮处。美体专家指出，调理腹部肌肤的最佳时间为产后1～6个月。确保肌肤的滋润度最好从怀孕开始就注重应用润肤乳霜进行保养，每天搽抹全身以保持肌肤的滋润度。即使产前没有妊娠纹的新妈妈，同样不能省去这个步骤。

> **专家提醒**
> 很多新妈妈无法接受自己变胖的身体，一心减肥！专家认为，新妈妈生产后不要急于产后速瘦，而是要配合适当的运动，这样才不至于忽胖忽瘦，而容易产生妊娠纹。

产后去皱的绝胜法宝

有些妈妈发现生完宝宝后自己的肌肤开始出现了皱纹，这个时候该如何是好呢？怎样祛除这些产后皱纹，如何呵护好自己的肌肤呢？

☆保持一天8杯水

水能维持肌肤润泽，促进营养素的运输及供给，促进肌肤细胞中蛋白质分子与水分子的结合，使肌肤更具弹性，所以每天应该喝8大杯水。但喝水也要遵守几个规则，才能达到最佳的健康及美容效果。

早晨先空腹喝一大杯水，再右侧卧15分钟，有助调整肝胆功能，促进排便正常。

饭后不宜喝太多水，因为太多水只会把胃中的消化液冲淡，影响食物消化吸收。

临睡前不宜喝得太多，以免水分滞留于全身组织中，形成水肿和眼袋。

忌喝冰水。冰水会使消化分泌受阻，令消化器官负荷加重，导致消化不良，最好是喝温开水。

牛奶、果菜汁等也可代替水分，而且对美容有帮助。

☆做好面膜养护

爱美的女性家中都备有很多的面膜，而做好面膜对肌肤有着非常好的养护作用。面膜的使用原则是，只有水分面膜是可以天天做的，而其他如具有深层清洁、美白及修护功能的面膜，则只可以一周做2～3次。所以，在有需要的时候，可以先敷水分面膜，然后再做其他面膜。不过，每天都做水分面膜，只适合皮肤状况比较成熟的人，对于比较年轻的肌肤，还是应避免营养过量的护肤程序。

☆运用窍门祛皱

米饭团去皱：当家中香喷喷的米饭做好之后，挑些比较软的、温热又不会太烫的米饭揉成团，放在面部轻揉，把皮肤毛孔内的油脂、污物吸出，直到米饭团变得油腻污黑，然后用清水洗掉。这样可使皮肤呼吸通畅，减少皱纹。

鸡骨去皱：鸡皮及鸡的软骨中含大量的硫酸软骨素，它是弹性纤维中最重要的成分。把吃剩的鸡骨头洗净，和鸡皮一起煲汤，不仅营养丰富，常喝还能消除皱纹，使肌肤细腻。

啤酒去皱：啤酒酒精含量少，所含鞣酸、苦味酸有刺激食欲、帮助消化及清热的作用。啤酒中还含有大量的维生素B、糖和蛋白质。适量饮用啤酒可增强体质，减少面部皱纹。

咀嚼去皱：每天咀嚼口香糖5～20分钟，可使面部皱纹减少，面色红润。这是因为咀嚼能运动面部肌肉，改善面部血液循环，增强面部细胞的代谢功能。

专家提醒

产后，新妈妈会发现自己的唇部不如以前有光泽了，而且出现了唇纹。此时，帮助唇部肌肤恢复以往的光彩也成了新妈妈的重要养肌功课。为了使唇部肌肤看上去更健康，有的新妈妈喜欢用唇彩，而唇彩最大的缺点就是油分含量高，容易脱妆，很容易被吃掉，所以要记得经常补妆。同时，唇彩不可涂得过厚，千万不能有刚吃完猪蹄那种油乎乎的感觉。涂抹前应先用具有滋润功效的唇膏，然后再涂抹薄薄的一层唇彩，效果是最好的。涂得过厚，反而容易脱落，甚至喝水、说话都会脱色。

第八章　性生活——孕妇也可谈性事

很多人觉得女性一怀孕，性生活就和她们无关了！而孕妇自己也对性事逐渐失去了兴趣，不是因为自己不需要，而是怕伤害胎儿。其实，专家认为，怀孕期间并不是不能有性事，而是应有所控制，同时注意相关的细节。因此，对于性生活，夫妻双方都要做好足够的心理准备，掌握相关的细节，使孕期生活更充实和快乐！

孕期遭遇"性真空"

很多年轻夫妻是经过精心的准备后按计划怀孕的，他们一定认真阅读了相关书籍，详细了解了有关怀孕的相关注意事项。然而，有些事情可能是年轻的夫妻们没有考虑到的，那就是孕期的"性真空"。有一天，发现怀孕了，当你欣喜地准备做母亲时，医生却告诉你，在一段时间内，你不能和丈夫过性生活了。这其实只是一个常识性的健康保护措施，但是在我们周围，却发生了许多妻子怀孕后，遭遇丈夫出轨的故事。很多孕妇为此而备感伤心，甚至为此离婚、流产不要孩子的也大有人在。平稳地走过这个非常时期，夫妻关系会更加融洽美好；不能平稳地渡过，家庭幸福之路将遭遇坎坷。

☆女性观点

怀孕后，由于怀孕的种种反应，尤其是孕早期出现的尿频、呕吐、腰酸背痛等症状往往会让女性失去很多性趣。很多男性觉得这个时候的女性似乎有些性冷淡，其实，这也是一种误解，因为据调查女性在怀孕期间还是有性需要的。

从某种角度上来说，似乎女性比男性对孩子更有一种潜在的责任心，这好像与女性的母性特点相联系。一般来说，女性在怀孕后也有性需求，

但是大多数女性都会从孩子的健康角度考虑，暂时克制自己，那毕竟关系到孩子的一生。但有时，男性在这个问题上似乎做得还不到位。

因此，当女性知道丈夫在自己怀孕期间出轨之后，大多会比较伤心，比较愤怒。也有许多女性抱怨，自己怀孕时，也面临着巨大的性压力，需要很多的关怀，为什么在这种非常时期，还需要花费那么多精力替丈夫考虑呢？很多女性很难接受丈夫出轨，他为什么会这样？仅仅只有几个月的时间，他就需要用和另外一个女人的关系来代替怀孕期间出现的"性真空"吗？更多的女性会觉得如果男性克制不了一时的性冲动而出轨的话，唯一的理由是他的品德有问题，这样的男人缺乏责任心。

☆男性观点

然而，问题再从男性的角度来看，似乎又有些有趣的变化。通常这个时期丈夫出轨，大多只有一个理由，那就是自己只是为了性才出轨，他依然深爱着妻子，然而这个理由到了女性那里却未必行得通。

新婚后，夫妻双方的性爱正渐入佳境，然而怀孕的发生，往往会使双方性爱来个急刹车，为此给男女双方都带来了很大的考验。有些男性反映，他们会感到失落。一是因为妻子有了孩子的牵挂，男人感觉自己不再是她的唯一了；二是因为缺乏正常的性生活，男人会明显感觉自己的不安。从这个角度来看，似乎男人也有自己的出轨理由，似乎男人说的也是对的，他们的确可能只是为了性才出轨的。

事实上，妻子怀孕后，男人女人都需要及时地进行性心理保健，因为无论意外怀孕还是预期怀孕，正常的夫妻性生活都要受到影响。很多男人认为，怀孕后他们依然更渴望和妻子的情感交流。有的人会认为夫妻之间"久别胜新婚"，但"久别胜新婚"的前提是夫妻之间深厚的爱，彼此在内心的思念和渴望，不然，"久别"只能加深距离感。还有不少男人抱怨，妻子怀孕后，有些妻子

甚至会粗暴地拒绝丈夫，让丈夫觉得很伤自尊。似乎女性也在这些不经意之间，把丈夫推向了出轨的边缘。

专家提醒

那么，在怀孕期间，这个"性真空"真的不可避免吗？有没有什么好的办法让丈夫不出轨呢？

专家建议，妻子首先在情感上要加强和丈夫的交流。男人有时就像一个长不大的孩子，怀孕前，他是妻子的甜心，妻子天天围着他转，怀孕后，妻子以孩子为重心，不再围着自己转了，男人的中心地位失去后，可能会有失落感。其次，夫妻双方可以尝试一些新的性生活姿势。只要这些姿势是不伤身体、不伤害胎儿的性方式，都可以继续进行。夫妻双方都要摆脱传统观念束缚。妻子怀孕后，在一定条件下夫妻间还是可以有性生活的。

孕期性生活的好处

一般来说，在怀孕的最初3个月，胚胎刚发育，胎盘还未形成，胚胎"扎根"不牢，最好不要过性生活，以免惊动胎儿，发生流产。尤其是婚后多年不孕和有流产史的孕妇，更应禁欲。到了妊娠中期，早孕反应过去了，胎盘已经比较牢固，妊娠进入稳定期，此时孕妇的心情开始变得舒畅。由于激素的作用，孕妇的性欲有所提高。加上胎盘和羊水的屏障作用，可缓冲外界的刺激，使胎儿得到有效的保护。因此，妊娠中期可适度地进行性生活，这也有益于夫妻恩爱和胎儿的健康发育。

☆促进夫妻情感

和谐的性生活，是需要夫妻双方生理上互相弥补、心理上相互沟通而完成的。经过怀孕最初3个月的禁欲，现在夫妻双方可以稍微放开一些，进行一些性生活。适当的性生活可以增加夫妻情感，使夫妻双方不至于因为怀孕而导致情感冷淡，使夫妻的关系发生危机。此时进行适当的性生活，还可以防止

丈夫为了满足性欲而出轨。不过，如果缺乏必要的性生活和卫生常识，仅凭一时性冲动，粗鲁行事，会给身体健康带来不应有的损害，加速衰老的进程。

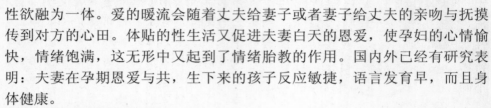

☆有利胎儿发育

妊娠期，美满的性生活能充分地将爱心和性欲融为一体。爱的暖流会随着丈夫给妻子或者妻子给丈夫的亲吻与抚摸传到对方的心田。体贴的性生活又促进夫妻白天的恩爱，使孕妇的心情愉快，情绪饱满，这无形中又起到了情绪胎教的作用。国内外已经有研究表明：夫妻在孕期恩爱与共，生下来的孩子反应敏捷，语言发育早，而且身体健康。

☆促进女性健康

女性怀孕后，由于激素的影响，阴道内的糖原增多，这使得妊娠期阴道内环境非常有利于细菌的生长和繁殖。因此，在经过妊娠早期一段时间的禁止性交之后，恢复性生活时，丈夫务必将包皮垢及龟头冲洗干净，以避免妻子的阴道遭受病原微生物的侵袭，从而诱发宫内感染。因为宫内感染是危及胎儿生命的重要诱因。另外，丈夫的精液中含有一种精液胞浆素，它具有与青霉素相媲美的抗菌功能，能够杀灭葡萄球菌等致病菌，可以清洁及保护孕妻的阴道。

专家提醒

在夫妻双方进行性生活的时候，有个基本原则，即"不要强人所难"。夫妻间的性生活应该在双方高兴、精神愉快并有强烈的性欲要求的情况下进行。决不宜在只一方有性的欲望和性冲动，而另一方心情忧郁的情况下进行性交。这样不仅得不到性生活的和谐，还会使情绪不好的一方对性生活反感。

有关资料证实，不管妊娠月份的长短，精液对子宫的收缩作用都明显增强了。由于精液中的前列腺素可使孕妇子宫发生强烈收缩，因此在性生活后不少孕妇可出现腹痛现象。如果性生活过于频繁，子宫经常处于收缩状态，就有导致发生流产的危险。因此，妊娠中期的性生活以每周1～2次为宜，切忌过度和劳累。

性生活与孕前有所不同

孕期虽是特殊时期，但还是可以有适度的性生活，而且对于年轻的夫妻来说，完全禁止性生活也不太可能。不过要注意，在孕早期和孕晚期尽量克制不要过性生活，而孕中期以后，胎盘完全形成，与子宫联系紧密，胎儿在子宫内已安定下来，流产的危险性大大减少，孕妇早孕反应消失，心情好转，可以适当地进行性生活。即便如此，此时的性生活和孕前也应该有所不同。

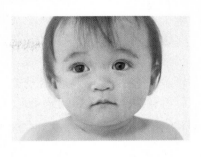

☆卫生要求提高

虽然孕前就应该注意性生活的卫生问题，但是到了怀孕期间，对性生活的卫生情况要求更高。因为夫妻双方一旦没有做好清洁卫生工作，往往可能会导致感染并影响胎儿。

☆本身要求变多

首先，性生活次数、时间与孕前相比要减少。其次，性生活体位要注意，不要压迫孕妇的腹部，通常侧卧体位比较科学，丈夫也可采取从背后抱住妻子的后侧卧位。再次，动作不要太激烈，不能用力过猛，幅度不要太大，不要猛烈刺激子宫，时间也不要太长。如果出现意外出血或肚子痛等突发状况，应立即停止性生活，必要时要去医院检查。最后，性生活时不要刺激孕妇乳头，以免反射性引起子宫收缩导致流产。

☆最好有安全措施

因为男性精液中含有大量的前列腺素，性生活时可经女性阴道被吸收，参与女性体内多种代谢活动，影响局部的循环，产生一系列反应。据医学研究发现，前列腺素共有13种，在人体内各种类型的前列腺素含量也不一样，对子宫的作用也可因是否妊娠而有区别。如果女子没有受孕，前列腺素E可以抑制子宫生理性收缩，使子宫肌肉松弛，以利精子向输卵管移动，促

进精卵结合；前列腺素F虽说对子宫有收缩作用，但含量较少。在妊娠期，前列腺素对子宫的作用将明显增强。因此，在孕期的性生活中，丈夫最好戴上安全套，这样可以避免精液流入子宫，从而避免产生子宫收缩，也能够达到保护胎儿的目的。

另外，过去有流产史、早产先兆、阴道出血、妊娠尿毒症、性交疼痛、严重合并症问题的孕妇，不能进行性生活。阴道感染的孕妇，需治愈后再行房，以免病菌感染胎儿。

专家提醒

虽然说性生活有了高潮会让夫妻双方都感到很兴奋，也会增进夫妻双方的感情。很多年轻夫妻在孕前都可能会有性高潮的经历，在怀孕之后进行性生活的时候却往往不能如愿。这是因为胎儿会增加母亲的孕酮指数，保证安全怀孕，并通过提高高潮抑制剂——泌乳刺激素来防止子宫收缩。因此，女性高潮强度将下降。一般来说，孕妈妈很难在怀孕10～20周后有高潮。因此，有的夫妻会尝试通过过度刺激子宫颈来产生高潮，这是错误的做法，因为这样可能会导致流产。

孕期常见的性心理

怀孕对女性来说是很重要的，她们从心理上会产生一种自豪感，因为怀孕可以体现一个女性的价值，也显示出女性的特殊贡献。从这个角度上来看，妊娠期可以说是女性一生中的特殊阶段，这个阶段使女性几乎成了完全不同的另外一个人。进入孕期的女人，以自己的整个身心，真切地体验着神秘的生命孕育过程。她几乎将全部情感和精力注入了腹中那个正在渐渐成熟起来的小生命。那此时的女性还需要性吗？此时的她们有什么的性心理呢？

☆为胎儿担心而克制自己

很多孕期女性害怕与丈夫过性生活会伤害胎儿，因而努力克制自己的性兴奋。当然，在孕早期可能会由于早孕反应等问题而影响女性性要求，不过她们还是希望可以得到丈夫的关心和照顾，也希望得到丈夫的拥抱等。由于现在的信息传播快速、丰富，一般女性在怀孕前都了解了许多关于孕期的知

识，当然也了解了不少关于孕期性生活而导致流产的例子，为此可能直接影响女性怀孕后的性心理。当对流产的恐惧压倒了性欲要求时，孕期女性便会尽量避免实际的性生活，当她们避免性生活的动机或"苦衷"不能为其丈夫所理解时，她们便可能渐渐地弱化性欲望，从而使夫妻的性生活更加不和谐。

☆不自信而不敢提性要求

尽管女性会为自己怀孕而骄傲，也会为自己的形体变化而感到自豪，但却害怕别人尤其是丈夫不喜欢自己的形体。其实，这是一个误解，一个男人对于自己妻子孕期的形体往往觉得很美，至少觉得不难看，更不会反感，也不会因之影响他们对妻子的性兴趣。关于因怀孕后形体变化而影响性生活的看法，完全是个美丽的误会。

也有可能怀孕前女性就十分重视自己的形体，认为自己的形体是吸引丈夫的重要因素之一，因此，当怀孕之后，她们看着自己日益变形的形体，心里会默默地产生一些伤感，也不太确信现在丈夫是否还喜欢自己的体形。由于这些担心，使她们没有信心轻松自如地投入性生活。久而久之，她们便会压抑自己的性欲，对实际的性生活表现出疏远或淡漠的态度。不过，没有上述心理负担的孕妇仍占多数，她们性兴奋增加，满足性要求的欲望也较强。

专家提醒

当女性怀孕之后，腹中那缓缓蠕动的小生命更是将孕妇带入了一个神奇的幻想世界，孕妇在其整个孕期中自始至终都在参与和体验着神秘。因此，当一个女人腹中有了一个新生命的时候，她会不由自主地将情感的大部分倾注到那个生命上。虽然此时她仍然依赖丈夫，甚至比以前更加依赖，但她只是希望从丈夫那里得到所需要的情感关怀，却将丈夫所需要的自己的情感关怀全都倾注到了腹中的新生命上。也就是说其情感中心在胎儿那里，而不是在丈夫那儿，这时就产生了孕期的移情现象，自然对性生活也会表现出或多或少的冷淡。移情现象在产后继续维持并有强化趋势，丈夫往往产生被疏远、被忽视的感觉，久之会影响夫妻关系，因此这应该引起夫妻双方，尤其是女性的注意。

孕早期性生活的安全姿势

一般来说，孕妇过性生活对胎儿的影响，主要表现在孕期的前三个月和后三个月。孕早期，胎盘尚未发育完善，胚胎附着于子宫尚不十分牢固，是流产的好发时期。此时性高潮时的强烈子宫收缩，有使妊娠中断的危险，所以应尽量避免房事，预防发生流产。特别对过去曾有流产史、先兆流产的女性，或年龄较大、求子心切者等，应禁止性生活。倘若实在克制不住，可以适当进行，不过次数和强度都要控制好。怀孕头一个月内，大多数性生活姿势都是可取的。随着腹部的隆起，性生活时应避免男方在上面压迫女方的腹部。以下姿势可以尝试一下，未必完全适合自己，不过对于胎儿的安全来说，比传统的姿势应该更有所保障。

☆女上男下式

这个姿势对于孕期女性来说可以一直受用，尤其是到了孕中期或孕后期，腹部已经很大了的情况。这种姿势下腹部不受压迫，因而相对比较安全。

☆侧卧式

这种姿势的要领是男方侧卧，女方仰卧，同时双脚搭在男方双腿之上。这样可面对面做爱，而且使腹部不受压迫。此外，此姿势还不影响性交前的爱抚。

☆坐入式

孕早期，女性的腹部还不太大，凸起并不明显，可以采用这种方式。此动作的要领是女方面对面坐在男方双腿之上，由于此姿势男方插入较深，双方快感明显。不过，当腹部变大时，女方可转过身体用坐姿后入式。但要注意，由于这种方式比较容易引发性高潮，所以在性生活过程中

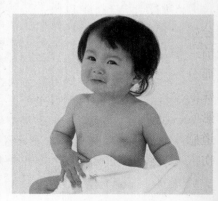

要控制好，以免由于过分兴奋导致早产。

☆**后入式**

这种方式一般是女性用四肢支撑，俯卧姿势，男方采取跪姿后入式。此姿势不仅不会压迫腹部，而且不影响男方对女方的爱抚。对于那些开始不能承受男子体重的女子来说，这个姿势比较合适，这可以保护女性的腹部不会受到过强的冲击。

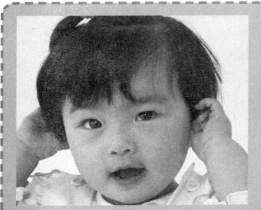

专家提醒

事实上，女性在怀孕期间的性欲会大大减弱，特别是在怀孕的头三四月内，对任何性接触都表现出冷淡或强烈的反感。这是因怀孕带来的疲惫，使这期间的女性性欲低下，她们无法顾及性生活。尽管有些孕妇性欲未减，但一到晚上，她们会感到特别劳累，以致对性生活失去了足够的反应。因此，在进行性生活的时候一定要控制好次数和时间，不能太过劳累。也可以采用传统的男上女下式，不过姿势要稍微变换一下，主要是避免压迫女方腹部，男方还在上面，但注意应双手支撑，以免对女方腹部造成压迫，这种姿势可一直运用到腹部隆起过大为止。

除此之外，如果女性感到性生活太疲劳或太笨重，可采用其他方式表达感情，例如接吻、拥抱、抚摸等，这些示爱方式可以持续整个孕期。

孕期和产褥期节制性生活

人们常说十月怀胎，这十个月也称为妊娠期，是指女性从受精怀孕到分娩胎儿的整个过程大约280天，每28天称一个孕月，共10个月。人们又将前三个月称为妊娠早期，后三个月称为妊娠晚期，中间4个月为妊娠中期。而分娩后的两个月称为产褥期。由于女性在怀孕期间，生殖器官发生了特殊的生理变化，阴道壁与宫颈明显充血，阴道上皮细胞受胎盘雌孕激素的影响脱落较快，上皮变薄，抵抗力降低，如果此期性交频繁，易造成生殖道感染与损伤。而到了产褥期由于生育给女性生殖器官或腹部带来一定的伤害，所以也不宜进行高频率的性生活。

☆妊娠早期

妊娠头三个月，因生理上的变化和激素的改变，女性可能有疲乏感，常出现恶心、呕吐、食欲不振等早孕反应，此时可能性欲不强，更需要的是来自丈夫的关心和照顾。因此，丈夫应该考虑到妻子的本身特点，不能单方面提出强烈的性生活要求。另外，妊娠早期是受精卵在子宫内着床并开始发育的早期阶段，夫妻身体健康者，一般的性行为对胎儿发育无不良影响，不过应该尽量控制强度和频率，而且有过早期流产者应尽量避免性生活，否则可能会引起流产。

☆妊娠中期

大多数女性在妊娠中期情绪较稳定，已经基本适应了妊娠反应，身体不适也基本消失，心情轻松，她们已顺利渡过早孕阶段的生理不适和对怀孕的恐惧感，已经对今后的分娩有了精神准备，同时也沉浸在做母亲的快乐之中，所以此时性交频率可以略有增多。虽然此时腹部已开始隆起，但尚未达到妨碍性交的程度，也有人称此时为孕期做爱的最佳时机。有些女性此时性高潮和消退期都比非孕期延长，以致性交结束后的一小段时间里，仍处于子宫收缩的快感之中，这是很自然的现象，并非罕见。妊娠中期性生活以侧位、背位和女仰卧男跪或站位较合适，这些姿势可减少对女性腹部的压力。

☆妊娠晚期

妊娠晚期已临近分娩，孕妇腹部高高隆起，必定会产生沉重感和不适感，睡眠不适，疲劳，需要多休息。同时，因为怕影响胎儿的正常发育和分娩，此时的性生活会加重女性的心理负担。当然，有些夫妻此期仍继续性交，也未感不适，不过这个时期一定要控制好强度和深度，不能带来过于激烈的性高潮，否则可能会引发早产。无论如何，在妊娠最后一个月里应终止性生活，以免造成不良影响。

☆产褥期

一般来说，在分娩后的两个月内，应避免性生活，因为此时子宫及附近的肌肉组织正在复原的过程中。此时，内生殖器官还处于松软脆弱阶段，性生活易造成感染和损伤。因产后子宫腔表面形成了大创面，过性生活易将细菌带进子宫，引起子宫内膜炎。此外，因生产时常造成阴道和会阴的损伤，性生活的刺激会影响局部伤口的愈合。此时丈夫应恢复对妻子的爱抚行为，这有助于妻子恢复性欲，为重新开始性生活做准备。

不过，如果在生产中发生双胎、羊水过多、胎儿过大、妊娠合并感染等特殊情况时，产后开始性生活的时间还要延长，并应向医生咨询。

> **专家提醒**
>
> 一般来说，男性性欲较女性强且不易控制，妻子不能因为两人感情深就迁就丈夫的要求，但也不要冷淡地拒绝丈夫，强迫他禁欲而影响感情。孕产期应节制性生活，但不等于完全禁止性生活，那种整个孕期分床而卧的做法既不科学也不可取，因其有碍于夫妻间感情交流，不利于腹中胎儿的智力发育和情感培养。此时，夫妻双方可以运用智慧，如通过幽默的对话、甜蜜的接吻、深情的拥抱、温存的抚摸等形式来表示夫妻间的柔情和爱意，从而满足性的欲望和感情上的渴求。如果双方不可避免发生性生活，也不用禁欲，只要根据孕期不同阶段的生理特点，适当加以节制即可。

性爱应避免乳房受损伤

一对丰满挺拔、健康的乳房，不但是孩子出生后能够得到充足乳汁的健康保障，也是女性体型健美的重要组成部分，更是夫妻性生活必不可少的。虽然乳房并不是女性专门的性器官，但是它在两性活动中占有重要位置。对于女性来说，乳房不但是展示女性美的一个重要方面，也是性敏感区。男性抚摸乳房，可以引起女性的情欲。因为乳房和乳头具有丰富的神经末梢，通过刺激可产生性兴奋。但孕期较多地刺激乳房及乳头，则会导致一些不良后果。

☆压迫损伤

有的男性在性生活时把整个胸部压在女性乳房上，较长时间的压迫，影响了乳房的血液循环，对乳房健康不利。特别是孕期女性的乳房，如果过度用力抚摸或挤压更容易造成内部损伤。

☆抓捏损伤

女性在怀孕40天左右的时候，由于胎盘、绒毛大量分泌雌激素、孕激素、催乳素，致使乳房开始增大，充血明显。孕妇有乳房发胀甚至刺痛的感觉，在增大的乳房表面可见到明显的淡蓝色的浅静脉由乳房表面走行，这时乳腺的腺泡增生使乳房变得比较坚硬质韧，乳头增大变黑，容易发生勃起。因而，此时孕妇的乳房会很敏感，对爱抚的反应更加强烈。虽然这种变化对性生活有提升作用，但有时候过度敏感反而会造成不适。

怀孕初期孕妇的乳房特别柔软，如果丈夫不加注意，用力抚摸或挤压，容易导致乳房内部软组织受到挫伤，或引起乳腺增生等。若丈夫性行为粗暴，不是用手轻轻地抚摸，而是像"老鹰抓小鸡"那样，一把把乳房抓得死死的，不但会使女方感到隐痛不适，而且会削弱了性兴奋。另外，此时女性的乳房受外力挤压后，较易改变外部形状，将导致上耸的双乳下垂。

专家提醒

乳房是美和爱的标志，是女性的象征。如果在孕期性生活时，过多地刺激孕妇的乳房、乳头，乳房、乳头会充血兴奋，容易引起子宫收缩；如果捏挤乳房及乳头，子宫收缩可能会更加明显。当然，短暂性的刺激引起子宫收缩从而造成早产的可能性很小，在正常的性爱中如果不是刻意而持续长时间地刺激乳头，不会有什么问题。但如果长时间、反复多次、粗暴地刺激乳头，尤其是在怀孕早期或晚期，可能会引起子宫收缩，从而造成流产或早产。

孕期为了更好地呵护乳房，也为了防止乳房下垂，孕妇应该选择一款大小合适、罩窝较深的胸罩。胸罩的两条肩带要宽一点，以防双肩有紧绷感。同时应根据胸部变化随时更换胸罩。大小适宜的胸罩会支持胸部而不会在背部或肩部留下压痕，也能有效防止双乳下垂。

什么时候应停止性生活

很多年轻夫妇在怀孕期间都不敢过性生活，有很多顾虑，比如"孕期性生活是否有害"、"性生活是不是会对胎儿有害处"、"性生活会造成流产和早产吗"。有时可能碍于面子也不好意思去问别人，往往可能因为性问题而影响两人的家庭生活。然而，孕期的女性虽然会感到疲劳和反感，感到乳房易于受伤，感到自己肥胖而不可爱，感到缺乏欲望，但怀孕后由于性激素的作用，孕妇的生殖器官血流更加丰富，阴道变得湿润而容易进入，生殖器

和乳房更加敏感，这些事实意味着女性仍然有性欲。已有研究表明，孕期做爱对孕妇和胎儿都有好处。然而，孕期的性生活还是不同于平时的，很多情况下都要停止性生活，以免给胎儿造成影响。

☆孕妇方面

首先，孕妇过去曾有流产经历的，一般医生都会建议孕妇怀孕头几个月最好禁止性生活，直到流产的危险期过去为止。同时，如果孕妇在性生活当时或之后有阴道流血的情形，或有下腹疼痛的现象，应找医生检查，若有流产的迹象，应暂时停止性生活。其次，孕妇自身有疾病时也不宜有性生活。比如孕妇阴道发炎，在性生活时会将病菌传染给胎儿，因此在彻底治愈之前，应禁止性生活。有严重的合并症时(妊娠高血压、肾病、糖尿病等)，一般也应停止性生活。最后，如果孕妇发现自己子宫收缩太频繁，为了避免发生早产，还是要避免性生活，并找医师检查。倘若孕妇的子宫闭锁不全，随时都有流产的危险，应避免性生活。

☆丈夫方面

患有某些严重的器质性疾病，医生已嘱咐不能过性生活者，不可勉强过性生

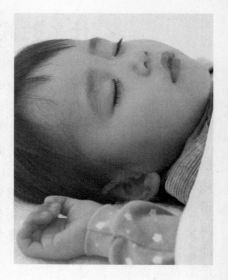

活。身患传染病又具有传染性，也应避免性交，尤其是患有性传播疾病时，更不能过性生活。如果男性患有性病，性病的病菌会在性生活时传染给孕妇及胎儿，因此在彻底治愈之前，应禁止性生活。

为了避免怀孕期间感染，可利用安全套，并且拒绝不安全的性行为，做好自我保护措施，若不幸感染时，应尽快就医，切不可掉以轻心，因为即使是一般的细菌性感染如链球菌感染，也易造成孕妇羊膜破裂羊水流出，即流产或早产。专科医师了解药物作用，可选择避免对胎儿产生危害的药物治疗。

☆胎儿发育方面

如果孕妇有前置胎盘，或胎盘与子宫连接不紧密时，性交可能会导致流产，应暂时停止性生活，等情况稳定后才可恢复性生活。由于怀孕头三个月胎盘与子宫连接并不紧密，所以医生一般都会建议前三个月暂停性生活。有时可能会由于胎儿发育环境并没有成熟，性生活时可能会造成早期破水现象，若未到预产期，此时孕妇须安胎，但因保护胎儿的羊膜已破裂，病菌可能会进入子宫而感染胎儿，所以此时应避免性生活。

> **专家提醒**
>
> 从医学的角度看，孕期的性生活并不被禁止，健康而适度的性生活不仅是可以的，还能大大增进孕妇和丈夫的亲密感情。由于宝宝生活在一个有很厚壁的子宫腔里，周围又是温暖的羊水，羊水可以减轻震荡和摇摆，所以孕妇不必担心宝宝会受到干扰。同时子宫颈在孕期是紧闭的，而且还有许多黏液封闭着，能够防止病原菌的侵入。当然，若发生以上情况应该及时停止性生活，倘若医师因为子宫收缩的缘故而警告孕妇禁止性行为，那么此时任何会引起孕妇性兴奋的行为都必须禁止，包括触摸乳房及外阴部等，因为这些刺激也会引起子宫收缩，危及胎儿安全。

自然分娩并不影响性健康

生活中不少女性认为自然生产带来的伤口疼痛与阴道松弛，会造成夫妻间性生活的不和谐，而选择剖宫产，切口在腹部，对阴道没有影响，所以在产后的性生活中，丈夫得到的性刺激会更强。其实根据临床了解和分析，这种想法是一种片面的误解，夫妻性生活和谐并不在于是肚子上还是会阴部挨一刀。

☆影响性生活质量的关键因素

就性生活质量来说，达到美满程度的最大因素实际上不是自然状态下的阴道宽度，而是阴道在高潮时收缩的强度，这主要取决于盆底肌肉的收缩力。从这个角度上来看，剖宫产并没有多少优势，因为剖宫产虽然使阴道空隙保持较小状态，但如果没有紧缩力，同样难以达到"性"福。相反，自然生产就提供了这么一个自然锻炼的过程，女性通过顺产，使阴道肌肉通过扩张再通过收缩，自然就锻炼得更加坚强。其实，真正影响夫妻产后性生活的主要原因，是情绪低落及极度困倦，而剖宫产的伤口虽然不在会阴部，但其伤口复原的时间较长，性生活的满意度说不定容易下降。

☆自然生产是否影响阴道松紧度

有些女性认为阴道分娩会影响阴道的松紧度，会影响日后的性生活质量，影响性快感的获得等。其实，从医学上来看，这种担心完全是多余的。阴道是一个扩张性很强的筒状器官，完全能够在不影响日后收缩的前提下，让胎儿顺利通过。分娩后经过近两个月的休整，阴道的弹性完全能够恢复到孕前水平。更何况当前绝大多数家庭多是只生一个，对阴道的损伤几乎可忽略不计，除非是那些分娩多次的多子女母亲，由于阴道的多次反复的扩张，才会受到影响。

另外，现在已经有国外的研究人员发现，虽然在产后3个月，剖宫产的女性比其他女性的性健康问题稍少，性生活痛苦比正常生产的女性要少，但在生产6个月以后，剖宫产和自然生产的女性在性生活中的差异明显减少。

☆产后恢复

一般顺产后1～2周，会阴伤口基本

可以恢复好，产妇便可安排不同程度的相关锻炼。顺产的产妇，可以根据各人情况，通过锻炼来加强和恢复肌肉的弹性和收缩力，其中，括约肌收缩和腹肌锻炼是最普遍的。因为腹压的加强，会使阴道拉长，阴道内负压增强，带来紧缩感，对于夫妻双方获得性高潮都相当有帮助。还有一种叫"凯格尔运动"的产后运动，可以恢复阴道以往的弹性。凯格尔运动的核心是锻炼盆腔底部肌肉——耻尾肌，所谓耻尾肌，就是尿急时憋住尿液的那块肌肉。一般来说可以通过下蹲动作、收缩肛门动作、中断小便等方法来锻炼耻尾肌，以达到加强尿道括约肌的力量、增加尿道阻力的目的。但这最好能在医生的指导下进行。

另外，专家也提醒孕妇们在孕期锻炼不要过头，一方面是因为怀孕期盆底肌肉还没有受到损伤；另一方面，怀孕期整个阴部（包括子宫、阴道、盆底）都常处于充血状态，有坠胀感，过度锻炼是不适宜的。孕妇们更要注意，不要为了锻炼而过多地引起性兴奋，以防早产、流产的发生。

专家提醒

在临床实践中，产妇可能因为意外情况，比如难产导致产道严重损伤、盆底肌肉断裂，甚至导致子宫脱垂或阴道前、后壁膨出，这样的情况确实会对性生活造成影响，但可以通过手术来修补。这种手术并不复杂，危险性也不大，正规的大医院都有能力进行。不过，也不是每个人都需要手术修补，最好先向专科医生咨询，证实确有需要再做手术。有专家认为，对一般产妇来说，这种手术是完全没有必要的，通过自身休养就可以恢复，除非是因为特殊情况或者受到外伤而导致较大的影响。

如何面对产后"第一次"

由于在妊娠和产后的一段时间里，夫妻间的性生活被迫停止了。等到妻子生完孩子，坐完月子，有会阴伤口的也已经愈合了，丈夫蠢蠢欲动。产后的第一次，那感觉就像是新婚，原先彼此已经熟悉的身体一下子又变得陌生了。但在首次夫妻生活时，还有可能会出现伤口开裂、出血的情况。本想久违的性生活终于可以解禁了，可是，本来好端端的片刻欢娱，一下子变成了无言的痛楚。据统计，因为产后妈妈身体的变化，她们的产后第一次性行为60%以上是不成功的，这个阴影会引发产后妈妈日后的心理症结，严重的可以导致抑郁症。

那么，夫妇双方应该如何面对产后的"第一次"呢？

☆第一次的时间要求

一般而言，恢复性生活的最佳时机是产后6～8周。首先，孕妇在怀孕期间会有明显的体质变化，这些状态通常会在产后6周逐渐复原，子宫须等到约1个月后才能回到常态。在此之前，如果太用力的性交都会引起不适。其次，若有做"会阴切开"的产妇，伤口通常要6周左右才会复原。剖腹生产的伤口也是大约要6周时间恢复，用力时才不会酸痛。会阴切口的伤口一般需7天才能愈合，并将缝线拆除。此时，会阴表面组织早已愈合，但是深部肌层、筋膜需6～8周才能得以修复。

如果条件允许，最好在准备性生活前到医院做一下检查，一般大医院都会安排产妇在产后6周回医院复诊。医师们通常会检查伤口是否愈合、缝线有没有完全吸收、子宫是否恢复到常态，以及排卵周期是否已经开始了。有些产妇在产后6周以后，会阴部仍然觉得硬硬胀胀的，可在洗澡时以温热水冲洗、按摩帮助恢复。

☆第一次的动作要求

有的女性担心性生活会使会阴或腹部伤口撕裂，从而对性生活感到恐惧。这种担心实际上是不必要的，因为性生活不会使正常愈合的伤口再次裂开。其实，产后女性性生活能使血液中的催产素含量增高，有助于子宫收缩和乳汁的分泌，正常的性生活能促进产妇的身

心恢复。但由于女性在产后的哺乳期，雌激素水平低下，阴道壁薄，弹性差，分泌物少，就容易出现干涩；加之分娩时会阴侧切伤口尚未完全愈合，如果第一次性生活比较猛烈，就会对阴道造成损伤，有的甚至还会造成伤口裂开，甚至大出血。

因此，产后的第一次，丈夫一定要注意前戏，使妻子的恐惧心理慢慢放松。产后在开始性生活时，丈夫的动作应该轻柔、温和，不要太粗暴。如果她的确有不适感，千万不要心急，多适应几次她就不会害怕了。如果在性生活过程中她的阴道过于干涩，可以使用水性阴道滑润剂，消除她的恐惧心理。否则有的女性会因为产后的"第一次"出现剧烈疼痛，从此产生恐惧心理，对以后的性生活产生莫名其妙的排斥，导致女性的性冷淡。此外，产后首次夫妻生活时，一旦发现阴道出血，女性应立即就诊，不可自己草草止血了事，以免延误病情。

专家提醒

很多女性对自己的产后形象没有信心，这也是产后女性拒绝性生活的重要因素之一。有时候不是她没有这个要求，而是她顾忌自己的身材体态，不想让丈夫看见自己变形的身材。为此，女性可以在产后一周内、身体状况许可的情况下，开始做产后体操。同时，坚持母乳喂养也能消耗掉妊娠期积聚在体内的脂肪，这些都有助于体型的恢复。不过，关键是要保持正常的心态，因为人的体态不可能一辈子不变，多与丈夫进行感情的沟通和交流，这是保持夫妻感情的重要途径。作为丈夫，要明白此时女性的变化，多给妻子一些安慰，亲吻拥抱她，让她明白，她在你的眼里比任何时候都要美丽。

第九章 分娩——不只是医生的事

有些孕妇怀孕之后将一切都交给医生，觉得一切都和自己无关了，自己要做的就是吃好睡好，然后按医生的要求去做，到该分娩的时候直接入院就行了。事实上，分娩最关键的还在于孕妇自己！孕妇在产前了解相关的分娩知识，不仅能提高分娩质量，还能减少分娩痛苦！

产前应做好的物质准备

即将分娩之时，孕妇都应做好相应的准备，以便迎接新生儿的到来！首先在物质方面应做好以下准备。

☆衣服

宝宝的衣服宜简单，以方便、轻松、保暖性好和对皮肤没有刺激为原则，衣料用质地柔软、吸水性强、对皮肤刺激性小、颜色浅淡的棉制品为好。按季节的不同，制成宽大、柔软、穿脱方便的单衣、夹衣和棉衣，以使冬暖夏凉，穿着舒服，衣服要适当宽大，便于穿脱，衣服上不宜钉扣子或掀纽，以防损伤皮肤。可在两侧系带子，不能捆绑过紧，不能影响胸廓的发育，裤子一般用松紧带束腰或是背带裤，各种衣裤都要准备2～3套，便于更换，以备使用。

☆饮食

新生儿以食母乳最佳，但也要准备奶瓶、奶嘴、奶锅，以及洗刷和消毒用的奶瓶刷和蒸锅等。

有条件的还要购鲜牛奶，以备母乳不足或者乳母有病时小儿食用。奶瓶以一般的玻璃奶瓶即可，便于蒸煮消毒。奶嘴要多备几个，一旦损坏可及时补充。另外，还要买点浓缩鱼肝

油（维生素AD滴液）和钙粉，遵医嘱给新生儿添加。

☆居住

新生儿最好住在向阳、保暖、噪声小、通气好的房间内。室内灯泡光线不宜太强，以免刺激孩子。婴儿床的选择应经济、实用、安全。小棉被、小夹被、小包布（1米见方）、小绒毯、小裤子各2~3套，以纯棉制品最好。新生儿的枕头不宜太高，可填充小米或蚕豆壳。

☆其他用品

新生儿的日常用品还应包括护肤用品，如婴儿香皂、婴儿浴液、婴儿润肤霜、松花粉（洗完屁股后扑用）、爽身粉（夏季备痱子粉）等。洗脸盆、洗澡用大盆、尿盆、洗涮尿布用的盆。洗脸、洗澡都要有专用毛巾，还要多备几条小方巾，供孩子吃奶、喝水时垫在下巴下，以防"腌"了脖子。同时，还可准备好录音机、DV，录下孩子可爱的童音，哪怕是哭声。还有"专用影集"，把给孩子拍摄的所有照片保存起来。这些都是最有纪念意义的、不可追回的"生命旅途记录"。

专家提醒

除了以上物品外，还有非常重要的物质准备，这就是入院的物质准备！比如产妇用品：牙刷、牙膏、2条洗脸毛巾、2条小毛巾、水杯、软底拖鞋、内衣内裤2套（最好是开胸棉质内衣，这类衣物方便喂奶也吸汗）、哺乳乳罩、卫生纸、大一点的卫生巾、梳子、少许食品等，以及办理入院手续时所需的证件、孕产妇保健手册、入院押金等。生小孩是个很费力的事，产妇可以吃一些糖、蛋白质类易消化的食物，如巧克力、饮料等。

产前应做好的心理准备

分娩是会疼的，孕妇心里自然清楚，因此对分娩会有一种恐惧的心理。当胎儿出生时，由于宫缩和胎儿通过产道，产妇会感觉到较剧烈的腹痛。然而，产时阵痛并不是"无法忍耐"的。所以，孕妇应消除对分娩的恐惧感，保持良好的心理状态，这对于顺利分娩大有好处。

健康的分娩心理准备要求产妇放松并充满信心。在平时应抓紧时间休息，以积蓄体力。

☆了解分娩知识，减轻心理压力

克服分娩恐惧，最好的办法是让孕妇了解分娩的全过程及可能出现的情况，对孕妇进行分娩前的有关训练。许多地方的医院或有关机构均举办了"孕妇学校"，在怀孕的早、中、晚期对孕妇及其丈夫进行教育，专门讲解有关的医学知识，以及孕妇在分娩时的配合。这对有效地减轻心理压力，解除思想负担及做好孕期保健，及时发现并诊治各类异常情况等均大有帮助。

☆避免提早入院

毫无疑问，临产时身在医院是最保险的办法。可是，提早入院等待也不一定就是最佳选择。首先，医疗设置的配备是有限的，医院不可能像家中那样舒适、安静和方便；其次，孕妈妈入院后较长时间不临产，会有一种紧迫感，尤其看到后入院的孕妈妈已经分娩，对她也是一种刺激。另外，产科病房内的每一件事都可能影响住院者的情绪，这种影响有时候并不十分有利。所以，孕妈妈应稳定情绪，保持心绪的平和，安心等待分娩时刻的到来。若不是医生建议提前住院，孕妈妈不要提前入院等待。

☆充分做好分娩的准备

物质上的准备能帮助孕妇调整心理，因此在分娩前孕妇可检查自己的准备是否充分，包括孕后期的健康检查、心理上的准备和物质上的准备。一切准备的目的都是希望母婴平安，所以，准备的过程也是对孕妇的安慰。如果孕妇了解到家人及医生为自己做了大量的工作，并且对意外情况也有所考虑，那么，她的心中就应该有底了。

☆准爸爸的配合准备

怀孕后期，特别是临近预产期时，准爸爸也应做好准备，使妻子心中有所依托。

☆学会转移内心的恐惧

船到桥头自然直。不要把分娩当作一件严重的事情来考虑，生活中避免和家人谈论分娩这个话题，也不要听过来人的分娩经验。这样做虽然不能从根本上消除对分娩的恐惧，但可以暂时转移对恐惧的注意。

☆正视分娩的恐惧

如果转移的方法不见效，可以尝试着正视这种恐惧的心理。比如与家人反复讨论分娩的事情，将各种可能遇到的问题事先想清楚，同时找出每个问题的解决方法。做好分娩前的物质准备，这样就不会临时手忙脚乱，也会帮助稳定情绪。

> **专家提醒**
>
> 心理学家认为，人的恐惧大多是缺乏科学知识胡思乱想而造成的。有的学者说："愚笨和不安定产生恐惧，知识和保障却拒绝恐惧。"有的学者进一步指出："知识完全的时候，所有恐惧将统统消失"。所以，在怀孕期间，建议孕妇看一些关于分娩的书，了解了整个分娩过程后，就会以科学的头脑去取代恐惧的心理。这种方法不但效果好，而且还可增长知识。

孕妇临产前还能活动吗

孕妇临产前可以活动吗？这个问题很多孕妇都很关心，生活中有些孕妇只要有一点腹坠感，就躺在床上，一动也不敢动，静候着孩子的出生。专家认为这种做法过于保守，其实，初产妇宫口开大4厘米以下、经产宫口开大2厘米左右，均可下地活动。适当的活动，能改善血液循环，有助于消化，增进食欲，增加食量，为分娩宫缩提供能源，有利于产程的进展。

而有些人听了专家的话则认为越活动生得越快，于是，在临产前就下地不停地走，最后筋疲力尽，腿累得又肿又硬。这种过激的做法也是不可取的。因为生孩子的快与慢绝不取决于孕妇走了多少路，而关键是迫使胎儿出来的宫缩力的强弱。过度的走动与劳累，耗尽能量，不但不促进分娩，相反，由于精力耗尽，还可导致早产。尤其在初产妇宫口开全，或经产妇宫口开大

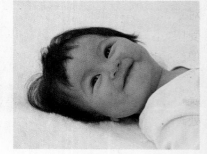

4厘米以上，仍在地下走动者，则有将胎儿生出坠地摔伤、引起脐带断裂及子宫内翻等意外的可能。

因此，临产前采取上述任何一种偏激做法均是不妥的，应根据产妇具体情况及产情进展阶段，动、静结合，既要充分休息，又要适当活动。

产前该如何选择分娩医院

孕妇从发现怀孕那天起，就应开始定期到医院检查，而最终分娩之时，孕妇及家人往往变得非常犹豫，到底该在哪家医院分娩呢？

☆综合医院与私立医院

选综合医院还是私立医院，其实不是关键的问题，关键的问题在于是否适合自己的情况。

综合医院的长处是：医疗设施和人员比较充足，儿科、内科、外科并设，所以一旦有什么异常都能及时处理；它的短处是：每次检查都会换医生，生产时的主治医生也确定不下来，这样容易使产妇感到不安，而且诊疗的时间也有限制，候诊的人也比较多，等待时间长。

私立医院的长处是：从最初检查到产后都是由一个医生负责，让准妈妈有安定感，医生工作时间也可以持续到晚上，对于职业女性来说十分便利，而且面谈的时间不受限制；它的短处是：如果遇到突发事故，无法像综合医院那样能及时采取措施。

因此，对于有基础病的孕妇应选择综合医院，因为一旦出现什么紧急事件，可以进行紧急处理。

☆医院口碑如何

医生的水平如何，这一点对于外行人来说是很难判断的。可以先收集一下有关信息，再做选择。比如可以听听已经做了妈妈的人或护士的介绍。除了对医生的评价外，还要认真地了解是否有单人产房，配餐及费用等详细情况。

☆能否选择分娩方法

正常的分娩方法中有不用任何药物的自然分娩和进行麻醉的无痛分娩。一般来说，选择生产医院的时候，也会同时选择分娩方法。尽可能在决定分娩方法以后再选择医院。

☆母子分室还是母子同室

如果是母子分室，孩子会被放在卫生的新生儿室，妈妈产后能得到较好的休息。但缺点是，妈妈还没来得及知道孩子的状况及带孩子的方法就出院了。如果是母子同室，虽然妈妈有时休息不好，但是妈妈可以和宝宝保持亲密接触，让自己的爱心陪伴着小宝宝。

☆是否倡导母乳喂养

倡导母乳喂养的医院会指导新妈妈哺乳的方法和乳房按摩法等。建议选择母乳喂养。

☆离家的远近

即使是口碑再好的医院，如果太远也不宜选择。妊娠中如何抵达医院，以及住院的有关事宜，也是要考虑的问题，所以最好能选附近的医院。

专家提醒

分娩前应通过多种渠道，了解当地多个产科医院的情况。如咨询有过生产经验的朋友或亲戚，也可以通过网络查询等，分别了解一下产科医院，以及其他医院的相关情况，如硬件设施、医生的技术水平等——有关住院条件、床位是否紧张、配餐和病房是否可以自由选择、紧急抢救设备或血源是否充足、能否选择分娩方法、分娩时能否家人陪伴、产后有无专人护理和剖宫产率是否很高、新生儿的检查制度是否完善、产后有无喂养专家指导等，这些都是评判一个医院医疗和服务水平高低的重要指标。

如何选择生产方式

常见的分娩方式有自然分娩及剖宫产。在正常的状况下，医师会鼓励孕妇选择自然分娩，顺应自然的规律，它对母子的生理与心理健康都有益处。当妊娠末期，以内诊决定骨盆腔的大小，以胎儿监视器来评估胎儿的健康状态，以及以超声波来预估胎儿的大小、胎位及胎盘位置，可以帮助主治医师了解产前的情形，来决定宝宝出生的方式以何者为佳。尽管产前有规则的产检，仍有不少问题及临时状况需要分娩的当时才能决定是自然分娩还是施行剖宫产。

一般而言，自然生产的危险性较小，只需局部少量的麻醉、产后恢复较快、住院时间短，并可提早建立良好的亲子关系。

相对而言，剖宫产需要较复杂的麻醉方式，手术出血及术后并发症的机会皆提高，对孕妇的精神与肉体方面都会造成创伤。但必要的情况及适应证下，剖宫产可以快速娩出胎儿，降低围生期母亲与新生儿的死亡率。

> **专家提醒**
> 到底选择何种方式进行生产，取决于孕妇的身体状况和胎儿的发育，虽然目前围生医学十分发达，但在怀孕生产的过程，不确定的意外仍会发生，在产前检查中及时发现问题，并与医师做密切的沟通与配合，采取适当的生产方式，是达到母子均安的不二法门。

分娩前最容易忽视的征兆

虽然大多数孕妇都能计算出预产期，但是她们却不能确切知道宝宝会在什么时刻到来。一般来说，即将分娩时子宫会以固定的时间周期收缩。收缩时腹部变硬，停止收缩时子宫放松，腹部转软。另外，还有一些变化也许不为人们所重视。

☆感觉胎儿下沉

感觉好像胎儿要掉下来一样，这是胎儿头部已经沉入产妇骨盆。这种情况多发生在分娩前的一周或数小时。

☆阴道流出物增加

这是由于孕期黏稠的分泌物累积在子宫颈口，平时就像塞子一样，将分泌物堵住。临产时，子宫颈胀大，这个塞子就不起作用了，所以分泌物就会流出来。这种现象多在分娩前数日或在即将分娩前发生。水样液体从阴道如涓涓细流般流出，或呈喷射状从阴道流出，这种现象叫做羊膜破裂或破水，多发生在分娩数小时或临近分娩时。

> **专家提醒**
>
> 当孕妇感觉有规律的痉挛或后背痛时，预示着分娩即将开始了！这是子宫交替收缩和松弛所致。随着分娩的临近，这种收缩会加剧。由于子宫颈的胀大和胎儿自生殖道产出，疼痛是必然的。

有哪些分娩迹象时需要去医院

到底该什么时间去医院等待分娩呢？

当孕妇发现有以下分娩迹象的时候一定要及时去医院了！入院待产的征兆是见红、破水、肚子痛，但这些只说明你此时应该到医院检查。

☆宫缩

子宫收缩，开始是不规则的，强度较弱，逐渐变得有规律，强度越来越强，持续时间延长，间隔时间缩短，如果宫缩间隔时间在5～10分钟，每次持续20秒，就必须到医院看医生。

☆破水

分娩前多数孕妇能感觉到阴道突然流出水来，这就是破水，是羊膜破裂而使羊水从阴道流出。羊水是无色略带鱼腥味的液体，妈妈用力憋尿也不能控制。

☆见红

当子宫颈慢慢张开时，阴道会排出少量带血的黏液。

如果出现以上产兆，应及时到医院去，等待分娩的到来。在医学上，有了产兆，还不是正式临产，还需要有一个过程，每位孕妇的情

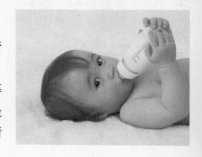

况不同，进入临产时间长短不一。

胎膜早破

很多孕妇认为胎膜早破会导致胎儿氧气供应中断，由妈妈供应的种种养分也随之流失，胎儿处于缺氧又缺养的危险之中。其实，这是错误的观念。羊水的主要成分是胎儿的尿液，当然其中含有非常少量的矿物质、稀有元素和生长激素，但是它的主要功能是防止胎儿在母体跌倒、撞伤时受到激烈的震荡，就好比是汽车中的安全气囊，只不过胎儿具备的是防撞"水囊"罢了。因此，羊水的主要功能绝非是胎儿氧气或养分的来源。

☆破水属于危险情况

破水在一般的观念里是属于危险的情况，必须立即到医院就医。破水还是具有危及胎儿生命的危险性的，最主要的危险因素并非导致胎儿缺氧或缺养，而是发生合并症，如脐带脱垂、感染发炎、引发早产、胎盘剥离等现象。

☆胎膜早破后的应对措施

胎膜早破孕妇应住院待产，密切注意胎心音变化，胎先露部未衔接者应绝对卧床休息，以侧卧为宜，防止脐带脱垂。已临产者，均不阻止产程继续进行。

若有羊膜炎，应设法及早结束分娩，不考虑孕龄。妊娠近足月或感染明显，考虑剖宫产。

若未临产，又无感染征象，胎儿已达妊娠足月（孕37周，胎儿体重已达2500克），可观察12～18小时。若产程仍未发动，则开始引产或根据情况行剖宫产。

若孕龄未达37周，无产兆，无感染征象，应保持外阴清洁，严密观察，以争取适当延长孕龄。

妊娠不足月，产程已发动，胎头先露，可给予阴道分娩的机会。

妊娠不足月，但孕龄在30周以上，臀位且已临产，应考虑行剖宫产，妊娠小于30周者最好经阴道分娩。

分娩结束，应给予抗生素控制感染。

☆胎膜早破能预防吗

既然破水可能合并这么多危险，是否有什么方法可以避免破水的提早发生呢？

根据目前的医学研究报告，破水的真正原因并不是非常清楚，只是有一些研究指出，可能是细菌的侵犯以及毒素的分泌，造成羊膜脆弱而破裂。若果真是由感染导致破水的发生，孕妇也只能提高警觉，留意是否有异常的阴道分泌物或是异常味道出现，如有异常应尽早就医治疗，以终止感染造成的破水。然而对于大多数自发性的破水，并无实际、明确的避免方法可以提供参考。

> **专家提醒**
> 破水一旦发生要立即到医院报到就医，这从维护孕妈妈和胎儿安全健康的角度考虑有其必要性，如果在住院时发生破水，也不能忽视可能合并发生的危险。破水的可怕之处在于一旦发生脐带脱垂、感染发炎、胎盘剥离或是引发早产，对于胎儿都有可能罹患重病或是引发致命的危险。但是，目前并没有良好、有效的避免破水的方法，因此无论如何孕妈妈对于预产期之前的破水，务必提高警觉、小心谨慎看待，必须注意到任何上述的危险迹象，万一发生意外也能在第一时间内做出最正确的反应，以确保胎儿的发育健康和生命安全。

可怕的脐带脱垂

破水后除了要避免许多疾病与合并症的发生之外，最重要的就是要避免脐带脱垂的危险。而脐带脱垂的发生几率还好并不高，一般是0.3%～0.6%，但是一旦碰上了往往会造成很高的胎儿死亡率，这就是脐带脱垂的可怕之处！

脐带脱垂指的就是在羊膜破裂、羊水流出之际，脐带因为羊水流出子宫时的压力带动或是因为重力作用，自胎儿身体与子宫壁之间的空隙掉落，脱出于阴道或是进一步掉出体外的状况。

要知道，脐带是联系妈妈和胎儿之间的桥梁，妈妈透过脐带中的静脉输送氧气、葡萄糖和各种营养要素给胎儿，充分供应胎儿生长发育之需；而胎儿进行新陈代谢后产生的二氧化碳或是各种废弃物，都是要由脐带中的脐动脉运送到母体排泄。所以，如果说脐带是胎儿所赖以为生的命脉，可是一点都不夸张的。

可是，一旦脐带掉落进入阴道，会遭受缩挤压迫，不利于脐带血液循环的正常运行；至于通过子宫颈部位的脐带，则是会遭到胎儿身体和子宫壁的两面夹挤，这样的压迫在产程进展过程中会更为严重，而脐带中的血管也会如塑胶水管被踩压变扁一般，循环严重减少，甚至闭塞。

胎儿在赖以为生的命脉不顺或闭塞时，当然会立刻陷入危险、绝境，导致胎儿缺氧、组织器官坏死，甚至于胎死腹中。即使在迅速、及时的医疗救助之下，胎儿还是可能发生脑性麻痹。

> **专家提醒**
> 　　无论何种因素造成的胎儿身体最接近产道的部分，无法紧密地契合骨盆腔入口的大小，或是填满骨盆腔的入口而留有空隙，都有可能发生脐带脱垂的危险。包括胎儿、妈妈、脐带、胎盘或是医疗等因素。

恼人的预产期

有些孕妇会发现自己的预产期早就到了，可是肚子却一点动静都没有。于是一些家人就开始催促孕妈妈赶紧去医院做剖宫产手术，让孩子早点出来；而另一些家人坚持再多等几天，并说在娘肚子里呆一天胜过外面一周。

对于这种情况，到底该如何是好呢？

事实上，预产期并非精确的生产日期，预产期的计算公式一般为末次月经时间的月份减3，日期加7。如末次月经为9月10日，则预产期为第2年的6月17日。

但是因为排卵有可能出现意外的情况，或者月经周期较长，所以以上公式只是大致的估算，并非非常精确。所以有时到了预产期宝宝

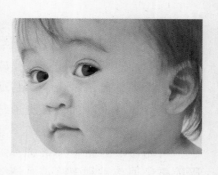

却好像还要待在妈妈肚子里，或者还没到时间就着急要从妈妈肚子里钻出来，但只要在孕38周至孕42周之间应该算是正常范围。

因此，如果预产期到了，宝宝还没有要出来的迹象，此时孕妇要注意，如果围生保健检查时发现胎盘出现了变化或者羊水过少、胎心出现了变化，此时就不应再作等待，应在医生的安排下选择此时终止妊娠。

只要胎儿肺部发育成熟，产后仔细地照顾，不要因为"宫内1天胜过产后1周"的说法，而延误了最佳的终止妊娠时期，否则可能因胎儿在宫内缺血、缺氧而出现危险。

> **专家提醒**
> 也有个别孕妇，因预产期与实际孕期相差较远，可据当时B超情况由医生选择终止妊娠时间。

分娩时孕妇应如何配合医生

分娩时孕妇不是将自己完全地交给医生，而是应懂得与医生配合，努力做到以下几点。

☆思想放松，精神愉快

紧张情绪可以直接影响子宫收缩，而且会使食欲减退，引起疲劳、乏力，影响产程进展。

☆注意休息，适当活动

利用宫缩间隙休息、节省体力，切忌烦躁不安而消耗精力。如果胎膜未破，可以下床活动，适当的活动能促进宫缩，有利于胎头下降。

☆增强营养，补充水分

在待产过程中要尽量吃些易消化、易吸收的食物，以补充体力，同时还要多饮汤水以保证有足够的精力来承担分娩重任。

☆助产手法，顺利分娩

（1）深呼吸：每次宫缩时，均匀地深吸气，做腹式深呼吸动作，吸气要深而慢，呼气时也要慢慢吐出，宫缩停止时闭眼休息。

（2）按摩法：以两手指轻轻按摩腹壁皮肤，深吸气时将两手按摩至腹中线，呼气时再从腹中线移向两侧。也可按摩腹部最疼的地方。

（3）压迫法：在深吸气同时，用拳头压迫腰部肌肉或髂前上棘、髂嵴及耻骨联合部位。此方法与按摩法交替使用，可以减轻子宫收缩对大脑的刺激，减轻腹部酸胀疼痛的感觉。

（4）屏气法：宫口开全后，当宫缩开始时，在医生的指导下双腿屈起分开，两手抓住把手，像解大便一样用力向下屏气，时间越长越好。待宫缩过后，立即放松，争取时间休息。当胎头即将娩出时，产妇要密切配合接生人员，不要再用力向下屏气，避免造成会阴裂伤。

> **专家提醒**
>
> 剖宫产手术大多采用局部麻醉，少数则需要做全身麻醉（如心脏病、心功能不全、极度紧张者）。前者是在神志清楚的情况下进行手术，而后者则无知觉。因此，剖宫产中也不要忽视同医生配合，主要是指前者而言。在局部麻醉下行剖宫产手术时，产妇神志清楚，医生或护士一般在术中都要问产妇一些问题及自身的感受，有时还要产妇做深呼吸、屏气等动作。因此，产妇在回答问题时要清楚、认真、如实，不能因怕疼而夸大感受，也不能因紧张而所答非所问。这些都不利于医生对病情和对用药量的判定，从而影响到手术的顺利进行。在需要产妇做动作时，应按医生的嘱咐去做，不能敷衍或因怕疼而不做。

准爸爸该不该进产房

目前，许多医院在孕妇分娩时都采取了人性化的政策，提倡准爸爸走进产房，认为这样可以让丈夫更了解妻子生孩子的不易，从而加深夫妻之间的感情。但是在日本及欧美国家，又开始出现了另一种声音，大家在讨论是否要求丈夫离开产房。那么，该不该让准爸爸走进产房呢？准爸爸走进产房会带来哪些影响呢？

☆进不进产房取决于准爸爸的心理状态

专家研究发现，丈夫进产房后，不少人都会出现抑郁状况，尤其以性欲下降为主。据东京母子保健中心的统计显示，大约50%的男士经历妻子生产后，会产生不同程度的心理压力，严重的会出现勃起功能障碍（ED）问题。

在某论坛上，有准爸爸说出了自己的心声："进去以后不知道该站在哪里。整个过程看得清清楚楚，血淋淋的场面不停在脑子里绕，那以后很长一段时间我都对妻子没有性欲。早知道就不进去了！"

对此专家认为，产生性欲降低反应的男士，大多心理承受能力较弱，对自己将会看到的情形没有心理预期。这类准爸爸在性格上多属于不善表达、腼腆内向的类型。他们进产房后，往往不会表达自己的关心，只能坐在妻子身旁束手无策，沉默不语，或者在嘴里叨念："别紧张、别紧张。"但实际上，当他们看到胎儿的头从女性阴道中挤出时，看到妻子因为痛苦而扭曲的面孔后，会产生害怕的心理反应。

因此，如今很多妇产科医生在征询孕妇丈夫是否要进产房时，都会仔细了解其性格和心理承受能力，并做出客观建议。

☆进产房就要调整好心态

心理学家认为，丈夫因为进产房看到妻子生产，尤其是看到孩子从阴道出来，产生害怕心理而导致性欲低下是正常的。因为男性对于性的感受主要来自于视觉刺激，如果他经历了不愉快的视觉刺激，就有可能在大脑中留下深刻的印象，这样就会对以后的性生活产生不良影响，从而导致性欲下降。

同时，专家也指出，丈夫陪产导致男性性欲下降的情况属于少数，是可以在事前进行预防的，不能因为有可能导致男性性欲下降而不提倡丈夫进产房。因为丈夫只要保持良好的心态，陪产的过程是能对妻子的顺利生产和增强夫妻之间的感情起到很好的作用的。

因此，如果想陪妻子走进产房，准爸爸就要在医生的指导下做好心理准备，详细了解生

产的过程。如果觉得自己能够承受，在进产房前就要向医生咨询自己进入产房之后该做什么。

专家提醒

有些孕妇希望自己的丈夫能陪自己走进产房，而实际上并不是所有给妻子陪产的丈夫都会成为好爸爸和好丈夫，不陪产的准爸爸对孩子的爱也不会打折扣。对于准爸爸是否走进产房，要具体问题具体分析，而不是贸然选择走进产房，最后带来众多隐患。毕竟保证未来夫妻生活的和谐更重要。如果准爸爸没有调整好心态走进了产房，造成性欲下降，那么出现这种情况其实也不必担心，因为经过自我的心态调整，是能很快恢复的。

如何给宝宝喂奶

给宝宝喂奶是做妈妈的天职，但是在给宝宝喂奶的过程中，往往会有很多的问题，比如新妈妈对喂奶的技巧掌握得不好，宝宝不愿意吃奶等问题。对于这些棘手的问题，该如何解决呢？

☆保持正确的喂奶姿势

妈妈喂奶的姿势不正确，使乳房盖住了宝宝的鼻孔，造成了宝宝呼吸不畅。此时，妈妈只需用手指压住宝宝鼻孔前的乳房便可；另外，也应检查一下宝宝鼻内是否有异物，如有，就将干净的棉花棒沾湿，轻轻湿润宝宝的鼻腔（注意：棉花棒不能进入鼻腔过深）。

☆面对宝宝的情绪发泄

当宝宝不愿意吃奶，而只是哭闹、宣泄的时候，如果找不到任何造成宝宝拒食的明显原因，就要先检查一下他的尿布。如果没有尿湿，那么妈妈此刻最好先不要喂奶，而是抱抱他，和他说说话或唱唱歌，只有在他平静下来时才可以喂他。

☆宝宝突然不认乳头

宝宝一直是母乳喂养，可是最近突然不认乳头了！这种情况可能是因为宝宝喜欢用奶瓶，而不习惯妈妈的乳房。这时，妈妈最需要做的就是以极大的耐性让宝宝多吮吸；另外，为了让宝宝尽快地接受母乳，可以用把奶挤出来用小勺喂和让宝宝直接吮吸相结合的办法哺乳。

☆宝宝吃奶睡着怎么办

许多宝宝一吃奶就会睡着，过不多久却又醒来哭吵着要吃奶，吃了一会儿又睡着了。婴儿吃不好，睡不足，影响健康，妈妈也得不到很好的休息。

首先，妈妈在婴儿睡着时可轻轻揉他的耳垂，或用手指弹他的足底，将婴儿弄醒后继续喂哺。如果婴儿实在不醒，也不要勉强，让婴儿在小床上睡，过不多久婴儿醒来可继续喂食。如此连续四五次之后，由于数次吸乳，婴儿所需乳量已得到满足，就会睡较长时间，甚至四五个小时不醒。这时也不必把他唤醒，等到婴儿饥饿时自会醒来，虽然这样喂奶的时间规律被打乱，但并不会影响婴儿的吃奶量。这种喂奶的方法实际上就是"按需喂奶"。等到婴儿满月后，这种一吃奶就睡觉的情况会逐渐改变，那时再建立按时喂奶的习惯也不晚。

如果经观察，婴儿一吃奶就睡着是因为母乳不足、吮吸太累所致，就应及时补充牛奶，否则，每次吸乳均吃不饱，会影响婴儿健康。两者必须加以区别对待。

☆吃奶时间过长

有些宝宝吃起奶来没完没了，时间过长，妈妈就会担心了：吃这么多没问题吧？宝宝以吸奶为乐是他不肯松开乳头的另一个原因。如果宝宝没有真的在吸奶，妈妈就听不到宝宝吞咽的声音。虽然宝宝真正吸奶的时间只有开始时的三五分钟，但让他多享受一下妈妈的怀抱也并无不可。这时，妈妈最好微笑着注视宝宝，和他说说话、唱唱歌，这可是增进母子感情的最佳时机。

专家提醒

忙碌一天的妈妈，到了夜间，特别是后半夜，当宝宝要吃奶时，妈妈睡得正香，在朦朦胧胧中给孩子喂奶，很容易发生危险。尤其是躺着给孩子喂奶，就更容易发生意外了。建议妈妈应该像白天一样坐起来喂奶。喂奶时，光线不要太暗，要能够清晰看到孩子皮肤颜色；喂奶后仍要竖立抱，并轻轻拍背，待其打嗝后再放下。观察一会儿，如安稳入睡，保留暗一些的灯光，以便孩子溢乳时能及时发现。

怎样增加乳汁的分泌

中医认为，乳汁不足可能是气血虚弱或因肝郁气滞，乳汁运行受阻之故。因为乳汁乃气血所化，若元气虚弱（例如，营养不足）则乳水短少；另外，若产后情志抑郁，乳汁运行也会受阻。

☆临床检查乳房及乳汁

虚证者：乳房松软不胀不痛，挤压乳房时，奶水点滴流出。

实证者：乳房胀满而痛，乳腺成块，挤压乳房时疼痛、奶水难出。

气血虚弱者：本身先天体质虚弱、乳腺发育不良，生产时失血过多或操劳过度，都会造成乳汁的制造不足。这类女性，常是面色苍白或萎黄，食欲不振，舌淡苔薄、疲倦乏力的模样，所以必须补气养血加通乳。

肝郁气滞者：有时因为精神刺激，使乳汁骤然减少，乳房胀硬而痛，甚至会有微热。这类母亲大多有精神抑郁、胸胁胀痛、食欲减退的现象。必须用疏肝理气解郁的方式，必要时结合外治，以防乳汁壅积腐化成乳痈。

☆促进乳汁分泌的补品

葛根汤：对于乳腺发育良好，但奶水却郁滞流不出来，并感觉肩背酸痛者有助益。因为葛根具有促进乳汁分泌的效果，古时候为了催乳，常将葛根作饼服用。

十全大补汤：贫血元气衰弱、疲倦者，可用此方来增强体力。

乳泉散：产后乳汁不通的妇女，不论体质如何，都可用天花粉沾蜂蜜或砂糖食用。

☆具有通乳作用的药物

冬葵子：下乳滑胎，可治产后乳汁稀少或排乳困难、乳房胀痛。

王不留行、穿山甲：妇人服之，乳长流。治乳汁稀少或排乳不畅，可用王不留行煮猪蹄，配穿山甲、通草、黄芪等。

通草：用于产妇乳汁少，为下乳常用药，常配合王不留行、穿山甲使用，如下乳方。

王瓜、土瓜根：通乳药多用之。

滑石：通乳滑胎。

赤小豆：下胞衣、通乳汁。

> **专家提醒**
>
> 　　增加乳汁分泌还需要妈妈保持稳定的情绪，避免生气或过度劳累，要多吃富含蛋白质、碳水化合物、维生素的食物，如鱼、肉、蛋、牛奶、蔬菜、水果等，多吃些富有营养的汤汁，如鸡汤、鱼汤等。在医生指导下服用一些催奶的中药，如山海螺冲剂等。如确属乳腺发育不良所致的乳汁不足，则可采用混合喂养。

剖宫产如何科学坐月子

剖宫产不同于阴道分娩，它要在小腹部做一条长10厘米的切口，剖开肚子，切开子宫，取出胎儿后缝合。手术伤口很大，创面广，又和藏有细菌的阴道相通连，所以剖宫产是产科最大的手术，有很多并发症和后遗症。其常见的并发症有发热、子宫出血、尿潴留、肠粘连；最严重的并发症有肺栓塞、羊水栓塞，可导致猝死；后遗症有慢性输卵管炎及由此导致的宫外孕，另有子宫内膜异位等。所以术后加强自我保健，对于顺利康复是很重要的。

☆基本原则

剖宫产坐月子和自然分娩应该注意的事项是一样的，产妇不要受凉、过劳，保持心情愉快。

☆坚持补液，防止血液浓缩、血栓形成

剖宫产坐月子期间应坚持补液，防止血液浓缩、血栓形成，孕妇在生产期内消耗多、进食少、血液浓缩，加之孕期血液呈高凝状，故易形成血栓，诱发肺栓塞，导致猝死。故术后3天内常输液，补足水分，纠正脱水状态。此外，术后6小时可进食些炖蛋、蛋花汤、藕粉等流质食物。术后第二天可吃粥、鲫鱼汤等半流质食物。

☆ 及早运动

剖宫产坐月子时应及早运动，这是防止肠粘连、防止血栓形成、防止猝死的重要措施。麻醉消失后，上下肢肌肉可做些收放动作，术后6小时就可起床活动。这样可促进血液流动和肠段活动。

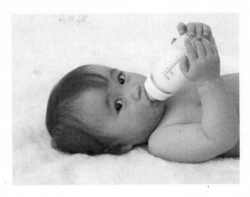

☆ 注意阴道出血

注意阴道出血，这是因为剖宫产子宫出血较多，家属应不时看一下阴道出血量，如远超过月经量，应通知医生，及时采取止血措施。对于腹部伤口应防止裂开，咳嗽、恶心呕吐时应压住伤口两侧，防止缝线断裂。

☆ 及时排尿

留置导尿管一般在手术第二天补液结束后拔除，拔除后3～4小时应及时排尿。卧床解不出时，应起床去厕所，再不行，应告诉医生，直至能畅通排尿为止。

☆ 注意体温

停用抗生素后可能出现低热，这常是生殖道炎症的早期表现。如超过37.4℃，则不宜强行出院；无低热者，回家一周内最好每天下午测体温一次，以便及早发现低热，及时处理。不宜等至高热再去急诊就医。因那时治疗较麻烦，且易转为慢性输卵管炎，造成继发不孕症或宫外孕。

☆ 当心产后出血

剖宫产子宫有伤口，较易导致死性大出血，产后晚期亦较多见，回家后如恶露明显增多如月经样，应及时就医，特别是家住农村交通不便者更宜早些。最好直接去原分娩医院诊治，因其对产妇情况了解，处理方便。

☆及时采取避孕措施

房事一般于产后42天、恶露完全干净后开始。初期宜用避孕套，产后3个月应积极采取避孕措施。因为此时一旦受孕，再终止妊娠做人工流产，会特别危险。

☆注意经期伤口疼痛

伤口部位的子宫内膜异位症时有所见，表现为经期伤口处持续胀痛，且一月比一月严重，后期可出现硬块。一旦出现此类症状，应及早去医院就诊。

专家提醒

当前剖宫产率如此之高，是极不正常的，很多剖宫产是孕妇自己要求的，而由此造成的并发症很多，防不胜防，故孕妇不应要求做此种手术。自然分娩是顺产，产后并发症极少，是有理智、有毅力的孕妇应极力争取的，如果孕妇不能自然分娩，那么何时行剖宫产，应该尊重产科的医生的意见。

细心呵护产后第一次月经

因为个人身体状况不同，再加上受母乳喂养的影响，有些妈妈产后月经会出现不规律或者迟迟不来的问题。

☆产后第一次月经何时来

如果没有喂母乳的产妇，产后6～8周月经就会来。而产后第一次月经的量则不一定，有的人多，也有人极少。母乳喂养的产妇，则可能会有很晚来月经的，有产妇在产后第18个月才来，这可能是哺乳使体内泌乳激素上升，抑制了排卵。

不过，这并不代表全部人的状况。应该说，如果有规律地喂母乳，月经没

有来，这是正常的现象，但如果没有喂母乳而且怀孕前月经正常，产后过了3个月月经还是没来，最好到妇产科检查。

☆产后月经不调怎么办

有些妈妈产后会出现月经不调的问题，可能是量太多或太少，或是月经来的时间很乱。基本上要两三个月经周期才会恢复正常，但如果有特殊状况的女性，如过胖、精神压力太大、卵巢功能有问题等，也都会造成产后月经不顺或是没来，此时，就需要找产科医师检查，找出原因再治疗。

☆哺乳妈妈的月经

当月经来潮时，哺乳妈妈的乳量一般会有所减少，乳汁中所含蛋白质及脂肪的质量也稍有变化，蛋白质的含量偏高些，脂肪的含量偏低些。这种乳汁有时会引起婴儿消化不良症状，但这是暂时的现象，待经期过后，就会恢复正常。因此无论是处在经期或经期后，妈妈都无须停止喂哺。

专家提醒

生产后的7～10天里，妈妈的恶露现象将一直会出现。

恶露与月经是不同的。

月经是成熟妇女约每月一次的周期性子宫出血，它经由阴道排出人体外。女性体内的激素分泌，使子宫内膜产生周期性的变化，以备孕育胎儿；但如果没有怀孕，则子宫内膜会脱落及出血，再经过子宫颈和阴道排出体外。简单地说，恶露是子宫内膜剥落所致，由子宫内的残血、白血球、黏液和组织等混合而成的分泌物，经阴道脱落排出。在产后的初期，由于血液和血块是恶露的主要成分，因此在前三四天中，分泌物显得极为鲜红，在这个时期的产妇早起时（或经过一段长时间的卧床），阴道可能会突然涌出较多的血液，这多半是正常的现象，产妇并不需要过于担心。

第十章 常见病——不需以为人人皆有

怀孕对一个家庭来讲，是一件大事。而不同的孕期常见病，总会困扰着怀孕期间的孕妇。事实上，孕期常见病不是每个人都有，也不是贯穿于孕期全过程的。因此，不同的人群应根据自身的身体特征及不同常见病发生的不同孕期进行了解，以便获得更健康的心态和身体。

孕早期高危妊娠

高危妊娠，顾名思义就是指妊娠期间某些并发症，或某种病理因素或致病因素对孕产妇及胎儿而言有较高危险性，也可能导致难产等情况的发生，甚至可能直接危害母亲及胎儿的健康和生命安全。具有高危妊娠因素的孕妇，称为高危孕妇。那么，到底哪些女性在怀孕期间可能会发生高危妊娠呢？一旦被确诊为高危妊娠应该怎么办呢？

☆高危妊娠的对象

首先，从孕妇本身情况来看。孕妇年龄小于18岁或者大于35岁；孕妇身高在145厘米以下，体重不足40千克或超过85千克，骨盆狭窄，容易发生难产。另外，女性身体比较肥胖，营养明显不良，或生殖道畸形等也易发生高危妊娠。

其次，从女性已有的病患或手术情况来看。凡妊娠期间服用过对胎儿有影响的药物、接触过放射线、化学毒物等；有异常妊娠病史者，如流产、异位妊娠、新生儿死亡、新生儿畸形等；各种妊娠并发症，如妊高征、前置胎盘、母儿血型不合等；各种妊娠合并症，如心脏病、肝炎；可能发生分娩异常者，如胎位异常等；患过影响骨骼发育的疾病，如佝偻病、结核病等；盆腔肿瘤或曾有过手术史

等；患有内科疾病，如原发性高血压、先天性心脏病、糖尿病、甲状腺功能亢进、肾脏病、肝炎、贫血、内分泌疾病等；病毒性感染，如巨细胞病毒、疱疹病毒、风疹病毒等，这些因素都可能导致孕妇成为高危孕妇。

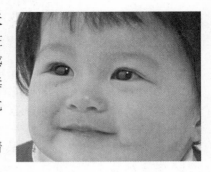

最后，倘若出现巨大儿、多胎妊娠等情况，也可能形成高危妊娠。

☆高危妊娠的应对

首先，做好孕前咨询和孕早期高危妊娠筛选。高危妊娠的相关因素除了身高、体重和年龄外有很多因素都是不确定的，如果尚未怀孕的女性计划怀孕，应该做一次孕前咨询，把自身情况告诉医生，让医生根据具体情况进行科学指导，至少可以判断怀孕期间出现高危妊娠的可能性。怀孕后，应该在孕早期到医院做产前检查，配合高危妊娠的筛选，医生会根据孕妇的病史及体格检查，来评定孕妇是否属于高危妊娠。

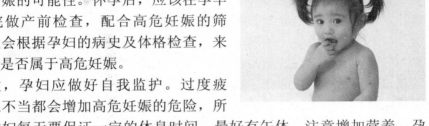

其次，孕妇应做好自我监护。过度疲劳、休息不当都会增加高危妊娠的危险，所以高危孕妇每天要保证一定的休息时间，最好有午休。注意增加营养。孕妇的健康及营养状态对胎儿的生长发育极为重要。积极纠正贫血，并补充足够的维生素、铁、钙及各种微量元素、多种氨基酸，孕妇不要挑食、偏食，要注意各种营养的合理搭配。对伴有胎盘功能减退，胎儿宫内生长迟缓的孕妇，应给予高蛋白、高能量的饮食，并补充足量维生素和铁钙等。平时除了加强营养外，应该经常锻炼，保持愉快放松的心态，有助于预防各类并发症，将高危因素降低。高危孕妇要学会数胎动。胎动是胎儿在宫内健康状况的一种标志，数胎动也是判断胎儿状态最简单的方法。

最后，在条件较好的医院或保健机构进行孕前和孕期检查，并定期随访，积极配合医生，如实反映病情，严格遵从医嘱。倘若有需要，可以到医院进行定期吸氧，或输注葡萄糖、维生素C及多种必需氨基酸，提高

胎儿对缺氧的耐受力。

孕早期剧烈呕吐

　　一般来说，孕早期呕吐是正常现象。孕妇大约在停经40天就有轻度的恶心、呕吐，特别容易在晨间起床后空腹状态时发生，故称晨吐，这是怀孕的正常反应。但是，少数孕妇恶心呕吐的情况比较严重，不同于一般的早孕反应，而且不局限于早晨，频繁呕吐，严重时进食即吐，甚至连喝水都吐，以致营养供给受到影响，明显消瘦，自觉全身乏力。这就是一种异常现象，这种反应称为妊娠剧吐。出现妊娠剧吐的孕妇，应到医院就诊，通常应住院治疗。如延误治疗，会引起营养缺乏和脱水，会给孕妇的健康及胎儿的发育带来严重危害，甚至危及生命。那么，应该怎样应对这种孕早期的妊娠剧吐呢？

☆饮食调理

　　对于有妊娠剧吐的孕妇来说，饮食更加重要，她们可能比正常妊娠的孕妇需要更多的营养和水分。在食物的选择上，应以易消化、清淡为主，不要限制饮食，择己所好，食用易消化的食物。此时不应进食过于油腻滋补的食物，以免增加对胃肠道的刺激。少量多餐，但要有规律，不要让自己有饥饿感，吐了也要坚持再吃。首选富含碳水化合物、蛋白质、维生素的食物，如粥、豆浆、牛奶、藕粉、新鲜的蔬菜水果等。晨吐较严重者，可以在床上吃早饭，进食后继续卧床30分钟再起床。

☆自身调养

　　注意休息，保证每天有8小时的睡眠，避免过度疲劳，但不需经常卧床，白天可适当运动。卧室的门窗应敞开通风，保持空气清新。避免一切不良的情绪刺激。晨起刷牙时应避免碰到咽部，以免诱发或加剧呕吐。烹饪气味易诱发和加剧呕吐，因此应尽可能不进厨房。不要看过于悲伤的电视剧、电影及书籍，可多听舒缓的音乐，保持心情愉快。

☆药物辅助

对于呕吐特别剧烈的孕妇，若通过调养等方式仍不见好转，应到医院征求医生意见。可以在医生指导下适当补充维生素，如口服维生素B_1、维生素B_6、维生素C，直至症状明显改善，不能口服者，可采用肌内注射的方式补充。也可在医生指导下口服镇吐剂，如苯巴比妥、氯丙嗪（冬眠灵）等。另外，也可以咨询中医师，辨证服中药，也会有比较肯定的效果。

> **专家提醒**
> 一般来说，出现严重的孕早期呕吐，首先应检查排除由消化系统或神经系统疾病引起的呕吐。其次，孕妇要消除顾虑，保持精神乐观，毕竟妊娠剧吐是怀孕所特有的现象，一般大多停经3个月后就会自然消失。此外，大多数病人经过上述调理都会逐渐好转，但若无效，出现脱水及其他新陈代谢障碍者，则需要住院治疗，通过输液补充机体丢失的水分、电解质和能量。经积极治疗无效，病人出现持续性黄疸、精神症状等情况时，可以考虑行治疗性流产。

孕早期腹痛

腹中孕育的小生命在最初总是带给孕妈妈无限的欣喜，然而，欣喜过后孕妈妈渐渐就能察觉腹部出现的一些不适。这是正常现象。这是因为胎儿在子宫内生长的时候子宫的肌层还不是很适应，而且子宫也在慢慢增大，随着胎儿的生长，这种感觉会逐渐消失的。也正是这个原因使很多女性认为孕早期有腹痛现象是很正常的事情。在孕早期，有些腹痛是生理性的，即因为怀孕所引起的正常反应，但有些却是病理性的，可能预示着异位妊娠或流产等危机的发生。无论是慢性腹痛，还是急性腹痛，均需尽早去医院就诊。特别是腹痛较轻的孕妇，不可掉以轻心，以免延误治疗时机。那么，哪些腹痛是正常的生理反应，哪些是身体提

出的疾病警告呢？这些问题还是要弄清楚。

☆生理性腹痛

在孕早期，很多孕妇总感觉有些胃痛，有时还伴有呕吐等早孕反应，这主要是由孕早期胃酸分泌增多引起的。这种情况属于孕早期的常见现象，属于正常的生理反应，孕妇们不必太惊慌。这时要注意饮食调养，饮食应以清淡、易消化为原则，早餐可进食一些烤馒头片或苏打饼干等。随着孕早期的结束，这种不适会自然消失。

☆病理性腹痛

在孕早期出现腹痛，特别是下腹部疼痛，首先应该想到是否是妊娠并发症，常见的并发症有先兆流产和宫外孕。

是先兆流产的症状？孕妇在孕期前几个月，如果出现阵发性小腹痛或有规则腹痛、腰痛、骨盆腔痛，问题可能就比较复杂。如果同时伴有阴道点状出血或腹部明显下坠感，那可能预示着先兆流产。此时，孕妇应该少活动、多卧床、不要过性生活、勿提重物，并补充水分，及时就诊。如果疼痛加剧或持续出血， 必须立即就医。

是宫外孕？如是出现单侧下腹部剧痛，伴有阴道出血或出现昏厥，可能是宫外孕，应立即到医院就诊。

除此之外，完全性流产及不完全性流产都有可能导致腹痛。完全性流产为胚胎组织（包括胎盘及胎儿）排出体外的状况，会伴随收缩性腹痛或痛经样的腹痛。不完全性流产则是只有部分的胚胎组织排出体外。在身体征兆上，除了排出部分胚胎组织外，腹部还会出现犹如分娩般的间歇性疼痛。因此，当发生腹痛的时候，孕妇不能盲目卧床休息，这种盲目采取卧床保胎的措施并不可取，应及时到医院检查治疗，以免延误病情。

专家提醒

除了以上两种由于怀孕而引起的腹痛外，还有一些并非怀孕而引起的腹痛，一般统称为非妊娠原因的腹痛。孕期出现的一些疾病，也可引起孕妇腹痛，但这些病症与怀孕无直接相关，如阑尾炎、肠梗阻、妊娠剧吐症、泌尿道感染、胆石症和胆囊炎等。因为在孕期出现腹痛比较常见，所以有时出现了非妊娠原因的腹痛，容易被孕妇忽视。而且仅根据腹痛的部位、时间、疼痛程度等判断，病症腹痛与因妊娠而引起的腹部不适往往难以区别，不经详细检查很难知道腹痛的确切原因。因此，当发生腹痛的时候，孕妇最好能及时到医院检查。

孕早期阴道出血

　　一般来说，在怀孕12周以内发生的阴道流血，称为孕早期阴道出血。有的出血是小量出血，淋漓不尽，有的则为突发性大出血，甚至引起孕妇休克。阴道出血是早期怀孕常见的问题，大约1/4的孕妇会发生这样的情况。根据统计，怀孕前半期发生阴道出血后，大约有一半的病人能成功继续怀孕，另外约30%的病人会发生自然流产，10%的病人是宫外孕，而极少数病人可能是葡萄胎、子宫颈病灶等问题。对于已经确诊怀孕的妇女来说，一旦出现阴道流血，无论有无腹痛，都应立即去医院就诊，确定阴道流血的原因，以免延误治疗时机。

☆流产

　　凡妊娠不足20周，胎儿体重低于500克而终止妊娠者，称为流产。流产分很多类型，包括先兆流产、难免性流产、不完全性流产、完全流产、稽留性流产、习惯性流产等。其中仅先兆流产和习惯性流产在阴道出血量少，持续时间短。如果可以排除胚胎异常，在保胎治疗有效的情况下才能予以保胎，继续妊娠；反之，应予刮宫治疗，以及时止血，清除不正常的胚胎。

☆宫外孕

　　如果受精卵在子宫体腔以外的部位着床，称异位妊娠，习称宫外孕。最常见的宫外孕是输卵管妊娠。由于受精卵在输卵管中着床，随着孕卵不断发育，输卵管壁渐被撑薄，最终可被撑破或孕卵从输卵管峡部流入伞端，从而引起腹腔内出血。因此，发生宫外孕的女性可能会出现两种情况，一种是常见的胚胎发育不良或死亡引起内分泌变化，使子宫内膜剥脱引起阴道出血，这种情况并不危险；另一种情况是腹腔内出血，有腹腔内出血的病人常腹痛难忍、面色苍白、出冷汗、脉搏增快，甚至引起休克，如不及时就医可危及生命。

☆葡萄胎

倘若妊娠后胎盘绒毛中的滋养细胞发生不正常增生，终末绒毛转变成水泡状，水泡间相连成串，形似葡萄，就称为葡萄胎。葡萄胎是一种良性肿瘤，有时具恶性倾向，成为发生恶性滋养细胞肿瘤的前驱。葡萄胎的生长比正常胚胎快，使子宫异常增大，可引起下腹胀痛。病人还可出现高血压、水肿、蛋白尿，甚至甲状腺功能亢进的症状。一般来说，发生葡萄胎后应该尽快到医院诊断，倘若确诊为葡萄胎应该尽快实施手术或药物治疗，以免对母体造成伤害。

专家提醒

当遇上早期阴道出血时，孕妇们通常会很担心，不知道是否会流产或生下不正常的胎儿。许多研究显示，早期怀孕出现阴道出血后，如果继续怀孕成功而生产，其婴儿有先天性异常的比例并未因此而有增加的现象。不过，如果发生了阴道出血的现象，必须尽快就医。医生会根据孕妇出血量多少、血压、脉搏等情况决定是否需要住院观察，可能会询问一些相关资料，比如最后一次月经日期、月经是否规则、是否曾出现害喜及乳房胀痛的现象、是否有下腹痛的症状。如果有必要可能还要做超声波检查及抽血验血清中绒毛膜激素或黄体素，以帮助诊断究竟是正常子宫内怀孕、自然流产、子宫外孕或是葡萄胎。

胎儿宫内窘迫

胎儿在宫内有缺氧征象危及胎儿健康和生命者，称为胎儿窘迫，表现为胎心音和胎动、发育异常，以及羊水被胎粪污染等。胎儿窘迫是一种综合症状，是当前剖宫产的主要适应证之一。胎儿窘迫还可造成胎儿永久性中枢神经损害，导致日后残废或智力低下。因此，孕妇应该注意多自我观察，一旦发现胎儿异常应及时就诊，这样可尽可能地降低胎儿危险性。

☆胎儿窘迫症状

首先，胎心变化。一般情况下，当子宫收缩时，由于子宫—胎盘血循环暂时受到干扰使胎心变慢，但在子宫收缩停止后，很快即恢复正常。因此，判断胎心音正常与否应以两次子宫收缩之间的胎心为准。胎心音首先变快，但有力而规则，继而变慢，弱而不规则。因此，在发现胎心变快时就应提高警惕。从医学角度来说，胎心音每分钟在160次以上或120次以下均属不正常，低于100次表示严重缺氧，因此有条件者，应进行胎心监护。

其次，羊水胎粪污染。胎儿缺氧，引起迷走神经兴奋，肠蠕动亢进，肛门括约肌松弛，使胎粪排入羊水中，羊水呈绿色、黄绿色，进而呈混浊的棕黄色，即羊水Ⅰ度、Ⅱ度、Ⅲ度污染。羊水Ⅰ度、甚至Ⅱ度污染，胎心始终良好者，应继续密切监护胎心，不一定是胎儿窘迫；若胎心经约10分钟的监护有异常发现，仍应诊断为胎儿窘迫。

最后，胎动异常。胎动减少是胎儿窘迫的一个重要指标，每日监测胎动可预知胎儿的安危。胎动消失后，胎心在24小时内也会消失，故应注意这点以免贻误抢救时机。胎动异常活跃是胎儿缺氧时一种挣扎现象，往往是胎动消失的前驱症状，也应予以重视，随缺氧加重胎动可减少，甚至停止。

☆胎儿窘迫原因

首先，孕妇原因。母体血液含氧量不足是重要原因，轻度缺氧时母体多无明显症状，但对胎儿会有影响。孕妇患心脏病、心力衰竭、高烧、急性失血、严重贫血、肺心病、高血压、慢性肾炎、妊高征及使用麻醉剂等，均可使孕妇血容量不足而使胎儿缺氧。另外，母体子宫收缩过强、过频，甚至强直性收缩，使子宫血循环受影响，也可能使胎儿缺氧。

其次，胎儿原因。胎盘早期剥离、前置胎盘等，可引起胎盘循环障碍而使胎儿缺氧。脐带打结、脱垂、绕颈、绕体等，使脐血管输送血流功能受阻而引起胎儿缺氧。胎儿心血管系统功能不全、胎儿颅内出血、胎儿畸形及母婴血型不合等，也可以导致胎儿缺氧。

最后，其他原因也可致胎儿窘迫。脐带和胎盘是母体与胎儿间氧及营养物质的输送传递通道，其功能障碍必然影响胎儿不能获得所需氧及营养物质，比如脐带血运受阻、胎盘功能低下、胎盘形状异常和胎盘感染等。此外，子宫胎盘血运受阻，比如急产或子宫不协调性收缩等，也有可能导致胎儿缺氧。

胎盘早期剥离

如果孕妇发现阴道出血、子宫压痛、腹部疼痛或子宫异常收缩等情形时，应马上就医，因为这有可能是胎盘早期剥离，严重时甚至会危及母子健康与生命。那么，什么是胎盘早期剥离呢？一般在妊娠20周后或分娩期，正常位置的胎盘，在胎儿娩出前部分或全部从子宫壁剥离，称为胎盘早期剥离（胎盘早剥）。胎盘早剥是妊娠期的一种严重并发症，主要症状是阴道出血和腹痛。根据胎盘剥离面大小及出血量多少，临床表现有轻重不同。

☆主要症状

根据出血的情形，胎盘早期剥离可分为轻度、中度、重度三种主要形式。

（1）轻度胎盘早期剥离：大部分的胎盘早期剥离属于这一型，尤其在妊娠末数周或分娩第三产程前发生者，剥离处的出血除了部分积存在子宫内之外，也会经由子宫颈流出体外，而胎盘因为没有完全剥离，后遗症较少也较不严重。一般胎盘剥离而不超过胎盘的1/3，腹部检查子宫软，压痛不明显，或仅有轻度局限性压痛，无隐性出血现象，显性出血量亦不多，常少于400毫升。子宫大小与妊娠月份相符，胎位、胎心音清楚。

（2）中度胎盘早期剥离：隐性出血（即内出血）明显时，子宫上端有剧痛，呈强直性收缩，且有明显压痛；显性出血者，腹痛较轻，如果胎盘剥离由隐性出血转为显性出血，则阴道出血量增多，其量常达400毫升以上。有时虽然出血来自于剥离不完全的胎盘，但因为羊膜完整未受损伤，使血液无法经由子宫颈流出，而形成所谓相对隐藏型出血。这种状况下的孕妇会初觉胎动加剧，胎心率增快或变慢、不规则。

（3）重度胎盘早期剥离：以内出血为主，阴道有少量或无出血，失血症状明显或休克，可突然发生剧烈腹痛。触摸腹部子宫硬如板状，由于子宫内出血，子宫大于妊娠月份，压痛明显，肿位不清，多发于妊娠高血压综合征或有外伤史的妊娠晚期孕妇。由于出血局限在子宫腔内，血液无法经由子宫颈流出，胎盘可能已经完全剥离，后遗症通常很严重。如胎盘剥离超过1/2以上，胎儿多因严重宫内窘迫死亡。

☆应对措施

如果孕妇发现阴道出血、子宫压痛、腹背部疼痛或子宫异常收缩等情形时，应马上就医，以免延误诊断及治疗。如果胎儿尚未成熟、出血不严重、子宫没有或只有轻微过度敏感、没有胎儿窘迫的现象，则最适当的处理是持续观察。在排除前置胎盘的诊断后，住院安胎、备血及观察24～48小时，直到确定进一步的胎盘剥离不会再发生而且也不会早产时，则可出院休养，并定期回诊追踪检查。

如果当孕妇表现的临床症状明显恶化，或是因出血、子宫痉挛、胎儿窘迫而证实是胎盘剥离，应尽快住院治疗。若已经接近临盆，倘若胎盘剥离的程度有限，而且可以监测胎儿是否窘迫；或是当剥离的范围广泛，但是胎儿已经或被怀疑死亡时，此时可以尝试阴道生产。如果已经出现胎儿窘迫情形或是临床症状明显恶化，胎儿却无法即时娩出，或是出现在子宫收缩时有无法控制的出血、隐藏型出血使子宫急速胀大、痉挛的子宫因出血而瘫软等状况时，无论胎儿是否存活，都必须马上生产，因此剖宫产是必要的。

专家提醒

就目前来说，引发胎盘早剥的原因还不确定，但可能与血管病变、宫腔内压力骤然改变、外伤、脐带过短或全身性疾病有关。以创伤较多见。腹部直接被撞击，如摔倒；胎位不正，进行外倒转术时手法粗暴；重体力劳动时局部过度牵拉；或胎儿脐带过短，胎头下降时被牵扯；羊水过多，破水时羊水流出过于迅速，或双胎时第一胎儿娩出太快，使宫腔内压力突然降低等，都可以引起胎盘早剥。另外，精神上过于恐惧、忧虑，引起子宫的变化和循环紊乱，也可引起胎盘早剥。

孕中期妊高征

妊高征是妊娠高血压综合征的简称，是妊娠期特有而常见的并发症，一般在妊娠6个月左右可以发生，但多见于孕晚期7～8个月以后，是危及母亲和胎儿生命的死亡率较高的疾病。妊高征的主要表现之一就是高血压（≥140/90毫米汞柱），除此之外还会伴有水肿和蛋白尿。病情严重时会出现抽搐、昏迷，甚至危及孕妇和胎儿的生命安全。

那么，妊高征是怎么引起的呢？该如何应对呢？

☆妊高征的诱因

目前妊高征的病因尚不十分清楚，可能与母体耐受不了妊娠的负担而发生各种各样功能障碍有关。虽然正常怀孕女性也会出现下肢水肿的现象，但她们只要休息一夜，第二天基本可以恢复；但妊高征患者的水肿经休息也不消失，而且不仅下肢水肿，面部、双手均有水肿。从一般临床经验总结来看，诱发妊高征的因素可能有以下几点。

首先，从孕妇本身情况来看，年轻初孕妇或高龄初产妇；有慢性高血压、慢性肾炎、糖尿病等病史的孕妇；营养不良，如贫血、低蛋白血症者；体型矮胖者均有可能患妊高征。此外，家族中有高血压史，尤其是孕妇之母有重度妊高征史者也容易患妊高征。

其次，孕妇精神过分紧张或受刺激致使中枢神经系统功能紊乱，或者由于羊水过多、双胎妊娠、糖尿病巨大儿及葡萄胎等导致子宫张力过高，这些也可能会诱发妊高征。

最后，寒冷季节或气温变化过大，特别是气压升高时，也是一个诱发因素。

☆妊高征的应对

患妊高征期间，由于胎盘无法得到足够的血液，阻碍了胎儿的发育，为此会早产出未成熟儿，这类早产儿体弱且死亡率高，脑性麻痹等后遗症发生率也很高。因此，孕妇应该认真做好妊高征的预防工作。

首先，孕妇一定要坚持进行产前检查。妊娠早期需测量一次血压，以便了解基础血压，以后定期检查，如出现头昏、下肢浮肿等应随时到医院就诊。尤其是温度降低时要注意自己血压的变化，做到及时发现、及时治疗。

其次，应科学增加营养。增加蛋白质、维生素、铁、钙和其他微量元素的摄入，适当减少脂肪和过多盐的摄入，对于预防妊高征有一定的作用。从妊娠20周开始，每天补充钙剂2克，可降低妊高征的发生率。

最后，妊娠中、晚期应多休息，身心放松，保持好心情和精神愉快。一旦发现妊高征，无论轻与重都必须遵照医生指导积极配合治疗，这样才能确保母婴健康。

专家提醒

可能是由于怀孕期间特有的现象太多了，比如呕吐、腰酸背痛等，这些症状往往过了孕期就能自然消失。因此，一些孕妇对妊高征也是不以为然，认为即使得了妊高征，也不用太在意，等过了孕期自然就会痊愈。这种想法是不对的。还有一些孕妇太过自信，觉得只要多运动、注意休息，饮食平衡，就可以避免得妊高征；也有的孕妇认为孕前和孕早期血压一直都正常，应该不会有患妊高征的危险了；或认为只有高龄产妇才会患妊高征，35岁以下的孕妇不必担心。这样的想法同样是片面的，因为妊高征的诱发因素并非只有一个，而是一种综合性的症状。而另外一些孕妇则表现得很敏感，血压稍稍比平时高一点、感觉头晕就怀疑自己得了妊高征。其实，这也都是对妊高征了解得过于片面而导致的误解。

孕中期水肿

一般来说，到了孕中期，由于子宫进一步增大，子宫压迫下腔静脉，使静脉血回流受阻而导致下肢轻度水肿。这种表现不是每个孕妇都会出现的，一般水肿发生在怀孕五六个月之后，不应该发生过早。这个时候，孕妇会发现自己的脚踝和腿部"肿"起来了，一按就凹。最先出现在人体最低部位，如足踝部，休息后稍退，逐渐加重并向上蔓延。有的为可凹性水肿；有的皮肤肿胀透亮而按之并无凹陷；有的无明显水肿，但体重增加每周超过500克，这就是隐性水肿。一般而言，90%以上的女性在怀孕期间脚踝和腿部都会出现水肿现象，因此这应该是正常现象，不算什么疾病，而这种现象一般在怀孕后期都会好转。

☆正常水肿的区分

从医学角度看，水肿是血管内的液体成分渗出，积聚在组织间隙中造

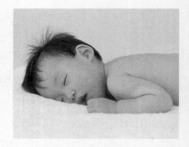

成的。因此，孕妇站久或坐久时，水分可在下肢积聚，会出现凹陷性水肿，这是妊娠期的主要生理现象。水肿部位可随体位而改变，半坐、卧位时腰骶部及阴唇明显，严重者会引起全身水肿。不过这种水肿与一般疾病导致的水肿不同，这种水肿一般在较长时间休息后能够消退，早晨轻、晚间重，不是病理现象。

有些疾病也能引发水肿现象，比如肾病性水肿、肺病性水肿、营养不良性水肿、维生素B_1缺乏症、内分泌性水肿、血管神经性水肿、特发性水肿等。如果孕妇的下肢水肿经过6小时以上休息仍不能消退，且逐渐向上发展，那就不正常了。如果同时合并有心脏病、肾病、肝病、高血压、营养不良等就应引起高度重视，因为这些并发症会对孕妇及胎儿产生严重后果。

☆水肿的应对

孕妇要想避免孕中期的水肿现象，首先必须要有充足的休息时间。要保证充足的休息和睡眠时间——每餐后休息半小时，下午休息2小时，每晚应睡9～10小时。在上班时，如果没有条件躺下休息的可以在午饭后将腿举高，放在椅子上，采取半坐卧位休息一段时间。其次，不要过度紧张和劳累。到了孕中期，孕妇应该调整好工作和日常的生活节奏，不能过于紧张和劳累，不要久站或久坐。同时不要过度紧张，防止情绪激动。最后，要注意饮食调整。要摄取高蛋白、低碳水化合物的食物。过咸、太辛辣、腌制品等食物要适量，平常可以多喝点具有利尿效果的红豆汤。饮食要清淡，但不是完全禁盐，因为妊娠后期体内增加了排钠的激素。此外，孕妇最好多喝白开水，协助排泄系统把体内的废物排出，有助于防止水分在体内停滞，但也要注意喝水不要过量。

> **专家提醒**
> 无论什么原因引起的妊娠水肿，药物治疗都不能彻底解决问题，必须改善营养，增加饮食中蛋白质的摄入，以提高血浆中白蛋白含量，改变胶体渗透压，才能将组织里的水分带回到血液中。如果孕妇因水肿而产生不适时，应该尽可能抬高腿部以利于下肢静脉回流。最好能侧躺下来，在下肢处垫一个小枕头，休息半小时。孕妇侧躺时以左侧卧位为好，如果因较长时间的左侧卧位感到不舒服，可暂改为右侧卧位。若仰卧位时发生了晕厥，家人应帮助孕妇将身子推向左侧卧，这样她就会很快苏醒过来。

孕中期阴道出血

到孕中期，胎盘已经可以牢固地种植于子宫蜕膜之上了，即使有一定程度的子宫收缩也不易发生流产。因此，这个时间出现流产的几率相对孕早期来说要少一些。从这个角度分析，孕中期发生阴道流血的情况应该较少。一般来说，若孕中期出现阴道流血往往是由于前置（或低置）胎盘、胎盘早剥、先兆流产、宫颈炎症出血及凝血异常等原因导致。由于此阶段是腹中胎儿成长发育的关键时期，因此，一旦出现没有任何征兆的剧痛或出血，应该及时去医院检查，发现问题要及时治疗，否则可能会危及孕妇和胎儿的生命。

☆主要原因

第一，前置胎盘。正常情况下胎盘附着在子宫体部，发生前置胎盘时，胎盘位置下移，附着于子宫颈口附近。患者可发生无诱因无痛性反复阴道流血，开始出血量少，随着出血的反复发生，出血量越来越多。由于反复多次或大量阴道出血，患者可出现贫血，严重者发生休克，还能导致胎儿缺氧甚至死亡。

第二，胎盘早期剥离。胎盘早期剥离指正常位置的胎盘在胎儿娩出前，部分或全部从子宫壁剥离。轻型胎盘早期剥离阴道出血量较少，腹痛轻，对孕妇和胎儿威胁较小。重型胎盘早期剥离在阴道出血的同时多伴有内出血和持续性腹痛，患者病情危重，可在短时间内休克，胎儿因缺氧而死亡。

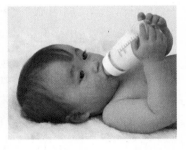

第三，先兆流产。先兆流产可发生在妊娠早、中期，是妊娠中最常见的危险征兆。阴道出血量视流产类型而异，多数孕妇伴有下腹阵发性坠痛；随着病情的发展，阴道出血可逐渐增多，同时会出现腹痛次数增加、程度加重、腹部感到寒冷、有时感觉不到胎动等症状。

第四，宫颈糜烂。宫颈糜烂可能会造成整个孕期都或多或少出血，不间断。这种出血与自然流产时子宫收缩，使胎盘与子宫分离造成的流血不同。它不会直接影响胎儿的发育，只要及时止血，妊娠仍可正常进展。如果不及时止血，则影响正常妊娠，最终导致流产。过度性生活，过量食入巧克力、辣椒、桂圆等热性、刺激性食物也会加重出血症状。

☆出血原因判断

倘若刚进入孕中期后出现阴道少量出血，不超过月经量，不伴有阵发性腹痛，多为先兆流产，此时应该多卧床休息。倘若阴道流血明显增多，超过月经量，并出现下腹阵性坠痛，可能已发展为难免流产；阴道流血时多有"肉块"流出，阴道流血仍持续不断，应考虑为不完全流产；若阴道流血，腹痛时有胎儿、胎盘娩出，阴道出血明显减少，提示为完全流产，出现以上症状应立即将孕妇送往医院检查，明确诊断以便及时处理。

倘若已经到了孕中期的末期，比如6～7个月时，阴道突然大量出血（多在夜间，超过100～200毫升），不伴有腹痛，应高度怀疑为前置胎盘，即刻就近送有一定条件的医院，依据情况验血、输液、卧床观察或行手术治疗保全孕妇的生命。若孕中期腹部受损伤后出现腹痛、阴道流血、子宫变硬或不变硬、面色苍白、贫血程度与阴道出血量不相符，多为胎盘早剥，应即刻送医院治疗。

专家提醒

到了孕中期，随着胎儿一天天长大，盆腔内的血液供应增加，子宫也随之胀大继而压迫静脉，造成血液回流受阻；再加上妊娠期间盆腔组织松弛，这都会促使痔疮的发生和加重。另外，由于直肠肛门部位受到子宫压迫而血行淤滞，也会促使痔疮的发生。当便秘严重时常见痔疮出血，不过这种出血与阴道出血不难辨别。遇到这种情况，孕妇可以通过改变日常生活习惯和加强饮食调理来达到改善和治疗的效果。此外，当阴道有出血时，皮肤、口腔、鼻黏膜也有出血点，应检查有无血液系统疾病如再生障碍性贫血、血小板减少性紫癜和白血病等。

胎儿脐带绕颈

大家都听说过"脐带绕颈"吧，产检时若收到写有胎儿脐带绕颈的B超单，准妈妈们都会满脸愁云，好像胎儿一定会出现什么危险似的。一般来说，胎儿在子宫内活动时，脐带有可能缠绕在胎儿身体某个部位（最常见的是颈部）。脐带绕颈的发生率为20%～25%，也就是说，每4～5个胎儿中就有一个生下来发现是脐带绕颈的。多数脐带绕颈为1～2圈，3圈以上较少。从形成机制上看，胎儿的脐带越长、胎位变化越频繁，发生脐带绕颈的机会就越多。这些情况可能不会引起什么问题，但也可能减缓或阻止胎儿血液循环。因此，一旦发生脐带绕颈，孕妇们不必惊慌，到医院做好相关检查，医生会提供合理的处理意见。

☆脐带绕颈的危险性

是不是所有脐带绕颈都有危险呢？不一定。因为脐带的长短不一样，而且脐带富有弹性，因其血管呈螺旋状盘曲，有很大的伸展性。脐带绕颈对胎儿的危险表现在分娩过程中，倘若胎儿的脐带比较长（脐带的长度超过70厘米），脐带绕颈1～2周也没有问题，因为如果脐带绕颈不紧，而且还有足够长度的脐带游离，那就不会影响胎儿；倘若脐带较短（脐带的长度不足30厘米），即使绕不上一圈，也会在分娩过程中胎头下降时出现危险；倘若脐带很长，但绕颈圈数多而紧，则可导致胎儿缺氧，胎心改变，严重时可引起胎盘早期剥离，危及母亲和胎儿安全。

因此，发现脐带绕颈要密切观察产程，如产程进展不顺并伴胎心不正常，以剖宫产为好；如产程顺利，胎心正常，可阴道分娩，但应加速娩出，及时松解绕颈的脐带。

☆脐带绕颈的判断

一般来说，到医院检查会很容易发现脐带绕颈问题，比如做个B超就可以发现。孕妇平时在家中也应该关注胎儿状态，及早发现脐带绕颈的情况。

孕妇自己在家中可以通过两种方法来判断胎儿情况：第一种方法是看胎动是否异常。胎儿若出现脐带绕颈，最频繁的迹象是在37周以后，胎动显著减少。当发现胎动逐渐减少（一般通过2个小时内活动次数小于10次判定）时，孕妇最好可以到医院检查一下，以免出现失误。第二个方法在36～40周之间频繁地打嗝，每24小时会出现2～4个时段，每个时段持续10分钟以上。若出现这种情况，最好到医院做检查，看看胎儿的情况。如果是到了孕晚期或处于分娩状态，胎儿处于监控之下，在对胎儿心脏跟踪过程中只要出现脐带问题，利用超声波检测即可显示出来。

专家提醒

目前还没有科学的方法（包括B超）测量宫内胎儿脐带的长度，以及判断脐带缠绕的松紧度。倘若产前比较难以判断是否存在脐带异常，但预产期临近时如果出现胎头还不入盆，或孕期检查发现胎位经常发生头位和臀位的转换，就应引起警惕，存在脐带异常的可能。因此，孕妇应主动做好胎动的自我检测，遇到羊水过多或过少、胎位不正的情况要配合医生做好产前检查。虽然出现脐带绕颈问题后，通常最好的办法是剖宫产，但孕妇最好不要因惧怕脐带意外而要求剖宫产（有脐带绕颈问题仍有自然分娩的可能）。

前置胎盘

正常的胎盘位置应该是处在子宫体部的后壁、前壁或侧壁，倘若胎盘附着于子宫下段或覆盖在子宫颈内口处，位置低于胎儿的先露部，就称为前置胎盘。医学上一般把前置胎盘分为3种：第一种是完全性前置胎盘，即胎盘完全覆盖着子宫口；第二种是边缘性前置胎盘，指胎盘没有碰到子宫口，但是离子宫口很近（不到2.5厘米的内侧）的一种状态；第三种是部分性前置胎盘，指胎盘覆盖着一部分子宫口的状态。有时边缘性前置胎盘和部分性前置胎盘很难区别，所以在处理方法上也基本相同。前置胎盘是妊娠晚期出血的主要原因之一，为妊娠期的严重并发症，如处理不当，将危及母婴生命安全。不过，即使胎盘附着在下侧，但处在离子宫口有2.5厘米以上的位置，且没有覆盖住子宫口，绝大多数没必要担心，可以产道分娩。

☆症状

当胎盘从子宫延伸的较低部分脱离时，发生无痛性反复阴道出血（偶尔在28周以前，但是大部分情况下在34～38周）是胎盘前置的最常见的征兆。阴道出血发生时间的早晚、反复发作的次数、出血量的多少与前置胎盘的类型有很大关系，不过也有统计表明，7%～30%的女性不会因为有胎盘位置低的情况而在分娩之前流血。

完全性前置胎盘往往初次出血的时间早，约在妊娠28周，反复出血次数频，量较多，有时一次大量出血即可使病人陷入休克状态；边缘性前置胎盘初次出血发生较晚，多在妊娠37～40周或临产后，量也较少；部分性前置胎盘初次出血时间和出血量介于两者之间。

☆病因

目前对于胎盘前置的原因尚不明确，可能与以下诱发因素有关：首先，做过剖宫产和子宫手术且子宫壁受过创伤，或者子宫内膜不健全，产褥感染、多产、上环、多次刮宫、剖宫产等手术，引起子宫内膜炎等，这些女性发生胎盘前置的危险比较高；其次，孕卵发育迟缓，在到达宫腔时滋养层尚未发育到能着床阶段，继续下移植入子宫下段；最后，胎盘面积过大，如多胎妊娠胎盘常伸展到子宫下段。

☆应对

一旦确诊为前置胎盘，医院一般会采用两种处理方法：其一，在妊娠36周前，胎儿体重小于2500克，阴道出血量不多，孕妇全身情况好，胎儿存活的情况下，往往会采用期待疗法。一般要求孕妇绝对卧床休息，避免各种引起宫缩的因素，注意纠正贫血（必要时输血），使用抗生素预防感染，通过严密观察病情，同时进行有关辅助检查，如B超检查、胎儿成熟度检查等，确保母婴安全。其二，倘若孕妇入院时大出血休克、前置胎盘期待疗法中又发生大出血休克，或近预产期反复出血，或临产后出血较多，都需要采取积极措施终止妊娠。

专家提醒

前置胎盘患者常并发胎盘粘连、植入性胎盘，使胎盘剥离不全发生大出血。倘若反复多次出血，产妇可有贫血，出血量多时甚至引起产妇休克。分娩后由于子宫收缩力差，常发生产后出血。在孕后期发生前置胎盘出血，往往容易引起早产或孕妇休克，孕妇休克可能会引起胎儿窘迫，因此前置胎盘的围产儿死亡率较高。

为此，孕妇一旦被确诊为前置胎盘，一定要做好自我护理工作：首先，要绝对卧床休息，选用高蛋白、高热量、高维生素、含铁丰富的食物；其次，左侧卧位，自数胎动，定时听胎心；最后，要避免一切可能引起宫缩的大动作，尤其是要避免性生活，产前检查胎位动作也要轻。

子宫破裂

在妊娠期或分娩期子宫体部或子宫下段发生的裂伤叫子宫破裂，子宫破裂是严重的产科并发症之一，常引起母婴死亡。绝大多数破裂发生在临产时，多由于产道、胎儿、胎位的异常如骨产道狭窄、巨大儿、脑积水、忽略性横位等引起胎先露下降受阻，子宫强烈收缩而发生，也可能与不适当难产手术、滥用宫缩剂、妊娠子宫外伤和子宫手术瘢痕愈合不良等因素有关，破裂部位多在子宫下段。妊娠期破裂少见，多因子宫有瘢痕或畸形存在，因此这个时期的破裂部位常在宫体部。虽然目前子宫破裂的发生率已经显著下降，但由于其危害性之大，还是应该引起孕妇及家人的注意。

☆分类

根据子宫破裂的原因可分为自然破裂（多由于子宫有过切口，如剖宫产后瘢痕子宫，在妊娠晚期子宫膨大，承受不了子宫内压力的增加而发生破裂；也可发生在子宫无手术切口，由于胎位异常、骨盆狭窄等梗阻性难产，使子宫下段伸张过度而发生破裂等）和创伤性破裂（多指难产手术操作不当，如实施产钳牵引术等直接损伤子宫）。根据发生部位可分为子宫

体部破裂和子宫下段破裂。根据子宫破裂的程度可分为子宫完全破裂和子宫不完全破裂。完全破裂指子宫黏膜层、肌层、浆膜层全部破裂，子宫腔与腹腔直接相通；不完全破裂指子宫黏膜层、肌层部分或全部破裂，而最外面的浆膜层仍保持完整，子宫腔与腹腔不相通，胎儿仍留在宫腔内。

☆征兆

除个别子宫破裂无明显先兆或先兆持续时间短，不容易被发现外，大多数子宫破裂前多有一些预兆，通常也称为先兆子宫破裂。

（1）先兆破裂：产程延长，宫缩紧，呈强直性收缩，先露部不下降，孕妇自觉下腹剧痛难忍、烦躁不安、呼吸急促、排尿困难。在腹壁上可见明显的横沟，称为"病理性缩复环"，随每次阵缩缩复环可逐渐上升至脐以上，上升越高，表示下段越薄，越接近于破裂。子宫下段隆起，压痛明显。由于过强的宫缩致胎儿缺氧，胎动频繁，胎心率或快或慢。由于胎先露部位紧压膀胱使之充血，出现排尿困难，形成血尿。由于子宫过频收

缩，胎儿供血受阻，胎心改变或听不清。这种情况若不立即解除，子宫将很快在病理缩复环处及其下方发生破裂。

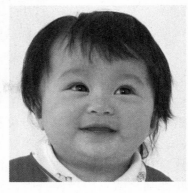

（2）不完全破裂：子宫仍保持原有外形，破裂后压痛明显，并可在腹部一侧触及逐渐增大的血肿。阔韧带血肿亦可向上伸延而成为腹膜后血肿。如出血不止，血肿可穿破浆膜层，形成完全性子宫破裂。胎心音多不规则。

（3）完全破裂：子宫全层裂开，羊水、胎盘及胎儿的一部或全部被挤入腹腔。发生破裂时，产妇突感腹部一阵撕裂样剧痛，然后阵缩停止，腹痛暂减轻。全腹有压痛及反跳痛，在腹壁下可清楚地触及胎儿肢体，胎心音消失，子宫外形扪不清，有时在胎体的一侧可扪及缩小的宫体，若腹腔内出血多，可叩出移动性浊音。阴道可能有鲜血流出，量可多可少，子宫前壁破裂时裂口可向前延伸致膀胱破裂。

☆应对

一旦发现子宫破裂的先兆，必须立即采取有效措施，抑制宫缩，如吸入乙醚、肌内注射哌替啶（度冷丁）等，使子宫放松，尽可能快速行剖宫产结束分娩。对已有子宫破裂的孕妇，多伴有出血性休克，即便是死胎也必须尽可能就地快速剖宫取出死胎，并快速输液输血，纠正休克。视患者状态、裂伤部位情况、感染程度和患者是否已有子女等综合考虑，若子宫裂口较易缝合、感染不严重、患者状态欠佳时，可作裂口修补缝合，有子女者结扎输卵管，无子女者保留其生育功能，否则可行子宫全切除或次全切除。子宫下段破裂者，应注意检查膀胱、输尿管、宫颈及阴道，若有损伤，应及时修补。

> **专家提醒**
>
> 子宫瘢痕导致的子宫破裂虽可发生在妊娠后期，但多数在临产后，一般先兆不明显，仅有轻微腹痛，子宫瘢痕处有压痛，此时可能子宫瘢痕有裂开，但胎膜未破，胎心良好。如能及时发现并进行处理，母婴预后好。但由于症状轻，易被忽视。若不立即行剖宫产，当裂口扩大，羊水、胎儿和血液进入腹腔有类似完全破裂的症状和体征出现，但无撕裂样疼痛。有的瘢痕破裂出血很少，除了孕妇感到阵缩停止、胎动消失外，无其他不适，待2～3天后可出现腹胀、腹痛等腹膜炎症状。

子宫穿孔

　　子宫穿孔是指宫腔手术时各种器械或宫腔内的异物所造成的子宫壁全层损伤，致使宫腔与腹腔，或其他脏器相通。子宫穿孔在女性生殖道器械损伤中最为常见，近年来由于医疗水平的提高，其发生率已有所降低。根据子宫穿孔的情况可分为自发穿孔（指除由于癌瘤浸润子宫肌层引起穿孔外，带锐端的宫内节育器受子宫收缩逐渐嵌入至子宫峡部、角部或宫颈所致穿孔）和被动穿孔（指进行子宫操作时，如人工流产、放环、取环、诊断性刮宫或宫腔镜检查时，由于手术器械操作不当所造成的穿孔，多发生在峡部和角部），其中以被动穿孔较为多见。

☆诱发因素

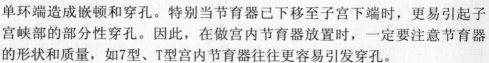

　　首先，手术操作不当。手术时未查清子宫位置及大小，操作时器械进入宫腔的方向和深度与子宫屈曲度不一致，或进入宫腔遇有阻力仍勉强前进造成穿孔。手术者操作不熟练或较粗暴造成子宫颈或子宫损伤，如子宫探针或宫颈扩张器穿透子宫。一般孕周较大、宫体较软时操作也易引起穿孔。

　　其次，宫内节育器影响。带有锐端的宫内节育器可引起自发穿孔，或未发觉断裂的金属单环端造成嵌顿和穿孔。特别当节育器已下移至子宫下端时，更易引起子宫峡部的部分性穿孔。因此，在做宫内节育器放置时，一定要注意节育器的形状和质量，如7型、T型宫内节育器往往更容易引发穿孔。

　　最后，子宫肌层有缺损。比如哺乳期子宫壁软而薄、子宫壁上有瘢痕、子宫畸形或多次人工流产史者，在做刮宫手术时，操作需格外小心轻柔，不然稍用力过度即可引起穿孔。

☆症状表现

　　每一位子宫穿孔的患者表现不尽相同，可随穿孔的部位、大小、有无活动性出血及内脏损伤、是否发现和就诊及时而有很大的差别。

　　如探针穿孔或节育器造成自发穿孔时，一般穿孔较小，又未累及血管，患者可无自觉症状；若是穿孔引起少量出血，便可刺激腹膜，使患者感到下腹疼痛，并在用手按压时有压痛感，但全身没有大的反应。

如果穿孔比较大或已经伤及血管时，患者突然感到患侧下腹剧烈疼痛，并出现内出血症状，如腹壁紧张，有压痛、反跳痛和移动性浊音等，严重者可出现休克。若是穿孔后在子宫阔韧带内形成血肿，患者除了表现严重的腰痛外，全身的表现可随着血肿的大小而不同，重者也可陷入休克状态。

☆应对措施

育龄女性一定要采取严格的避孕措施，尤其是高危人工流产手术者。流产术后选择最为有效的避孕措施，避免再次做人工流产手术。另外，为了防止做人流手术时发生意外，一定要去设施齐备、手术人员技术熟练的正规医院，以保证生命安危。

准备在子宫内放置或取出节育环，或做人工流产手术及诊断性刮宫时，一定要让医生详细了解自己的病史，充分考虑到子宫易穿孔的特点，以采取适宜的针对性处理。在做生殖道器械操作后，如果出现下腹疼痛，则需马上就医，及时处理和治疗。

专家提醒

一般来说，宫腔手术中发现子宫穿孔应立即停止操作，根据具体情况全面分析，正确处理。如为探针穿孔，保守治疗多能治愈。如宫腔组织已刮净又无内出血征象者，可给宫缩剂和抗生素；如宫腔组织尚未吸净，穿孔较小，无明显内出血，患者情况又良好时，可请有经验医生避开穿孔处刮净组织后再保守治疗，或抗感染一周后再行刮宫术。

如为卵圆钳或吸管所致穿孔，则多需手术治疗，尤其是合并其他脏器损伤或内出血休克时必须立即手术（剖腹探查）。

早产

在正常情况下，胎儿都在280天左右（即38～42周）降生，称为足月产。据世界卫生组织制定的定义，在怀孕29～37周之间发生的分娩为早产。在此期间出生的体重1000～2500克、身体各器官未成熟的新生儿，称为早产儿。由于早产儿过早分娩，各种器官发育不成熟，体外生活能力较弱，调节体温、抵抗感染的能力很差。有资料显示，国内早产儿死亡率为

12.7%～20.8%，胎龄越小，体重越低，死亡率越高。即使存活下来，早产儿也多有神经智力发育缺陷，有不同程度的智力障碍或神经系统后遗症。

☆早产原因

首先，与孕妇本身条件有关系。未满20岁或大于35岁的孕妇早产率明显增高，尤其是小于20岁者早产发生率更高。孕妇有过流产史，因流产对宫颈均有不同程度的损伤，导致宫颈功能不全，使早产率增高。从事体力劳动、工作时间过长、过累可使早产率明显增高。情绪经常波动或精神过度紧张，交感神经兴奋和血管收缩，易致早产。妊娠后期频繁的性生活，也是导致早产的较常见原因。此外，孕妇吸烟、过度饮酒、长途旅

行、腹部直接撞击、创伤也与早产密切相关。孕妇营养不良，特别是蛋白质不足及维生素E、叶酸缺乏，也是导致早产的原因之一。

其次，与孕妇病患有关系。妊娠合并急性传染病和某些内、外科疾病，如风疹、流感、急性传染性肝炎、急性肾盂肾炎、急性胆囊炎、急性阑尾炎、妊高征、心脏病等，容易导致早产。孕妇内分泌失调、孕酮或雌激素不足，严重甲亢、糖尿病等，均可引起早产。

最后，与胎儿胎位也有关系。臀位早产的发生率为20.4%，是总产妇早产率的7倍。此外，倘若发生前置胎盘、胎盘早期剥离、羊水过多或过少、多胎妊娠、胎儿畸形、胎死宫内、胎膜早破、绒毛膜羊膜炎等情况时，也容易引发早产。

☆早产预防

预防早产，关键是加强孕期保健，从妊娠早期开始，定期做好产前检查，以便尽早发现问题，进行恰当的处理。

首先，孕妇要保持良好的生活习惯。有早产倾向或先兆的孕妇应该尤其避免工作劳累、过重体力活动以及过量运动，禁止性生活。戒除吸烟、酗酒等不良嗜好，避免紧张、焦虑和抑郁等不良情绪，要保持精神上的愉快。孕晚期最好不要长途旅行，不要长时间持续站立或下蹲，不要到人多拥挤的地方去，以免碰撞到腹部；走路，特别是上、下台阶时，一定要注意走稳，避免跌倒。

其次，注意孕期保健。对于已经知道自己子宫有畸形，或有早产史，或有子宫肌瘤的孕妇，孕期应该特别注意保持外阴清洁，防止阴道感染。生殖道感染是早产发生的主要因素之一，所以，孕期应该加强会阴部清洁保健，穿棉质、透气的内裤，不乱用清洁液。此外，口腔厌氧菌感染性牙周病是流产及早产的危险因素之一，所以应该在孕前就治疗口腔疾患。

最后，注意合理摄取营养。要摄取合理的充分营养，饮食要保证热量，补充蛋白质、脂肪、碳水化合物、微量元素和各种维生素。如果偏食，比如只吃水果，会导致营养不良，继而导致胎儿发育不良，与早产也有非常密切的关系。患贫血的孕妇，早产发生率偏高，必要时在医生的指导下进行营养补充。

> **专家提醒**
>
> 　　对于有高血压家族史的孕妇，应注意身心健康，尽量避免精神创伤，保持愉快的心情，预防血压升高。对于宫颈内口松弛的孕妇，应在怀孕14～16周时，进行子宫颈内口缝合术。倘若是多胎妊娠或合并有慢性疾病的孕妇，孕期间应多卧床休息，以左侧卧位更为适宜，因为这样可增加子宫胎盘的血流量，从而防止自发性子宫收缩，预防早产（为以防万一，凡有早产先兆的孕妇都应多卧床休息）。知道自己有早产的可能之后，孕妇应多与医生沟通，以掌握新的进展或情况，一旦出现异状就能立即知道，及早到医院接受诊治。

过期妊娠

从医学的角度来看，月经周期正常的女性，妊娠达到或超过42孕周（≥294天）者称为过期妊娠，属于病理妊娠的一种。目前普遍认为过期妊娠围产儿死亡率为正常妊娠期妊娠的3～6倍，而且过期越久，死亡率越高，且初产妇过期妊娠胎儿较经产妇胎儿的危险性更大。过期不产，对母体和胎儿都会带来很大危害，为此孕妇应该明确认识，科学预防过期妊娠。

☆过期妊娠的危害

倘若此时胎盘功能正常，或者说胎盘没有老化或老化程度较低，胎儿还可以继续生长，体重可超过正常胎儿，有的发展为巨大胎儿。但由于妊娠时间过长，往往会使胎儿颅骨钙化变硬，颅缝变窄，在分娩过程中，通过产道时不易变形，致使产程延长，分娩困难加大，易发生滞产、难产或胎儿颅内出血。颅内出血的新生儿，轻者可自行吸收，重者可造成终身痴呆和肢体瘫痪，甚至死亡。过期妊娠由于子宫过分胀大，常可造成子宫收缩无力，由此容易引起产后大出血。

倘若此时胎盘功能不正常，胎盘会逐渐衰老，羊水逐渐减少，功能逐步减退，不能维持正常循环和物质交换作用，因而供给胎儿的氧气和营养物质不足。此时胎儿只好消耗自身的脂肪、蛋白质来维持生命，从而产生营养不良，胎儿体重有下降的趋势，表现为出生后的新生儿外形瘦长、皮肤皱褶、形状干瘪、头发指甲过长，像小老头一样，医学上称为"小样儿"。过期胎儿长期供血不足，对缺氧的耐受性大大降低，所以在分娩过程中容易因缺氧造成胎心不好、宫内窒息，甚至死亡，即使不死亡也常成为低能儿。营养不足的胎儿个体比足月产的要小，对母体子宫的刺激相应变弱，使产妇的产程延长，产后出血过多。

☆预防措施

过期妊娠给母婴带来很大危害，为了确保母子平安，做到优生优育，孕妇应尽量避免过期妊娠。孕妇在怀孕期间要定期进行产前检查，加强围生期保健及产前监护。

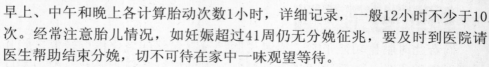

首先，孕妇自己或家人要记清楚末次月经来潮日期及月经周期，以便准确计算预产期；其次，孕妇要合理安排好工作休息时间，适当参加体育活动（有相应合并症者除外，如妊娠期高血压疾病等）；再次，定期进行B超检查，监测羊水变化，如出现羊水过少，要及时就诊；最后，孕妇自己应该做好自我监护工作，自我监测胎动次数，每天早上、中午和晚上各计算胎动次数1小时，详细记录，一般12小时不少于10次。经常注意胎儿情况，如妊娠超过41周仍无分娩征兆，要及时到医院请医生帮助结束分娩，切不可待在家中一味观望等待。

产后宫缩痛

子宫在分娩结束时就收缩到脐部以下，在腹部可触摸到子宫体，又圆又硬。以后逐渐恢复到非妊娠期的大小。宫底平均每天下降1～2厘米，产后10天左右子宫降入骨盆腔内，真正要恢复到正常大小需要6周时间。在此期间，可能会产生一种产后的并发症，即由于宫缩而引起的下腹部阵发性剧烈疼痛，称为产后宫缩痛。产后宫缩痛一般在产后1～2天出现，持续2～3天后自然消失，多见于经产妇。哺乳时反射性催产素分泌增多会使疼痛加重。

☆症状表现

首先，产后腹部疼痛要排除其他病理疼痛的可能，比如产后伤食腹痛、产褥感染腹痛和产后痢腹痛，这些病痛在表现上与产后宫缩痛有所不同。

其次，多发于产后1～2天，下腹部阵发性疼痛，或隐隐作痛多日不缓解，无寒热现象，恶露可有异常变化，腹痛可因哺乳而加重。

最后，下腹部可有压痛。

☆应对措施

一般来说，产后子宫要通过收缩，逐渐恢复到正常大小，因此会产生宫缩痛，不过一般比较轻微，可以忍受。对于多胞胎孕妇或经产孕妇而言，由于她们的子宫需要经过强烈的收缩才能恢复到未妊娠时大小，因此她们的宫缩可能更强烈，因而导致她们的产后宫缩痛也更强烈。对于产后宫缩痛难以忍受的孕妇，可以采取以下措施以缓解疼痛。

首先，按摩。按摩小腹，使子宫肌肉暂时放松、缓解疼痛。同时可以轻揉子宫，以促进宫腔内残余物质排出。其次，热敷。用热水袋热敷小腹部，每次敷半个小时。再次，利用中医疗法。可以用针刺中极、关元、三阴交、足三里等穴位，以达到缓解宫缩疼痛的目的。最后，采用辅助疗法。如果以上措施均不能见效，可以口服止痛片，或取山楂100克，水煎，加糖服用。

> **专家提醒**
>
> 从医学理论上来说，产褥期母体各系统变化很大，虽属生理范畴，但子宫内有较大创面，乳腺分泌功能旺盛，容易发生感染和其他病理情况。对于产后宫缩痛而言，是产后的一种自然现象，因为胎儿、胎盘娩出后，空虚增大的子宫，通过逐渐缩复而恢复至妊娠前大小，子宫缩复时宫内血流暂时被阻止，可出现腹痛，但这种腹痛较轻，可以耐受，不需治疗。不过，为了避免产后出现其他种类腹痛，应该做好产前预防工作，比如临产时注意保暖，防止因受寒而致腹痛，临产及产后要预防出血而致的产后腹痛。倘若的确有产后宫缩痛，但自己却无法忍受，建议还是到医院检查一下，由医生指导如何处理。

恶露

孕妇产后随子宫蜕膜（特别是胎盘附着处蜕膜）的脱落，阴道内会流出一定的血液、分泌物、黏液等物质，2～3周流出物减少或停止流出，这种产后流出的混合物称为恶露。正常恶露有血腥味，但无臭味，持续2～3周，总量为250～500毫升，总量多的可能会达到1000毫升，个体差异较大。一般情况下，恶露大约在产后3周就干净了。如果长时期从阴道内流出上述物质或其他腥臭液体，则为恶露不尽。产后恶露不尽，应尽快到医院就诊，查明原因，以免耽误其他病情诊断。

☆恶露表现

一般而言，恶露属于产后的一种自然现象，通过对恶露的观察，注意其质和量、颜色、气味的变化及子宫复旧情况，可以了解子宫恢复得是不是正常。

首先出现的应为血性恶露（色鲜红，含大量血液），在产后一周内为鲜红色的，量比较多，血液多，有时有血块，有少量胎膜及坏死蜕膜组织。接着出现的是浆液恶露（色淡红，似浆液），含少量血液，但有较多的坏死蜕膜组织、宫颈黏液、阴道排液，且有细菌。最后出现的是白色恶露（黏稠，色泽较白），含大量白细胞、坏死蜕膜组织、表皮细胞及细菌等。

一般血性恶露约持续3天，逐渐转为浆液恶露，约2周后变为白色恶露，约持续3周干净。上述变化是子宫出血量逐渐减少的结果。子宫复旧好坏，可以从子宫底下降和恶露情况来估计。若子宫复旧不全或宫腔内残留胎盘、多量胎膜或合并感染时，恶露量增多，血性恶露持续时间延长并有臭味。

剖宫产的孕妇恶露时间一般比阴道分娩的要长些。有的女性恶露淋漓不断，到"满月"时还有较多的血性分泌物，有臭味，产妇自己觉得下腹部痛、腰酸；产后6周检查时，子宫还没有恢复到正常大小，质地软，有压痛等，这都是子宫复旧不全的表现。

☆恶露应对

首先，对于恶露的护理应注意勤换护垫，预防感染，保持会阴清洁。其次，为了更好更快地使病情好转，可以在家中配合一些辅助食疗工作。比如，红糖加茶叶少许，作糖茶喝；莲藕煨母鸡汤，服汤吃肉；山楂加红糖冲茶饮用。这几种方式辅助治疗效果都不错。最后，倘若在产后第四天，仍有多量鲜血，有恶臭味，则可能有细菌感染；下腹部疼痛或发热，恶露血块或组织碎片，在白色恶露开始后再发生鲜红色的出血，出现恶露反复现象，应该及时就医。

> **专家提醒**
> 　　恶露一般需要2～4周才能干净，但有少数女性可能会持续1～2个月。若产后2周，恶露仍然为血性，量多，伴有恶臭味，有时排出烂肉样的东西，或者胎膜样物，子宫复旧很差，这时应该去医院做检查，防止发生其他病变。如果产后3个月恶露仍淋漓不净，属于恶露不净，肯定有病理因素存在，常见的原因有子宫腔感染、子宫腔内有妊娠产物（如胎盘、蜕膜、胎膜等组织遗留）、子宫复旧不良，最严重的并发症是绒毛膜癌。因此，如果女性发现产后一直恶露不净，应及时到医院检查治疗。

产褥感染

产妇产前、分娩时或在产褥期内，由于致病菌侵入生殖道，从而引起局部或全身出现的炎症病变，称为产褥感染，即俗称的"月子病"。目前国内产褥感染的发病率为1%～7.2%，病情严重时可危及产妇的生命，是产妇死亡的重要原因之一。一般产褥感染多在产后2～5天开始出现，伴随头热、头痛、全身不适及下腹部压痛、恶露有臭味且增多等症状。发生产褥感染后，如果治疗不彻底，急性可以转为慢性，盆腔内可能遗留有慢性炎症。由于产褥感染轻者影响产妇健康，重则可能危及生命，因此，必须重视预防工作。

☆诱发病因

首先，孕妇本身体质问题。产妇身体健康，抗病力强，即使产道损伤，细菌侵入，也不一定发生感染。反之，产妇身体衰弱，遇到产道损伤之时，即使侵入病菌的毒性很小，也会引起感染。如产时过于疲劳、滞产、手术产、胎盘或胎膜残留、产道损伤及营养不良等，可为细菌感染创造了有利条件。

其次，产前自身感染。有些孕妇本身在产前就已经受到了细菌感染，比如孕期患有阴道炎、宫颈炎等，这些细菌会在产前就寄生于孕妇的生殖道内，产后容易诱发感染。

最后，外来感染。在临产前、分娩时或产后从外界侵入的，如临产前房事或洗盆浴、衣服被褥的污染等。也可因为手术操作不洁引起的，比如消毒隔离制度不严或接产时无菌操作注意不够，或有过多的阴道操作等，致病菌可通过器械、敷料、手套等侵入产道。最常见的致病菌为大肠杆菌、厌氧性链球菌及肠链球菌，溶血性链球菌及金黄色葡萄球菌亦较常见。

☆征兆

一般来说，发生产褥感染，以发热为突出症状，常在39℃以上。同时可伴有畏寒、下腹部疼痛、恶露增多（色淡红或暗红，混浊有臭味）、口渴、烦躁、面红赤、舌红干苔黄等症状。严重者可能发生昏厥、抽搐等现象。

☆预防措施

首先，在妊娠期预防。加强营养，纠正贫血，治疗妊高征及其他并发症，预防和治疗滴虫性阴道炎或真菌性阴道炎，加强保健工作。妊娠末期，禁止性生活和盆浴，也应禁止一切阴道治疗。休养环境必须清洁安静，室内空气流通，冬天预防感冒，夏天预防中暑。衣服避免过薄过厚，要勤换勤洗。保持精神愉快，心情舒畅，避免精神刺激。

其次，在分娩期预防。临产时应尽量进食和饮水，注意休息，避免过度疲劳，以免身体抵抗力降低。接生器械要严格消毒，避免不必要的阴道检查及手术操作，减少产时失血及防止产道损伤，有损伤时须认真修复。

最后，在产褥期预防。产后24小时内卧床休息，如有特殊情况，延迟起床时间，以后每天提早起床时间，活动范围和强度逐渐增加，以促使恶露早排出。注意产褥期卫生，保持外阴清洁，防止会阴伤口感染。产褥期间不宜站立过久，少做蹲位，不要手提重物。产褥期严禁性生活，产后4周内禁盆浴，用质地柔软、消毒好的月经垫，且要常换。产后3天内不能吃过于油腻、汤太多的食物，少食或不食辛辣刺激性食物，多食用容易消化、富有营养的食物，以增强抵抗力。

> **专家提醒**
> 产后发生产褥感染时，如果处理不当或处理不及时，可能会引发子宫内膜炎或子宫肌炎。这时，女性会有发热、下腹疼痛、恶露增多并有臭味等症状。这时的恶露，不仅有臭味，而且颜色也不是正常的血性或浆液性，而呈混浊、污秽的土褐色。因此，女性要学会观察自己的恶露情况，发现其中有问题时，就要尽早就医。

子宫内翻

子宫内翻是指子宫底部（即靠近胃侧的子宫）向宫腔内陷致使子宫内膜面经宫颈口向阴道方向翻出，是引起产后出血和产后休克的原因之一，若抢救不及时常危及生命。按照程度不同可分为不完全子宫内翻及完全性子宫内翻，前者指子宫底向宫腔内陷，内翻子宫底尚未超过子宫颈环；后

261

者指内翻的子宫底部已通过宫颈环，达阴道内。不过，随着医疗水平的提高，子宫内翻现在在临床上已经是极为少见的产后并发症。然而，此病虽较罕见，但如不积极处理则死亡率很高，因此还是应该引起足够重视。

☆诱发病因

首先，子宫本身问题。子宫肌肉部分（主要是宫底或宫角部）薄弱，张力弱，在受到外力（包括牵拉或剥离胎盘、宫底不均匀加压或咳嗽、呕吐使腹内压增加等）牵拉或加压时向宫腔内陷。子宫黏膜下肌瘤向外生长，或合并黏膜下肌瘤，重力使部分宫体内陷。

其次，脐带问题。脐带绝对或相对过短，在胎儿娩出过程中牵拉使胎盘附着部位的子宫内陷。

最后，其他人为问题。第三产程处理不当，胎盘附着宫底（最上端），胎儿娩出后，胎盘尚未剥离时助产者用力压迫宫底，或用力牵拉脐带，导致胎盘和宫底被一起牵出。当胎盘植入、粘连时，胎盘未剥或仅部分剥离时牵拉脐带，也能使胎盘植入部位的宫体与胎盘一起向宫腔内陷。

☆临床征兆

一般来说，子宫内翻发病比较突然，主要的症状是剧烈腹痛，可能随即发生休克。这时的休克与一般的失血过多休克不同，休克程度比较严重，主要系创伤所引起的神经性休克。从检查情况来看，下腹部会有压痛，在下腹部触不到子宫底，阴道内诊可能触及球形肿物脱出。

☆预防措施

对于子宫内翻的预防一般只能通过产前检查来预测发生此病症的可能性，然后在生产过程中尽量小心，不要人为制造子宫内翻的可能。

首先，孕妇通过产前进行的常规B超检查、胎盘定位，可以发现胎盘的准确位置，如胎盘附着于子宫底或宫角时，应警惕有发生子宫内翻症的可能性。然后，在第三产程，也就是胎盘娩出的过程，应在胎儿娩出后立即使用宫缩剂，指导产妇正确用腹压，避免突然加腹压，禁止从腹部加压助娩。胎盘未剥离时，切忌强力推压宫底和牵拉脐带。对于过度膨胀的子宫（多胎、羊水过多）或宫缩乏力者，在用宫缩剂后，接产医师在产后子宫未收缩变硬前绝不可离开。

产后出血

　　一般孕妇在分娩24小时后，都会有少量的血性物质从阴道里流出，随着时间的推移和注意卫生，出血会渐渐消失。一般来说，胎儿娩出后24小时内阴道流血量超过500毫升者，称为产后出血。产后出血是导致孕妇死亡的重要因素之一。从医学角度来看，一般产后出血可分为三个阶段，即胎儿娩出后至胎盘娩出前、胎盘娩出至产后2小时以及产后2～24小时3个时期。产后出血多发生在前两期。一旦发生产后出血，预后严重，因此应做好产后出血的预防工作，可以大大降低其发病率。

☆诱发病因

　　首先是宫缩乏力，这个原因占产后出血的75%～80%。若胎儿娩出后宫缩乏力使子宫不能正常收缩和缩复，胎盘部分剥离或剥离排出后，宫缩乏力，不能有效关闭胎盘附着部子宫壁血窦而致流血过多。宫缩乏力可能是由于孕妇精神过度紧张，胎位异常或其他阻塞性难产，致使产程过长。若孕妇子宫肌纤维发育不良，子宫过度膨胀，如双胎、巨大胎儿、羊水过多，使子宫肌纤维过度伸展，或孕妇有贫血等症状均可影响宫缩。

　　其次是软产道裂伤。子宫收缩力过强，产程进展过快，胎儿过大，往往可致胎儿尚未娩出时宫颈和（或）阴道已有裂伤。保护会阴不当、助产手术操作不当也可致会阴、阴道裂伤。会阴切开过小，胎儿娩出时易形成会阴严重裂伤，过早会阴侧切也可致切口流血过多。

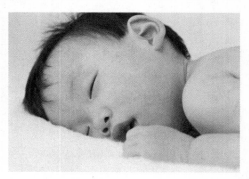

　　再次是胎盘问题。胎盘因素引起的产后出血，包括胎盘剥离不全、胎

盘剥离后滞留、胎盘嵌顿、胎盘粘连、胎盘植入、胎盘和（或）胎膜残留。其中，胎盘残留（可包括胎膜部分残留）较多见，可为部分胎盘小叶或副胎盘残留黏附于宫壁上，影响宫缩而出血。

最后是凝血功能障碍。这种情况导致的产后出血一般比较少见，比如血液病、重症肝炎、宫内死胎滞留过久、胎盘早剥、重度妊高征和羊水栓塞等，皆可影响凝血或致弥散性血管内凝血，引起血凝障碍、产后流血血不凝，不易止血。

☆预防措施

为了预防产后出血，首先应做好孕前及孕期的保健工作，孕早期开始产前检查监护，不宜妊娠者及时在早孕时终止妊娠。其次，对具有较高产后出血危险的产妇做好及早处理的准备工作，比如多孕、多产及曾有多次宫腔手术者，高龄初产妇或低龄孕妇，有子宫肌瘤剔除史者，生殖器发育不全或畸形者，妊娠期有妊高征、合并糖尿病、血液病等，宫缩乏力产程延长等孕妇。最后，在胎盘娩出后，必须仔细检查胎盘或胎膜有无残留，胎膜边缘有无断裂的血管残痕，如有，应在当时取出。

另外，对于剖宫产的孕妇，手术时子宫切口必须看清楚切缘出血点，结扎后再缝合子宫。缝合松紧、间隔要适当，不可过紧过密。

专家提醒

一般对于产后出血而言，治疗的原则是迅速止血、纠正失血性休克及控制感染。对失血较多尚未有休克征象者，应及早补充血容量，其效果远较发生休克后再补同等血量为好。止血方法要根据出血的原因来选择，一般医院都有专业技术娴熟的医师处理止血问题，产妇不必担心。不过从孕妇角度来说，由于母乳喂养时，婴儿吮吸奶水会刺激子宫收缩，而子宫收缩可压迫血管减少出血。这也是一种止血方法。

此外，产后超过24小时才出血称为产后后期出血，多数发生在产后5～15天内。如果产妇回家后发现出血，并在1小时内就湿透一块垫巾，或者发现大血凝块，应马上就医。